anagramma

417

Della stessa autrice:

Non mi piaci ma ti amo

Prima edizione: marzo 2016

Roma, Casella postale 6214

ISBN 978-88-541-8838-9

www.newtoncompton.com

Realizzazione a cura di Pachi Guarini per StudioTi s.r.l., Roma
Stampato nel marzo 2016 da Puntoweb s.r.l., Ariccia (Roma)
su carta prodotta con cellulose senza cloro gas provenienti
da foreste controllate, nel rispetto delle normative ambientali vigenti

Cecile Bertod

Tutto, ma non il mio tailleur

Newton Compton editori

Dedicato a...
Sempre a lui, Mike Shinoda,
che si ostina a non filarmi.
Ehi... C'è nessuno?
Non farmi fare la particella di sodio.
Regala un istruttore di tennis a tua moglie e vieni qui,
che ti preparo la parmigiana di melanzane!
Che poi, ora non è per dire, ma come la preparo io...

Capitolo 1
Mongolfiera sul Tamigi

«Tutto sommato posso sempre ripiegare sulle tende,
lo ha fatto anche Rossella O'Hara».
«Tu non le hai le tende, hai le veneziane».
«Ma sono di un delizioso rosa pesca».

«Divina. Di-vi-na!».

«La mia bambina...».

«Secondo me andrebbe stretto un po' più sui fianchi. Qui, ecco...».

«Dove? Ma no, è il modello!».

«Fermiamo con un paio di strass ed è fatta. Ashley? Portami il puntaspilli».

«Il fiore sulla vita è troppo vistoso».

«Io continuo a preferire l'altro».

«Ma non diciamo sciocchezze!».

«Guarda... Visto? Bastavano due punti».

«Per quando pensi che possa essere pronto?»

«Al massimo un paio di giorni».

Che spettacolo inquietante.

Mi girano intorno come squali affamati. E io al centro, sommersa da strati e strati di raso bianco, li subisco inerme.

«Sicuro di non farcela per mercoledì?».

Oh, dannazione! Questo odore di plastica e deodorante per ambienti mi sta distruggendo.

E poi mi toccano. Continuano a toccarmi. Tutti. Indistintamente.

Ho un mal di testa a sviluppo verticale con nuvolosità termo-convettiva concentrata tra la tempia sinistra e le forcine del toupet. Per il momento tengo duro, ma non posso garantire che non si verifichino improvvise precipitazioni ai limiti del turpiloquio.

«Ancora un attimino... Trudy, cara, cerca di stare buona».

Placcata dal sarto, agguantata dall'aiutante, passo in rassegna il nugolo di donne imbizzarrite che mi accerchia con espressione a metà tra il rassegnato e l'avvilito.

«Sublime! Un taglio perfetto. Calza deliziosamente».

Lei è zia Molly. Ha cinquantanove anni da almeno vent'anni. Fiera sostenitrice del botox, dei pantaloni in pelle nera e del biondo platino cotonato, sembra estremamente soddisfatta del modellino "Mongolfiera sul Tamigi" in cui cerco di non annegare.

Accanto a lei c'è mia madre, Faustine.

Poverina. Piange ininterrottamente da quando siamo entrate in macchina. Credo di aver provato almeno sei vestiti diversi e la reazione è stata sempre la stessa: occhi arrossati, mani premute sul petto, voce incrinata dalla commozione e un'unica, inconfessabile verità dipinta a chiare lettere sulla fronte incipriata.

Quale? Almeno una è andata!

Non proprio quello che ci si aspetterebbe dalla persona che ti ha dato alla luce, lo so, ma io non me la prendo. No. Ho deciso di non badarci. In fondo la capisco: tre figlie femmine di cui una lesbica e l'altra single, anticlericale e anarchica. Sono il filo a cui si aggrappa per non precipitare nel baratro delle festività in solitaria a base di precotti. Se la mollo, non ci saranno mai eserciti di nipotini recalcitranti in salotto che le ricordino che il peggio è passato da almeno dieci anni. Non avrà mai un genero su cui riversare tutto lo sdegno covato contro il genere maschile grazie al prelavaggio e all'antenna satellitare.

«E se riprovassimo il primo?».

Questa invece è la sorella di mia suocera: Violet. Un graziosissimo cucciolo di tricheco in blu ciano e ballerine. Si aggira nella stanza con l'espressione da critico navigato, passando in rassegna ogni punto a giorno che abbiano il coraggio di sottoporle. Grazie a lei, mi sono formata negli anni un concetto molto personale e indelebile di inferno, purgatorio e paradiso.

E indovinate in quale mi trovo in questo momento?

Ma che perspicaci...

«Il vestito di Marianne, quello sì che era un abito delizioso», esordisce intanto Lisa, la madre sempre presente del mio futuro compagno di vita, appoggiandomi un paio di guanti sulla spalla per verificare che siano dello stesso colore del corpetto. Le sue ultime affermazioni, buttate lì, quasi per caso, nascondono in realtà una radicata insofferenza nei miei riguardi. Aveva sperato in qualcosa di meglio per il figlio: l'idea era di appioppargli la nipote di Felix Jackson, imprenditore abbastanza noto nel settore agroalimentare; ma cene strategiche e inviti casuali non hanno sortito l'effetto desiderato. L'adorata Marianne, pot-pourri di tailleur Chanel, barboncini cotonati e Maserati glicine, è finita nel dimenticatoio nel giro di due Martini a un party di Capodanno. Quello stesso giorno sono subentrata io, dimostrando abilmente che il Wonderbra vince sempre sulle canottiere anche se sono di seta, anche se sono ricamate, anche se trasparenti, ma non se dentro le suddette c'è una quarta. Ecco, in quel caso è meglio arrendersi alla superiorità nemica e puntare sulla simpatia, lasciando cadere velate allusioni sulle proprie capacità di sopportazione dei carichi in ambienti a mobilità ridotta.

Scherzi a parte, sono certa che quello sia stato un incontro voluto dal destino.

Non avevo grandi progetti per l'ultimo dell'anno. Ero stata assunta da neanche un paio di mesi come stagista alla Wilbourgh & Trench e la mia preoccupazione principale era di riuscire a incastrare nella lista della spesa i filetti surgelati di platessa, dopo aver detratto dal rimborso spese il costo dell'affitto e delle bollette della luce.

Subissata di lavoro, cosa che di lì a poco sarebbe diventata una costante, credevo di passare per un paio di drink a casa di colleghi e di rintanarmi entro l'una al massimo nel mio appartamento per un'overdose di film russi sottotitolati. La macchina, però, ha deciso di abbandonarmi al secondo incrocio, costringendomi a una deviazione d'emergenza dai miei. Non ricordo bene i passaggi successivi, ma nel giro di mezz'ora brindavo con del vino sottomarca da vecchi amici di famiglia, già convinta di ridurmi a fare da tappezzeria per il resto della notte, divorando antipasti al salmone. Previsioni non proprio entusiasmanti, scongiurate in extremis per puro intervento di Parche benevole o, in alternativa, sufficientemente ubriache da aver accantonato per qualche istante i chiari intenti persecutori con cui, a intervalli regolari, scandivano la mia già misera esistenza.

Riesco a rivivere quelle immagini come se fosse ieri.

Erano circa le dieci. Dieci e un quarto al massimo. File di quarantenni avvinazzati sfilavano in un trenino raccapricciante tra divani incellofanati. Io, l'anima della festa, agonizzavo accanto a un cache-pot colmo di strani intrugli alcolici, strappando ombrellini da un rustico incartapecorito. Avevo abbandonato già da un pezzo l'idea di socializzare con gli indigeni per incolmabili divergenze socio-attitudinali, quando mi si è avvicinato lui: un incrocio tra Robert Redford dei bei tempi andati e Benicio del Toro. Sembrava esausto della scenografia quanto la sottoscritta e controllava ripetutamente l'ora, chiedendosi quando avrebbe potuto defilarsi senza rischiare di apparire scortese. Uno scambio di sguardi, un paio di battute sfrontate e cinque minuti dopo eravamo chiusi in soffitta con una bottiglia di champagne, i piedi scalzi e una voglia insaziabile di confidarci ogni segreto, ogni ricordo.

Il giorno dopo ci siamo rivisti per un caffè, il caffè si è trasformato in cena, la cena in colazione e adesso, che sono quasi sei anni che ci sopportiamo pazientemente, posso affermare con assoluta convinzione che lui è proprio quello che...

«Ma no, cosa fai!», mi strilla in un orecchio Violet, che sembra aver deciso di trasformare l'assistente di Craig in una pira incandescente con la sola imposizione delle sopracciglia. La poverina, una ragazza di venticinque o ventisei anni al massimo, ritrae immediatamente le mani dal vestito, maledicendo il suo master in economia, la crisi globale e la sua stupida dipendenza dal cibo che non le permette di abbandonare quel ridicolo lavoro part-time retribuito neanche due sterline l'ora.

«Cosa succede?», si chiede preoccupata zia Molly, venendo a curiosare.

«Guarda qui», mormora Violet, sollevando un lembo della gonna. «Un disastro! Adesso è difettoso», si lamenta, indicando il punto in cui Ashley stava infilando spilli fino a poco fa.

«Io non credo che sia così rilevante», provo a intromettermi esasperata, ma nessuno sembra interessato alla mia opinione.

«Inconcepibile!».

«Adesso non esagerare, Violet», tenta mia zia, conciliante. «Si può sempre rimediare».

«Assolutamente», la tranquillizza Craig.

«La mia bambina...», miagolano dal fondo della sala.

«Ok, ascoltate...».

Niente. Non sortisco alcun effetto.

«Direi di provarne un altro».

«Violet, per l'amor del cielo! Sarà il decimo e sono già le due del pomeriggio», la riprende Lisa.

«Ma questo non va assolutamente bene. Non per il suo fisico», ribatte lei, sdegnata.

«Sciocchezze! Non c'è proprio nulla che non vada nel fisico di mia nipote», mi difende a spada tratta zia Molly.

«Per carità, è una ragazza davvero graziosa», interviene mia suocera con tono sostenuto. «Se solo non fosse così spaventosamente esile. Mmm...», rimugina. «Non vi sembra che ceda un po' qui, sul seno? Craig, non possiamo fare nulla?».

Chiamato a rapporto, il poverino si avvicina, tira su un merletto e scopre la scollatura dell'abito che, mi trovo costretta ad ammettere, concede un'ampia panoramica del vuoto cosmico di cui il nostro buon Signore mi ha fatto dono. «Si potrebbe accorciare», azzarda, armeggiando con le spalline.

«Marianne. Marianne sì che ha un bellissimo décolleté».

Rieccola...

«E quanto l'ha pagato?».

Gelo!

«Molly!». Che affronto. Quale onta. Come era prevedibile, Lisa non riesce più a trattenere l'indignazione e strilla quel nome anche a discapito del decoro, attirando su di sé la curiosità di mezzo negozio. «Non tollero queste basse insinuazioni sulla figlia di uno dei più cari amici di Edward».

«Allora, stringo?», domanda intanto Craig, con le labbra premute su una quantità inverosimile di spilli.

«Per l'amor di Dio, qualcuno intervenga! Orribile. Miserabile. No. Non ho parole. No. No. Così è anche peggio», s'intromette nuovamente Violet, tenendosi momentaneamente alla larga dal battibecco. «Riprendiamo il primo. Sento che dobbiamo riprovare il primo».

«Onestamente, io sarei esausta». Esprimo la mia personalissima frustrazione senza suscitare il minimo interesse.

«E io non tollero questo atteggiamento nei confronti di mia nipote». Mi sovrastano, continuando a battibeccare.

«Atteggiamento? Quale atteggiamento? Mi limito a essere onesta», si difende mia suocera.

«Non confondiamo la sincerità con l'acidità».

«Molly, l'unico motivo che mi spinge a esprimere la mia disapprovazione è l'affetto che nutro nei confronti di Trudy. Se non sbaglio, siete stati voi a invitarmi, ma se la mia presenza è di troppo...».

Mai fatto!

Stamattina mi ha chiamato, mi ha chiesto se volevo passare da lei per sistemare le partecipazioni e io le ho risposto di dovermi fermare prima in sartoria per la prova dell'abito. Tuttora ignoro quale illogico processo mentale l'abbia indotta a ritenere le mie spiegazioni una richiesta implicita di collaborazione.

«A me, invece, sembra vada benissimo così», reagisce nel frattempo mia zia, ormai sul piede di guerra.

«Direi che può bastare», provo a sedarle. «Tutto sommato preferivo quello...». Ma intervengo troppo tardi. Si sono scatenate. Adesso posso solo aspettare che la crisi scemi naturalmente, avendo l'accortezza di mantenere la rubrica del telefonino aperta sul numero del Pronto soccorso più vicino.

«Che cosa? Questo?», s'inalbera Violet.

«Stiamo parlando di un capo di alta sartoria!», si difende Craig, ritenendo che non siano sufficienti le urla di tre donne di mezza età per intrattenere gli ospiti dell'intero salone.

«Io non sto contestando la qualità dell'abito», protesta mia suocera. «Sto solo dicendo che, con questo addosso, Trudy farebbe ridere i polli».

Inizia a pulsarmi una vena sulla tempia.

«Si direbbero compagnie che frequenti spesso, dato che ne conosci così bene abitudini e gusti», arriva pronta la risposta di mia zia.

Mi manca l'aria.

«Che cosa?», starnazza l'altra e le sue guance, già naturalmente scarne, sembrano liofilizzarsi. «Molly, io non ti permetto!».

«Tu non mi permetti?»

«Esatto!».

«Che inutile putiferio! Il vero problema è che questo vestito è un disastro». Ed è la voce di Violet, questa volta, a sovrastare qualsiasi rumore in quella stanza dalle pareti spoglie.

«Cosa devono sentire le mie orecchie?! "Tripudio primaverile" è uno dei capi più eleganti della mia collezione e questa è la sartoria più in voga del momento», prende la palla Craig.

«Poi suona la sveglia, riapre gli occhi e si accorge di essersi addormentato un'altra volta sul divano guardando *Real Time*», lo rimbecca lei, lasciandolo esterrefatto.

Avvampo.

«Chiedo umilmente scusa per la mediocrità del mio lavoro». Le sbatte in faccia un sarcasmo sprezzante. «Non immaginavo di scomodare la principessa di Monaco in persona!».

«Non avrò sangue blu», reagisce lei piccata, «ma non sceglierei mai un vestito in poliestere per il mio matrimonio».

«Questo vestito è di un raso ricercatissimo».

«Davvero? E l'hanno mai trovato?»

«La mia bambina...».

«Tutto questo non sarebbe successo se avessimo rimandato di qualche mese il matrimonio, come ho suggerito più di una volta. I ragazzi non sono ancora pronti. Non è cosa che si possa improvvisare: si tratta di un legame che durerà tutta la vita».

«Non darle retta, cucciolo mio», mi consola mia zia, afferrandomi il mento con le sue dita scheletriche. «Confida nel colesterolo. Non sogni, solide certezze!».

«Questo poi è il colmo! Mio figlio è solo una vittima degli eventi. Non credevo che mi sarei vista costretta a ricordare come siamo arrivati a tutto questo. Se Trudy non avesse tanto insistito, a quest'ora Horace sarebbe ancora fidanzato con Marianne».

E a quel punto esplodo.

«Ora basta!», intimo quasi ringhiando.

E da quel momento tutti tacciono.

Non osano più ribattere.

Mi fissano nel loro attonito candore senza emettere un solo singulto.

Anch'io smetto immediatamente di parlare. Mi limito a osservarle, a una a una, con occhi iniettati di sangue e, quando sono finalmente certa che nessuna oserà più permettersi un commento, una critica, una velata illazione, agguanto lo strascico tra le braccia e mi allontano dallo specchio.

Seguita dai loro sguardi allibiti, raggiungo con lunghe falcate la porta dello spogliatoio, la apro, entro dentro e, prima di sbattergliela in faccia, sibilo a denti stretti: «Craig, fa' sistemare il primo. A quanto pare è quello che ha riscosso meno critiche. Passerò a ritirarlo in settimana. Ora, se non vi dispiace, sarei stanca. Mi tolgo questo e torno a casa dove, e la mia non è una richiesta ma un ordine perentorio, non sarò disturbata almeno fino alla scelta della lista di nozze. Appuntamento, ahimè, inderogabile a cui credo di poter assistere impotente non prima di un paio di settimane. Non fatevene un cruccio. L'attesa verrà ricompensata dalla presenza di interi servizi di porcellana che, sono certa, riempiranno egregiamente i tempi morti del vostro instancabile, sfibrante, irriverente scambio di opinioni».

Terminato lo sfogo, le chiudo fuori e mi barrico a doppia mandata in quell'angusto cubicolo che sa di cellophane e di polvere.

"Rilassati", mi suggerisce una vocina interiore mentre mi lascio cadere su uno sgabello, esausta. "Stai per sposarti. Da questo momento andrà sempre peggio".

Capitolo 2
Wilbourgh & Trench

«Questo è il giorno più bello della mia vita!».
«Hai finalmente riorganizzato la scarpiera?»
«No, il mio capo mi ha detto che sono brava».
«Mmm...».
«Non sei convinta?»
«Non so...».
«Cos'altro potrei desiderare?»
«Non chiedere a me. Allo stato attuale ho pretese così basse che mi accontenterei di ritrovare le chiavi del garage».

«Bella stronza!».

Come darle torto?

Se non fosse mia suocera, passerei le giornate in cerca di bagni pubblici dove lasciare il suo numero di telefonino accanto alla scritta "compenso la mancanza di fascino con la creatività".

«Sorvoliamo, ti prego. L'importante è che almeno il problema del vestito è risolto», concludo così l'interminabile racconto della mia prova in sartoria.

Karen annuisce un paio di volte, butta un bicchiere di plastica nel cestino e torna alla sua scrivania, ricominciando a scartabellare l'interminabile plico di documenti che le ho consegnato stamattina.

Se non avessi lei, rifletto, la mia vita sarebbe un inferno. È la persona più efficiente che abbia mai conosciuto. Inoltre è terribilmente schietta, il che la rende automaticamente la confidente ideale, almeno secondo il mio modesto punto di vista.

«Quanta robaccia!», bofonchia, cliccando forsennatamente il tasto destro del mouse. «Ci stanno riempiendo le caselle email di circolari assurde», sbuffa. «Senti questa: "ricerca avviata per personale idoneo alla gestione di filiale in deficit del settore 4"».

«Che?»

«Hai capito bene! Nella migliore delle ipotesi, sei mesi sbattuti in periferia in una schifosissima pensione gestita da una vecchietta psicopatica».

«Cestina tutto», suggerisco, ritenendola un'inutile perdita di tempo. Lei annuisce.

Se non fosse ancora chiaro, sono in ufficio. Lavoro presso la Wilbourgh & Trench – Federal Savings. Per lo più mi occupo dell'amministrazione di portafogli finanziari o dello sviluppo di prodotti di investimento, ma qualche volta seguo progetti differenti. Due settimane fa, per esempio, una nota SPA della zona ha richiesto il nostro intervento nel processo di acquisizione di un importante marchio del settore tessile. È stata una sfida interessante e proprio ieri abbiamo chiuso il contratto, portando a casa un ottimo risultato. La società con cui abbiamo collaborato sembrava soddisfatta dell'accordo raggiunto, ma aspetto un'email da Rupert per ulteriori ragguagli.

«Torniamo al lavoro», mi sprono, sfregando le mani mentre cerco di reagire all'ipotermia da aria condizionata. Controllo l'ora e mi accorgo che sono già le dieci passate. La mia pausa caffè è durata più del previsto, ma avevo davvero bisogno di sfogarmi. Da quando Horace mi ha chiesto di sposarlo, la mia vita si è divisa in due. Da un lato c'è la routine giornaliera, dall'altro la corsia a scorrimento veloce: pubblicazioni, prove in chiesa, lista di nozze, stress familiare e un trasloco da organizzare.

Ho l'appartamento invaso dagli scatoloni. Metà guardaroba è nell'armadio, l'altra metà in buste rigide pronte per il sottovuoto. Sarebbe tutto più semplice se non lavorassi dodici ore al giorno, ma la carriera è una parte preponderante della mia vita, senza la quale mi sentirei persa.

Horace, purtroppo, non è di alcun aiuto. Quando abbiamo

deciso di fare il “grande passo”, abbiamo dovuto mettere in conto che stava seguendo un caso particolarmente complesso in tribunale. È uno dei migliori avvocati in circolazione e, attualmente, difende una rifugiata politica che il nostro governo vorrebbe rimpatriare. L’attenzione dei media è tutta su di lui. Sono settimane che riusciamo a vederci solo nei fine settimana.

Sospiro.

In effetti non è facile. La nostra relazione è un susseguirsi di “momenti” da incastrare tra una riunione e l’altra. A volte capita di dover prendere appuntamento anche per litigare. Sembrerà un’eresia, ma non è detto che si abbia sempre il tempo di bruciare due o tre ore di sonno per chiarire a quale delle nostre famiglie spetti il diritto di rovinarci le vacanze di Natale. Di conseguenza, abbiamo stabilito una sorta di codice Se uno dei due ha da fare chiede il “time out” e si rimanda la discussione, confrontando le rispettive agende. Per alcuni è da pazzi, ma si sbagliano. Ciò che abbiamo costruito rappresenta la forza del nostro legame ed è il frutto del profondo rispetto che nutriamo l’uno per l’altra. Questo perché cerchiamo di ignorare gli screzi sorvolabili per non perderci in discussioni sterili. Lo so, la nostra non si può definire una coppia convenzionale: non siamo di quei tipi che camminano avvinghiati come protesi chirurgiche indivisibili. Non stiamo lì a sbaciucchiarci continuamente. Per lo più parliamo di lavoro e, se abbiamo un problema, non ci verrebbe mai in mente di metterci a litigare in mezzo alla strada, così, improvvisamente, davanti a tutti. Il fatto è che a me sta bene esattamente così com’è. Non siamo più ragazzini in crisi ormonale. Il nostro è un legame oggettivamente produttivo, stabile, razionale e questi sono i presupposti ideali per un matrimonio felice. Sfatiamo questo maledetto mito del colpo di fulmine, dell’amore da film strappalacrime, della passione travolgente. Sentimenti che non concepisco, in grado di ridurre un individuo fino ad allora perfettamente autosufficiente in un relitto umano affetto da tutte le patologie psichiatriche più inquietanti, dai disturbi ossessivo-compulsivi all'ansia d'abbandono. Obiettivi che non perseguo. Involuzioni indesiderate che posso solo augurarmi di scongiurare. Mi spiace, ma proprio non intendo rinunciare a orgoglio e dignità intellettuale fissando come un'invasata il display del telefonino, mentre aspetto un messaggio, uno squillo o una chiamata della mia controparte maschile. Non voglio risolvere i miei conflitti a letto, ma discutendo costruttivamente. Il sesso deve essere solo un momento come un altro d'intimità, non può prendere il sopravvento sulla ragione. Oddio, allo stato attuale non è un rischio che credo di correre. Con la storia del matrimonio e Horace barricato nel suo studio, non ricordo più l'ultima volta che lo abbiamo fatto. Ma il punto è proprio questo: non è un problema, anzi, sono felice di non ricordarlo. È la più grande dimostrazione d'amore che possiamo scambiarci, ecco!

«Trudy, tutto bene?», mi chiede allarmata Karen, sbirciando la mia scrivania.

La sua voce agisce da freno sul flusso inarrestabile dei miei pensieri. Torno alla realtà e mi accorgo di aver assunto una posa rigida, quasi statuaria, ma soprattutto di aver sgualcito irrimediabilmente i documenti che stringevo in mano senza neanche essermene resa conto.

«Uh? Cosa… Maledizione!», impreco, buttandoli via con un gesto stizzito. «È tutta questa tensione che sto accumulando. Non dormo da tre giorni», confesso, abbandonandomi sullo schienale della poltrona.

«Perché non ti prendi la giornata libera?», propone. «Tutto sommato te la meriti».

«Non lo so».

«Andiamo… Da quand'è che non fai una vacanza?».

Che domanda stupida. Come se non lo sapessi!

«Da…».

...e mi sorprendo a scavare nei ricordi, senza ottenere risultati apprezzabili.

«Lo vedi?», esclama lei, accontentandosi del mio silenzio. «Alza quel tailleur antracite dalla poltrona, butta le mutandine nel cestino e va' a fare un po' di sano sesso prematrimoniale».

«Karen!», la riprendo, saltando dalla sedia. «Ma come ti vengono in mente certe cose?», continuo, sporgendomi tra le scartoffie con la voce ridotta a un flebile sussurro preventivo.

«Perché? Che ho detto?», si mette sulla difensiva, raccogliendo una cartellina con sguardo innocente. «Tu hai palesemente bisogno di sfogarti. Se continui così non avrò più una vita privata». E come prova indiziaria mi indica la spropositata quantità di lavoro che le ho fatto accumulare in questi ultimi giorni. Cartelle. Documenti. Registri. «Fallo per me», supplica, arricciando le labbra a cuoricino.

Che assurdità! L'unica cosa di cui avrei bisogno in questo momento è un mastino ben addestrato e un'assistente meno impicciona.

E se...

E poi è semplicemente ridicolo. Possibile che la nostra società pensi solo a questo? Come siamo diventati avidi e materialisti. Un rapporto è fatto di mille altre cose, tipo la spesa il sabato al supermercato o la scelta del giusto mutuo a tasso variabile. Queste sono cose che ti cambiano la vita!

Eppure...

No... No, dài. Siamo seri. Tra l'altro sono in ufficio. Ho mille cose da fare. Il sesso è proprio l'ultimo dei miei pensieri in questo momento.

Sì, figuriamoci.

Sesso? A quest'ora? *Pfui*!

Sesso...

Se... Oddio, ho le vertigini.

«Ma che razza d'impertinente!», sbotto, lasciando la mia postazione per raggiungere la porta. «Signorina Morrison», la riprendo, assumendo un tono formale. «Da questo momento gradirei un atteggiamento consono al ruolo che riveste. Non le concedo certe libertà e le suggerisco caldamente di valutare con maggiore oculatezza il suo comportamento futuro, perché non so per quanto riuscirò a garantire la sua già precaria posizione presso la Wilbourgh & Trench».

Karen sbarra gli occhi non sapendo se scoppiare a ridere o chiamare la neuro. Io faccio finta di non notarlo e le sfilo davanti, pronta a sparire nel corridoio.

«E adesso dove diavolo vai?», mi domanda lei stralunata, quando mi vede afferrare la maniglia.

«Come se non lo sapessi…», rispondo io, alzando definitivamente bandiera bianca.

«*Toc, toc*», sussurro, facendo capolino nell'ufficio di Rupert. «Posso entrare?».

È al telefono. Solleva gli occhi dal monitor del suo portatile e mi fa cenno di aspettare.

«*Ops*… Non me ne ero accorta».

Gli faccio capire che ripasserò più tardi, ma lui scuote il capo in segno di diniego, quindi è inutile che resti ferma sulla soglia a rigirarmi i pollici. A quel punto mi avvicino, scelgo una delle sedie e attendo che abbia finito accavallando le gambe. Perdo tempo osservando la scrivania, i mobili, la finestra. Seguo distrattamente la conversazione e mi assicuro di essere in ordine. Oggi ho messo un completo grigio nuovo: giacca avvitata, gonna a tubino e una camicetta bianca leggermente trasparente. Nel complesso elegante, ricercata. Non posso che ritenermi soddisfatta. Inutile, non c'è nulla che mi faccia sentire più a mio agio di un completo scuro. Il tailleur, a mio avviso, non è una divisa obbligata da impiegata priva di personalità. No. Il tailleur è la quintessenza dell'efficienza. La carta vincente di chi vuole essere sempre al massimo in qualsiasi condizione o collocazione geografica. Non è una scelta di comodo, è una vera e propria filosofia di vita. Il sinonimo diretto di "continua reperibilità", associato a un'impostazione mentale da take away monodose. Se indossi un tailleur, stai implicitamente affermando di essere tu il centro del tuo universo. A qualsiasi ora del giorno o della notte, in qualsiasi condizione climatica, in qualsiasi habitat lavorativo, ti dimostrerai sempre perfettamente amalgamata al contesto. Potrei rinunciare a tutto: parrucchiere, scarpe, borse, bigiotteria, ma non ai miei tailleur. Che dire? A ognuno le sue fissazioni. La mia ha tre bottoni e spacco laterale.

«Ok, ti richiamo domani. Mi raccomando... Voglio quei contratti firmati per lunedì». Rupert riattacca e si stiracchia sulla poltrona, tirando su le braccia. «Non arriverò ai cinquanta!», si lamenta. «Ormai ho sostituito i carboidrati con l'antiacido».

«Che esagerato», lo canzono divertita.

«Credi che stia scherzando?», mi domanda, mentre strabuzza gli occhi spaesato. «Appena sento la suoneria del telefonino mi viene l'orticaria».

«Devi solo cercare di essere meno apprensivo».

«Probabile, ma non mi aspettavo di assumere la direzione della filiale così, su due piedi».

In effetti è stato un cambiamento repentino. Si è trovato a dover sostituire il vecchio direttore senza il minimo preavviso, ma ne sono felice. È un uomo davvero in gamba ed è anche una persona meravigliosa, il che contribuisce a creare un ambiente di lavoro sereno e stimolante.

«Te la stai cavando egregiamente».

Sono sincera.

Lui sorride diabolico.

«Che vuoi?», indaga.

Non resisto e scoppio a ridere.

«Lo sai».

«Thompson & Thompson?», prova, riferendosi all'acquisizione di cui mi sono occupata senza per ora sbilanciarsi in un commento.

«Esatto», confermo.

«Non so se te lo meriti. Non mi hai portato neanche il caffè».

«Ma potrei farmi perdonare con un muffin al cioccolato domani».

Sembra soddisfatto.

«Hanno chiamato una ventina di minuti fa».

«E...?».

Entro in tensione.

«Sei stata grande!», ammette lui, dopo avermi tenuto sulle spine per qualche minuto.

«Sul serio?», gongolo.

«Li hai stesi. Li hai spaventati a tal punto che avrebbero firmato qualsiasi cosa pur di non veder sfumare l'accordo. Ma come diavolo ci riesci?»

«Ehi, sono una donna! Sono stata progettata e assemblata per ottenere sempre quello che voglio. Altrimenti a che mi servono le tette?»

«Un punto a tuo favore», concede, «ma ti avviso, con me non ne avrai alcun bisogno. Sono troppo fragile in questo momento per mettermi a negoziare. Qualsiasi cosa tu desideri, la risposta è sì», si rabbuia. «Sono ufficialmente in lutto da ieri sera».

«Ho saputo», comprensiva. «Quanto? Quattro a zero?», mi informo.

«Cinque...», ammette singhiozzando.

«Brutta cosa. Contro la Spagna, vero?»

«Già».

«Per la gioia di Mary, immagino», giro il coltello nella piaga.

«Mi ricordi perché l'ho sposata?»

«Perché era più facile di una lavatrice e meno costosa di una colf?», scherzo, abituata a quel genere di confidenza. Fino a poco tempo fa eravamo semplici colleghi e capitava spesso che ci rinchiudessimo nei pub per denigrare crudelmente i nostri rispettivi compagni. Ora i nostri ruoli sono mutati, ma le battute restano invariate.

«No. Non è stato quello. È che detesto dormire da solo e non ho ancora imparato a mettermi la cravatta».

«Be', considera i lati positivi: non potrai seguire il Chelsea in trasferta, ma avrai il più bel nodo Windsor della nazione».

«Devo scriverlo su un post-it e attaccarlo sulla fattura del piastrellista».

«Non dirmelo, cambiate ancora il bagno?»

«Abbiamo deciso che il cotto alizarina ricorda il segno del fuoco e questo contaminerebbe il nostro angolo dedicato alla purificazione interiore, così abbiamo scelto una ceramica azzurra dalle decorazioni ondulate che richiamano il moto ondoso dell'acqua».

«Quando ti deciderai a disdire quel dannato abbonamento ad "Arredo-Chic"?»

«A che servirebbe?», si arrende sconfortato, lasciando cadere con un tonfo le mani sulla scrivania. «Ormai ha imparato a usare Google». E si concede una scrollatina di spalle. «Per fortuna passo qui tre quarti del mio tempo e sono troppo oberato di lavoro per chiedermi cosa stia succedendo al mio box doccia. Quando torno a casa saluto, ingurgito surgelati e collasso sul letto in attesa dell'infarto, che spero non tardi ad arrivare più di tre o quattro anni. Fino ad allora, mi basta sapere che almeno tu non mi molli. Non potrei sostenere tutto questo senza la tua collaborazione».

«Mai!».

La mia convinzione basta a metterlo di buonumore. Non aggiunge altro, così decido di essere diretta. «Piuttosto... Ti hanno detto niente della mia promozione?»

«Immaginavo che me l'avresti chiesto», mugugna, grattandosi il mento. «Purtroppo non dipende da me, lo sai».

«Certo, però avrai capito se sono o meno disposti a prendere in considerazione la cosa, no?»

«Credimi, ho accennato la questione, ma nessuno ha voluto sbilanciarsi. Sai come vanno queste cose…».

«Secondo te non c'è alcuna possibilità?»

«In realtà non è proprio così», precisa, ma non va avanti. S'interrompe e resta a bocca aperta come se volesse aggiungere qualcosa, ma non ne avesse il coraggio.

«Rupert», lo sollecito. «Non siamo più bambini. Parla pure con franchezza. Non ci saranno indiscrezioni da parte mia, né reazioni che possano in qualche modo compromettere la tua posizione. Sarò estremamente discreta, qualsiasi situazione si prospetti».

«Ho sempre invidiato il tuo autocontrollo. Ti confesso di aver spesso sperato di riuscire a gestire il mio lavoro con la stessa freddezza», mi confida. «Ebbene, voci di corridoio dicono che potrebbe liberarsi un posto alla sede centrale. Secondo alcune indiscrezioni, sono state prese in considerazione tre candidature. Una di queste tre è la tua. Naturalmente non sarà facile. So che gli altri due vantano dei curriculum di tutto rispetto e qualche anno di esperienza in più, ma pare siano rimasti molto colpiti dalla tua dedizione e, se non mi hanno raccontato stronzate, ve la state giocando ad armi pari», decide finalmente di sbottonarsi.

La mia reazione è piuttosto contenuta.

Esplodo interiormente.

«Be'?», reagisce, perplesso per l'assenza di commenti.

«Ok», annuisco.

«Tutto qui? "Ok"?»

«Cos'altro dovrei dire?»

«Sei tutta strana! Io proprio non ti capisco».

«Perché? Ho fatto un buon lavoro, ma questa era una cosa che sapevo già. Mi hai solo dato la conferma che se ne sono accorti anche i nostri superiori».

«Come credi», ridacchia. «Anche se a volte mi spaventi», aggiunge poco dopo, tornando serio. «Ok, io mi rimetto a lavorare. Tu che fai oggi?»

«Esco».

Solleva il viso da una rivista abbandonata sulla scrivania e mi guarda con l'espressione di chi sia certo di aver avuto un'allucinazione uditiva.

«E dove vai?»

«Ho deciso di prendermi mezza giornata, problemi?»

«Ah... Ehm», farfuglia. Lo colgo totalmente alla sprovvista. «Ma no», riflette. «No, figurati. Goditi il momento», conclude, dimostrandosi particolarmente comprensivo.

La cosa non mi stupisce. Ha ragione Karen, non prendo una vacanza da tempo immemorabile e non c'è nessuno che ne sia consapevole più di Rupert.

Felice di avere un po' di tempo per me, lo lascio alle sue numerose chiamate e, a dispetto della freddezza delle mie reazioni, esco di lì camminando a due metri da terra.

Sono ciò che desidero essere.

Sono dove desidero essere.

Sono con chi desidero essere.

Tre parole per descrivermi?

Realizzata.

Professionale.

Consapevole.

Capitolo 3
Felicità prêt-à-porter

«Quando ti ho detto ti amo, non intendevo: "Prego, entra pure nella mia vita, distruggi tutto e va' via senza guardarti indietro". In realtà era un modo come un altro per dire: "Ok, scopiamo?"».

La felicità è un concetto astratto che, se volessimo, si potrebbe paragonare a una sfilata d'alta moda: esclusiva, costosa e, con un po' di fortuna, della durata di una stagione. È un sentimento pervasivo che ti costringe a dimenarti in strane danze celebrative, preda del più devastante squilibrio mentale. Allora, mi chiedo, sono davvero felice? Posso affermare, in tutta onestà, che mi metterei a cantare *I Feel Good* usando la cornetta del telefono come microfono? No, immagino di no. O forse sbaglio. Forse la mia è davvero felicità, ma a un livello più accessibile. Una sorta di felicità prêt-à-porter…

Oddio, ma perché straparlo?

Cercando di contenere i miei pensieri, abbandono l'edificio immergendomi nel traffico cittadino.

È una splendida giornata. Dopo due settimane di piogge continue, finalmente il sole è tornato a brillare e si respira un'aria calda e avvolgente di inizio estate.

«Oh… scusi», sussurro mortificata, urtando sbadatamente un vecchietto.

Le strade sono affollate a quest'ora. Non ne avevo idea.

Quando è stata l'ultima volta che ho fatto una passeggiata durante l'orario di lavoro? In genere sono abbastanza mattiniera, ma passo la settimana in ufficio e di domenica sono sempre o troppo stanca per alzarmi, o in chiesa con la mia famiglia, che non si perderebbe un sermone di padre Anthony neanche se la invitasse a pranzo la regina Elisabetta in persona.

Il risultato è che ho dimenticato che sapore abbia l'aria aperta e riscoprirlo mi restituisce un profondo senso di benessere.

Elettrizzata dalle mie nuovissime scoperte, respiro l'aria della City e ricordo improvvisamente di non aver ancora sentito le ultime notizie, così mi fermo per acquistare il «Times». Anche questa è una cosa che non faccio da una vita. Di solito mi tengo informata tramite il web e ho un paio di abbonamenti ad alcune riviste elettroniche del mio settore che mi aggiornano sulle novità via email. Oggi, invece, stringo tra le mani un giornale vero, rendendomi conto che non so più neanche come tenerlo in mano senza sgualcirlo. Indubbiamente anacronistico, almeno per me che vivo in simbiosi con il tablet. Sfogliarlo mi ricorda la mia adolescenza, quando indossavo Dr. Martens, mi tingevo i capelli di blu e frugavo tra le cose della mamma, sperando di trovare vecchi jeans a zampa. Ero un tipetto piuttosto impegnato sul fronte politico. Non c'era manifestazione cui non prendessi parte. Giravo con grossi occhialoni da miope e cercavo la mia identità nello smalto nero e nei piercing all'ombelico.

Sembra passata un'eternità…

«Prego», sento d'un tratto mormorare dall'altro lato di un espositore. È la commessa dell'edicola, mi tende una manciata di spiccioli e aspetta che abbia preso il mio resto per dedicarsi a un altro cliente. Ringraziandola, sistemo la tracolla della borsa e mi allontano seguendo il flusso dei passanti.

Per una volta voglio prendermela comoda.

Ho tutto il giorno per me.

Respiro rilassata, mi appoggio a un lampione e spulcio i titoli di testa.

Tentativo fallito. Condannato a sei mesi un collaudatore di giubbotti anti-accoltellamento.

Uomo si lancia in un appartamento in fiamme per salvare una birra.

Taco Bell non servirà colazioni ai clienti canadesi fino a quando non si riprenderanno Justin Bieber.

«Mmm... La prossima volta prendo una rivista d'antiquariato».

Scoraggiata dall'aggressione della cronaca nera al mio momentaneo ottimismo, sfilo il naso dal quotidiano e mi ritrovo a ragionare su un'altrettanto drammatica realtà della mia attuale situazione: ieri ho prestato la macchina a mia sorella Kat.

«Porca...», mi scappa a mezza bocca.

Non pensavo di averne bisogno, anche perché abito a pochi minuti dalla banca. Ciò, però, non vale per l'ufficio di Horace, che si trova dall'altro lato della città.

«E adesso?».

Non posso perdere quest'occasione. Quando mi ricapiterà di avere una giornata libera e la fortuna di aver indossato un reggiseno dello stesso colore degli slip?

«No. Ora o mai più!», mormoro mordicchiandomi il labbro e, senza perdermi d'animo, decido velocemente per un taxi, solo per non dovermi perdere tra i corridoi della metro. Non con questi tacchi...

Mi sporgo dal marciapiede e ne cerco uno nel traffico. Un paio mi sfrecciano davanti proprio in quel momento, ma purtroppo sono già occupati. Spingo lo sguardo oltre l'incrocio sperando di avere più fortuna e mi metto a sbirciare tra le vetture. Passano moto, utilitarie, autobus e il successivo, quello che sbuca dietro a un camioncino bianco della Fast Removals, finalmente è libero. Non appena sollevo il braccio, accosta proprio in prossimità dell'attraversamento pedonale. E per paura che qualcuno provi a sfilarmelo, lo raggiungo correndo tra i passanti.

«Buongiorno», saluto, cercando dentro alla borsa il cellulare. Quando richiudo finalmente la portiera, gli sento domandare con voce piatta, del tutto atona: «Dove la porto?». Domanda a cui rispondo ruminando un indirizzo con tono distratto, impegnata più che altro a infilare l'auricolare dello smartphone.

Tuuu

Parte la chiamata.

Tuuu

Il motore vibra appena, mentre il veicolo si rimette in moto. S'immerge tra le auto in coda al semaforo.

Tuuu

Attraversiamo un paio di isolati, superiamo segnali stradali, strisce pedonali sovraffollate.

Tuuu

Traffico, clacson suonati a ripetizione, luci intermittenti. L'odore pregnante dello smog.

Questa è la mia città.

Questa è la mia vita.

Tuuu

«Pronto?», mi risponde Horace dopo quasi cinque squilli. Ha la voce affaticata. Deve essere stata una mattinata infernale.

«Disturbo?»

«Trudy, scusa... Non avevo guardato il display. Dove sei?»

«In un taxi. Ho un appuntamento di lavoro», mento. «Sei al tuo studio?», chiedo con tono casuale.

«A dire il vero no. Avevo un po' di atti da ricontrollare e a Bernard serviva la sala riunioni per le trattative del caso "Crowford", così sono tornato a casa per starmene un po' tranquillo», mi spiega.

Bernard è il suo socio.

«Capito...».

«Com'è andata con Rupert?», riprende.

«Tutto come speravo. Pare siano molto soddisfatti».

«Mi fa piacere. E non ha detto nulla della promozione?»

«Ancora no, ma a questo punto...».

«Sei contenta?»

«Molto», ammetto. «Tu?»

«Lo sarei di più se fossi qui con me», sussurra alla cornetta, lasciandomi senza parole. Cerco disperatamente qualcosa di meno banale di un "anch'io" con cui rispondere, quando sento uno strano rumore, come di una porta che sbatte o di una finestra, non saprei dirlo. «Che succede?»

«Ah...», sospira. «Trudy, devo lasciarti. Sono caduti tutti i fascicoli a terra, dannazione!», impreca. «Ti chiamo dopo, ok?»

«Ok», ridacchio, chiudendo. «A dopo!».

"Lo sarei di più se fossi qui con me", ripeto mentalmente, cercando di contenere l'emozione. Horace non è mai stato espansivo, credo derivi dall'educazione ricevuta. È taciturno, serio, affidabile ma allo stesso tempo riservato, introverso, abitudinario. Ultimamente, invece, è... Non lo so. Ogni tanto mi telefona senza alcun motivo per farmi domande stupide, tipo se ho mangiato o se sono ancora in ufficio. Altre volte mi accarezza il viso come se fossi un cucciolo indifeso.

Si sta lasciando andare. Il nostro rapporto sta per trasformarsi, per consolidarsi, e sente di potersi finalmente liberare della maschera che da sempre è stato costretto a indossare per essere all'altezza delle aspettative della sua famiglia. Non ha più paura di mostrare la sua fragilità e la frase che mi ha appena detto ne è una prova tangibile.

"Lo sarei di più se fossi qui con me".

Mi sento rinata. Rassicurata.

Possibile che basti un piccolo gesto, una frase casuale a spazzare via la tensione di giorni?

«Mi scusi». A quel punto mi rivolgo all'autista. «Dovrebbe svoltare al semaforo. C'è stato un cambio di programma. Può lasciarmi accanto a Topshop?»

«Nessun problema», mi risponde lui azionando la freccia e, dopo aver fatto passare una coppietta a passeggio, si infila in una traversina sulla sinistra seguendo le mie indicazioni.

Impieghiamo poco più di dieci minuti per arrivare, tempo che passo controllando le email sul tablet. Aveva ragione Karen: ho ricevuto almeno dieci circolari diverse. In gran parte si tratta di semplici comunicazioni su orari, consegne imminenti, incontri dello staff, ma a fondo pagina spicca la richiesta di personale per quella piccola filiale di periferia di cui mi aveva accennato in ufficio.

Ricerca avviata per personale idoneo alla gestione di filiale in deficit del settore 4. Disponibilità immediata. Periodo approssimativo di sei mesi.
Possibilità di riconferma dell'incarico.
Inoltrare richiesta direttamente all'ufficio del personale, allegando curriculum.

«"Approssimativo"...», leggo sovrappensiero.

Non invidio il poveraccio che si troverà costretto ad accettare, soprattutto considerando la distanza da Londra.

«"Possibilità di riconferma"...».

Mi sfugge una smorfia di disappunto.

Sei mesi: un tempo infinitamente lungo. E poi il settore quattro... Non ricordo, credo sia Scozia. Possibile?

«Ovunque sia, non mi riguarda», sentenzio senza possibilità di ritorno. Decido addirittura di cancellarla, rifiutando anche solo l'ipotesi che, per qualche malaugurata ragione, possa mai capitarmi nella vita di trovarmi in una situazione del genere. In quel momento, però, l'autista mi domanda se può fermarsi e l'eliminazione di gran parte dello spam aziendale viene momentaneamente rimandata, sostituita da priorità differenti. Come ad esempio scendere a patti con me stessa e l'impellente necessità di riappropriarmi della mia vita privata.

«Sì, va benissimo», annuisco, mentre dal finestrino si intravede uno scorcio alberato. Un breve ritaglio di tranquillità residenziale selezionata. Da un lato le inferriate nere di un parco, dall'altro una fila interminabile di palazzi. In uno di questi, proprio dopo una piccola erboristeria, c'è l'appartamento di Horace, che aspetta solo che io trovi il coraggio di entrare.

Che cosa sto facendo?

Il mio sguardo indugia sulla facciata e l'agitazione mi travolge.

Non ho mai fatto nulla del genere. Non è proprio da me. Lasciare l'ufficio, sgattaiolare da lui in pieno orario lavorativo. Mai in sei anni, giuro, ma forse questa è davvero l'occasione giusta per una follia.

E se si arrabbiasse?

«Ma che sciocchezze!».

Ho bisogno di lui. Ne ho un bisogno disperato. Solo adesso mi rendo conto di quanto mi sia mancato. Così, con il cuore che batte forte, salgo a due a due i gradini ed entro nell'androne, raggiungendo rapidamente l'ascensore.

L'ingresso del 2A è in fondo al corridoio, ma per non fare rumore inizio a sfilare le chiavi dalla tasca della giacca nel momento stesso in cui arrivo al piano. Non vorrei perdere l'effetto sorpresa…

"Chissà che faccia farà quando mi vedrà?", penso senza riuscire a trattenere un sorriso, insolitamente emozionata come non mi capitava da una vita.

«Ok, ci sei Trudy», cerco di darmi coraggio, mentre apro piano la porta e m'intrufolo di soppiatto nell'appartamento.

Il salotto è vuoto e intorno a me regna un silenzio assordante.

È come una coperta calda, avvolgente e sembra un sacrilegio rovinarla.

Raggiungo il divano e resto in ascolto del mio respiro.

Il resto è come un rito.

Sfilo la giacca e la poggio sul bracciolo del divano.

Sciolgo i capelli.

Tolgo la gonna.

Rimango con addosso solo l'intimo e la camicia. Vorrei fare di più, ma questa è la prima volta e non so ancora come reagirà Horace, trovandomi mezza nuda sulla soglia.

Tolgo anche le scarpe. Le sfilo via senza bisogno di chinarmi.

Emozionata, divertita, sbalordita dalla mia momentanea infermità mentale, a quel punto proseguo nel corridoio e mi avvio verso lo studio.

Oh... Così!

Fin quando non mi raggiunge un fruscio sommesso, ovattato.

«Mmh?».

Mi fermo per qualche istante con l'orecchio teso.

Ho come la sensazione di aver sentito...

«Cosa...».

Una strana inquietudine s'impadronisce dei miei pensieri. Turbata, continuo in punta di piedi fino a quando non raggiungo la soglia della stanza. I rumori da quella distanza si fanno più nitidi e un fastidioso formicolio alle dita mi costringe a scrollare il polso.

Sì, continua!

«Ma cos...?».

E non ho più il coraggio di andare oltre. Non saprei neanche descrivere come accada, come si concretizzi in me una nuova forma di consapevolezza, né da cosa derivi o dove cerchi di condurmi. So solo che d'un tratto è come se fossi paralizzata. Come se qualcosa... Qualcosa di indefinito mi bloccasse per impedirmi di andare oltre.

Il primo impulso è quello di correre via, arriva come un'ondata di panico, poi però sento la sua voce e... E perdo il controllo delle mie azioni. Non ne sono più responsabile.

Tremula, probabilmente tachicardica, spalanco la porta e... E la scena a cui assisto è davvero raccapricciante.

«Così, sì... Sei la mia porcellina!».

«Mmm... Dimmelo ancora. Dimmi che sono la tua porcellina».

«Sei la mia porcellina! Sei la mia piccola porcellina viziosa!».

A me porcellina non l'ha mai detto...

«Trudy!», esclama Horace con le gote paonazze e la fronte madida di sudore, appena si accorge della mia presenza.

È in piedi, completamente nudo tra le cosce di una sconosciuta. Anzi, no... ho già visto quel volto: è la rifugiata politica di cui si sta occupando e, oserei dire, con encomiabile dedizione.

La stanza inizia a ruotarmi intorno.

«Horace...», riesco a mugugnare, mentre mi si azzera la salivazione.

Sei anni. Sei anni passati insieme. Progetti, sogni, confessioni, condivisioni.

Tutto si svolge al rallentatore ed è come se non fossi più presente, come se stessi vivendo la scena da semplice spettatrice.

Sento la sua voce ovattata che rigurgita scuse. Lo vedo correre goffo verso i vestiti buttati sul pavimento, raccoglierli, rimetterseli frettoloso.

Lei scivola giù dalla scrivania coprendosi il seno con una mano e mi osserva con gli occhi sbarrati. Non appare spaventata. Neanche rammaricata. È solo sbigottita.

Trudy. Trudy, rispondi.

Qualcosa mi scuote. Sono le mani di Horace che si stringono sulle mie spalle.

Cerco il suo sguardo. «Horace...».

Non mi viene in mente altro.

Era la mia vita. Era il mio futuro. Era l'uomo che avrebbe dovuto sostenermi nel bisogno. Era il padre dei miei figli. Era il ricordo di quel bacio rubato in soffitta. Ecco, appunto, era, ma adesso non lo è più.

In un secondo il mio presente si trasforma in passato. Ed è una fitta acuta, straziante.

Fino a un minuto prima ero come anestetizzata, ma l'effetto è svanito e mi ritrovo a urlare senza controllo, nascondendo il viso tra le mani.

«Trudy, aspetta...». Preso dal panico cerca di fermarmi, di mantenersi i pantaloni, di accarezzarmi il viso. «Non fare così, adesso calmati», mormora affannato. «Parliamone. Andiamo in salotto. Trudy...».

«Non ci credo... Non ci credo... Non ci credo...», inizio a ripetere disgustata e quel flebile sussurro si trasforma in un grido rabbioso appena sento le sue mani viscide stringermi con più forza. «Smettila di toccarmi!». Lo spingo via. «Non provare più a toccarmi!», gli intimo, frapponendo tra i nostri volti il mio indice teso.

«Tesoro...». Sembra mortificato.

«Cosa?». Sono fuori di me.

Non sa che rispondermi. Ammutolisce e io con lui, mentre la realtà mi piomba addosso in tutto il suo squallore: mi ha tradito e, con un briciolo di obiettività, questa non deve essere neanche la prima volta.

«Non so come sia potuto accadere», inizia a farfugliare. «Il matrimonio, la tensione per la causa. Tu, sempre così distante».

«No!», lo interrompo prima che possa spingersi oltre con uno sguardo che non ammette repliche. «No», ripeto, sollevando una mano. «Non farlo. Non provarci. Non accusare me per difendere le tue bassezze. Non insultare la mia intelligenza, hai già calpestato tutto il resto».

Con le gambe che mi tremano dedico un'ultima occhiata alla ragazza, poi torno in salotto e lì inizio a rivestirmi, mentre cerco di recuperare il mio autocontrollo. Horace mi segue trascinandosi sulla moquette, ma non prova a ribattere. Sa per esperienza di essere indifendibile.

«Vuoi che ti accompagni a casa?», propone, guardandomi mentre riabbottono la giacca.

«Non ce n'è bisogno», replico glaciale.

«Trudy, sei sconvolta. Lascia che ti porti da tua madre».

«Perdonami, ma non mi sembra il momento adatto per una riunione di famiglia», commento con una punta d'ironia, sistemando i manici della borsa su una spalla.

«Cosa farai adesso?», mi domanda, accompagnandomi alla porta.

«Tanto per iniziare ti restituisco questo. Grazioso, ma decisamente fuori luogo».

Sfilo l'anello di fidanzamento e lo poggio nel suo palmo aperto.

«Non vuoi proprio parlarne? Perché non aspetti un attimo e non ti calmi?»

«Parlarne? Ti ringrazio, ma i dettagli non m'interessano. Aspettare? Cos'altro? Calmarmi? Per quale ragione dovrei calmarmi, Horace? Per consentirti un approccio meno sofferto alla scoperta di essere solo un viscido pezzo di merda?».

Non perdo mai il controllo. Non esagero. Non sono volgare. Aggressiva solo sul lavoro. Non gli ho mai parlato così. Credo sia proprio questo a sconvolgerlo più di tutto il resto. Un po' sorprende anche me, ma a questo punto la definirei un'anomalia del sistema del tutto irrilevante.

«Trudy...».

Mi allontano da lì con un'unica esigenza, quella di raggiungere l'uscita.

Il mio corpo inizia a muoversi da solo come in trance.

Mi ritrovo fuori senza neanche sapere come ci sono arrivata.

Ho ricordi sfocati delle scale, alcun frammento del corridoio e delle voci in sottofondo dei condomini che supero senza badarvi.

Aria.

Aria che respiro a pieni polmoni.

Sono in strada e sono sola. Sola quanto non lo sono mai stata in tutta la mia vita.

Che ne sarà adesso di me?

Sembra una domanda così stupida. Fa pensare che io non abbia null'altro, ma in realtà è così che mi sento. Come se non avessi più neanche un'identità.

Non so più chi sono.

Non so dove sono.

Non so cosa sto facendo.

E nel preciso istante in cui mi rendo conto di aver perso le risposte che mi sono costruita faticosamente in questi anni, sollevo gli occhi al cielo.

Un fulmine illumina la città. Poco dopo uno scroscio impietoso di pioggia si riversa su ciò che resta di me, spazzando via i brandelli di dignità a cui mi tenevo ancora aggrappata.

Capitolo 4
Destinazione inesistente. Rispedito al mittente

«Sicura di star bene?»
«Certo! Perché me lo chiedi?»
«No, sembrava...».
«Tranquilla, ora vado a rilassarmi un po'.
Tra un paio d'ore sarò come nuova».
«Trudy, quello è il balcone!».

Un rumore molesto mi riporta alla vita. Una sorta di scampanellio stridulo che mi perfora i timpani, costringendomi a esprimere tutto il mio disappunto in una sorta di miagolio primordiale.

Che è successo? Che ore sono? Perché non ci vedo?

Oddio... Sono diventata cieca.

«Ahi!».

Presa dal panico, mi lancio in avanti e precipito indecorosamente sul pavimento, arrotolata come un involtino primavera tra le lenzuola. La mia momentanea disabilità, però, non sembra in alcun modo scalfire l'indifferenza del mio persecutore, che dall'ingresso manifesta tutto il suo dissenso continuando a pigiare quel maledetto campanello.

«Un attimo... Un attimo», bisbiglio con la voce impastata dal sonno, gattonando alla cieca fin quando il mio naso non trova il comodino. Da lì risalgo a tentoni sul comodino e, non so come, ma in qualche astruso modo riesco a trovare l'interruttore dell'abat-jour.

Fiat lux!

Ok, non sono cieca.

«Sto arri... Sto arrivando».

Oddio. Più o meno.

«Tu, ignobile traditrice, brucerai all'inferno!», maledico con voce rauca lo spigolo della scarpiera e dalla camera da letto procedo a zig zag verso l'ingresso, colpendo ogni angolo, muro, mobile che mi intralci il cammino. «Insomma, si può sapere chi accidenti è?», protesto, spalancando la porta sul disastro estetico che due ore di sonno e un ignobile tradimento hanno causato alla mia deliziosa figura.

«Santo cielo! Trudy, cosa hai combinato?», mi accoglie mia madre sulla soglia, sbarrando gli occhi.

«Mettiamola così: ho avuto giorni migliori», riconosco mentre mi sposto per lasciarla entrare e, senza preoccuparmi di chiudere, la scorto in salotto.

Procediamo l'una accanto all'altra per un po' ma, non appena superiamo il tavolo, la lascio per buttarmi a peso morto sul divano, abbracciando un cuscino. Vorrei dormire, ne ho un bisogno disperato, ma con lei qui è impossibile.

Con la vista ancora appannata, la osservo mentre si aggira nella stanza. Non è a suo agio da me. Non lo è mai stata. Perché mia madre è una persona semplice. Vecchio stampo. Di quelle che in casa girano con i grembiulini a fiori e tengono le forcine tra i capelli per non rovinare la piega mentre sistemano gli armadi. È davvero strano vederla in piedi tra due poltrone di pelle nera, circondata da un arredamento così moderno da rasentare il fantascientifico. Il fatto è che siamo agli antipodi: lei appende tendine e decora vecchi mobiletti in découpage. Io... Ehm... Io no.

«Trudy». Inizialmente mormora il mio nome preoccupata. «Trudy...». Ma il tono si tinge di biasimo non appena mette a fuoco il contesto. Il caos regna ovunque: vestiti sparsi sul pavimento, una bottiglia di vino accanto al televisore, pacchetti di sigarette abbandonati qua e là, avanzi di una pizza sul tavolino e tutte le mie foto (album e non) sparpagliate sul tappeto.

«Possiamo parlarne in un altro momento?», propongo, già sapendo che la mia mozione non verrà considerata. Non fraintendiamo, non intendo dire che io e lei non ci capiamo. È solo un problema di sintassi. Ho una mia teoria a riguardo: esiste tutta una serie di locuzioni verbali che, per difetti sintattici, produce un rigetto immediato. Ogni coppia mittente-destinatario (nuora-suocera, fidanzato-fidanzata, madre-figlia) ha le sue. Frasi apparentemente innocue, che inspiegabilmente generano la risposta fissa: "Destinatario inesistente. Rispedire al mittente". "Possiamo parlarne dopo?" è una di quelle e, come prevedevo, sortisce lo stesso effetto. Infatti non mi ascolta, no. Piuttosto viene a sedersi accanto a me e si mette a fissarmi come se fossi in fin di vita.

«Tesoro», prova comprensiva, cercando le parole giuste per iniziare. «Sai, ieri mi ha chiamato Lisa. Horace è passato a casa, non era in sé».

«In effetti era in molte cose, ma posso concedergli che una di queste non fosse quella abituale», ribatto io, nascondendo il viso sotto il cuscino.

«Credo che tu debba almeno permettergli di spiegare», mi suggerisce con il viso in fiamme.

Ma permettergli di spiegare cosa?

«Stai scherzando? Dimmi che stai scherzando», la supplico, spuntando fuori dal mio morbido rifugio.

«Ecco, io...». Visibilmente in imbarazzo, appoggia una mano sul mio ginocchio e ribadisce: «Era davvero sconvolto».

Ah! Povero...

«Lui?»

«Io mi rendo perfettamente conto, solo che...».

«No, mamma. Tu non ti rendi affatto conto». Mi sveglio immediatamente. Riesco anche a mettermi seduta.

«Trudy», continua a ripetere il mio nome come se fosse una formula magica in grado di riportarmi alla ragione.

«No, lasciami finire», la interrompo. «Se ti rendessi conto, non ti verrebbe mai in mente di chiedermi di rivederlo. Dovresti essere quantomeno indignata».

«Ma io lo sono», mi rassicura. «Lo sono», ribadisce, strofinando la punta delle dita sul mio viso come a voler cancellare tracce di trucco sbiadito. Io la lascio fare. Non ho né la forza mentale né fisica di reagire. «E non ti sto chiedendo di perdonarlo. Assolutamente. Quello che ha fatto è orribile. Orribile!».

Detesto quando ripete gli aggettivi.

Ha sempre un secondo fine quando ripete gli aggettivi.

«Eppure, rifletti, avete trascorso insieme sei anni della vostra vita e avevate tanti magnifici progetti. Io non mi capacito di come una persona così dolce e altruista come Horace...», riprende, interrotta solo momentaneamente da un sospiro. «Non è da lui. No. Guarda, se me l'avesse detto un estraneo non ci avrei mai creduto. Allora ho pensato: e se ci fosse qualcosa che non va? Se questo fosse solo un modo per esprimere un disagio interiore? Avete una vita così difficile. Tu non ci sei mai. Non sai quante volte si è lamentato con noi della tua assenza. Forse stava male. È un uomo. Le esigenze di un uomo sono diverse», mi spiega, convinta che bastino due articoli di «Vanity Fair» per guadagnarsi un attestato in psicologia di coppia.

«Mamma», arrivo quasi a strillare, «adesso ti ci metti anche tu? Credi davvero che la colpa sia mia? È questo quello che ti hanno raccontato?»

«Lisa mi ha solo accennato...».

«Lisa? Lisa ti ha accennato?», sbraito in preda a una rabbia che credevo scemata. «E tu credi a Lisa? Devo ricordarti come mi ha trattato fino a oggi? Tu...», la indico minacciosa, abbassando la voce per piazzarmi davanti a lei con i capelli ancora arruffati, il pigiama di due taglie più grande che mi penzola dalle braccia e due occhiaie che fanno spavento. «Tu lo difendi?»

«Piccola mia», prova ad abbracciarmi.

«No», indietreggio con entrambe le mani sollevate per impedirle di toccarmi. «Non provarci!».

«Tesoro, ti prego, ragiona».

Chi me l'ha già detta questa frase?

Meraviglia! Lui si scopa "Natiche di bronzo" e io passo per il Cappellaio Matto.

«Il matrimonio... Il vostro rapporto... La vita è fatta anche di difficoltà. L'amore a volte è rinuncia, a volte comprensione», inizia a elargire frasi sconnesse, finendo solo con l'irritarmi ulteriormente.

Vorrei risponderle, riversare tutta la mia rabbia su di lei, ma il telefono di casa ci interrompe e anche stavolta, per caso o per destino, non resto orfana ai calci di rigore.

«Pronto?», rispondo dal cordless poco prima che riattacchino, con una voce che sembra provenire dall'oltretomba.

«Trudy!», esclama Rupert dall'altro lato. «Ma che fine hai fatto?».

Porca... Sono già le dieci!

«Oddio, sono mortificata», inizio a scusarmi, massaggiando la fronte con gesti convulsi. «Ho avuto un problema ieri e...».

«No, guarda, tranquilla», mi interrompe rincuorato. «Onestamente, credevo ti fosse successo qualcosa. Non sei mai venuta in ritardo. Mi sono spaventato. Stai bene?»

«Io? Be'... Non... Sì, certo», confermo, dopo aver tentennato per un po'.

«Quando pensi di poter arrivare? Dovremmo parlare della questione, non trovi?».

Giusto! L'acquisizione, la promozione... Ci saranno mille cose da discutere e io sto qui a crogiolarmi nella commiserazione. «Dammi venti minuti e sono in ufficio».

Come avrò fatto a dimenticare il lavoro? E dire che ho la sveglia fissa sul telefonino e... Accidenti! Ieri l'ho spento per non essere raggiungibile.

"Ok", scrollo il capo, "adesso bisogna tornare alla realtà!".

Chiudo la chiamata, sistemo il telefono sul caricatore e a quel punto spiego a mia madre di non avere più tempo per quella conversazione. Ci sarà modo di affrontare la questione in un altro momento.

Magari domani.

Magari mai.

«Come vuoi», mi risponde rassegnata. «Però quando hai finito chiamami, va bene? Potresti passare a casa e cenare con noi».

Io annuisco, più per velocizzare i saluti che per altro. «Sì. Sì... certo. Ora vai».

«D'accordo. Dirò a tuo padre di prendere un po' di salmone da Martin. Sarà felice di vederti. Era così preoccupato quando sono uscita», continua a blaterare, mentre infila un maglioncino leggero.

«Fantastico».

«Allora vado».

«Bene».

«Ricordati la cena!».

«Tranquilla».

«Lo sai che papà ci tiene».

«Credo di aver sentito il rumore dell'ascensore...».

«Certo, l'ascensore. Meglio che mi affretti, no? Tu sei in ritardo e io... Be', devo ancora fare la spesa», si ricorda titubante, riuscendo finalmente a buttarmi le braccia al collo in un momento di distrazione. Lo so, è orribile, ma ne approfitto per sporgere il naso oltre la sua spalla e controllare l'ora dal quadrante del mio orologio da polso.

Mio Dio, ho perso già cinque minuti!

Nel mio cervello è un susseguirsi di *Tic. Tac. Tic. Tac. Tic. Tac.*

«Devo proprio sbrigarmi», mi giustifico allontanandola.

Lei sembra dispiaciuta, ma non ribatte. Si limita a restare lì, imbambolata, incapace di abbandonarmi al mio destino.

«Mamma, tranquilla», cerco di apparire rassicurante, mentre la spingo fuori di casa. «Prometto che non tenterò il suicidio con la cinta dell'accappatoio. Non senza prima avvisarti. Ti voglio bene. Ti chiamo. Fretta. Doccia. Lavoro. Addio». E finalmente, con notevoli sforzi, riesco a chiudere quella dannata porta.

La prima cosa che faccio, rimasta sola, è schizzare in bagno portandomi dietro un completo nero. Una doccia veloce, una passata di trucco e mi ritrovo a correre in strada trafelata, mentre dal telefonino continua a suonare un vecchio brano dei Ploclaimers. Pensando sia ancora Rupert accetto la chiamata, ma comprendo da subito che avrei fatto meglio a ignorarla, perché quella che mi ritrovo ad ascoltare è la voce di Horace che implora: «Ti prego, non riattaccare».

La tentazione di sbattergli il telefono in faccia è forte, eppure qualcosa mi frena.

«Cos'altro vuoi?»

«Trudy, ho bisogno di parlarti. Lo so che adesso non vuoi vedermi, ma è davvero... È davvero importante», trova il modo di concludere quella che sembrava una frase destinata a rimanere a metà.

«Non ne vedo il motivo. So già più di quanto desiderassi».

«No, credimi. Non sai nulla e io non voglio che finisca senza che tu abbia ascoltato le mie ragioni. Ho bisogno di spiegarti. So di non meritarlo, ma se ancora un po' mi vuoi bene...». E lì mi paralizzo.

«Non farlo», lo supplico, mentre mi aggrappo alla maniglia del portone con la voce incrinata dalle emozioni che lottano per venire a galla. «È sleale».

«Lo so», ammette, «ma farei qualsiasi cosa pur di rivederti, anche se fosse per l'ultima volta».

Io non replico.

«Trudy, ti prego. Ti prometto che dopo, se lo vorrai, non ti cercherò più. Concedimi solo qualche minuto. Cos'è qualche minuto...».

«Rispetto agli ultimi sei anni della mia vita?», concludo al suo posto.

«Trudy...».

«Horace, mi aspettano in ufficio», taglio corto.

«Ci penserai almeno?».

Nuovo silenzio.

«Facciamo così, oggi sono libero. Passo a prenderti verso le sette e ti riaccompagno a casa, che ne dici?»

«Devo andare». E lui risponde solo: «A dopo», intuendo che nella mia omissione si nasconde il principio di una resa.

Capitolo 5
Accettazione del lutto

«Che fai?»
«Preparo le valigie».
«Vuoi una mano?»
«No, credo ci sia tutto: Valium, Zoloft, Rizen, Prozac…».

Chiudo gli occhi per un istante e analizzo ogni sfaccettatura possibile dell'atroce mal di testa con il quale convivo da quando mi sono svegliata. Due pillole di ibuprofene a stomaco vuoto e ti parte la gastrite. Corri ai ripari con l'antiacido e ci si infila la colite. A quel punto è una catena: pinaverio bromuro e idrossido di magnesio, sali minerali, tre tazze di caffè e ritorna magicamente la gastrite e di conseguenza ricominci il ciclo.

A proposito di ciclo…

No, meglio lasciar perdere.

Da circa un'ora sono in ufficio. Avrei voluto parlare con Rupert ma era occupato, così ne ho approfittato per portarmi avanti con alcune pratiche. Mi sono barricata nel mio ufficio chiedendo esplicitamente di non essere disturbata per alcun motivo e da allora per lo più perdo tempo, fissando il monitor del computer. Karen è con me come al solito. Se ne sta seduta dall'altro lato della scrivania con un taccuino tra le mani, decisa a ignorare le mie ultime direttive. Eppure le ho solo chiesto di svolgere il lavoro per cui viene pagata, come smistarmi la posta ed evitare che mi suicidi con il nastro biadesivo.

«Cosa vuoi?», le domando senza sollevare lo sguardo dalla cartellina gialla su cui sto annotando delle cifre.

«Sicura di non volerne parlare?»

«Sì».

«Non credi che discuterne ti farebbe bene?»

«No».

«Trudy, tenersi tutto dentro non è d'aiuto. Prima o poi esploderai».

«Karen...». Sollevo appena il mento. Sospiro. «Sto bene. Non so più come dirtelo. Sto bene. Mi dispiace di averti chiamato ieri notte. Non avrei dovuto farti preoccupare. In realtà neanche lo ricordavo», ammetto, sistemandomi meglio sulla poltrona. «Io... Devo aver bevuto troppo vino».

«Sì, lo avevo immaginato e sarei venuta, se solo fossi riuscita a farmi dire dove fossi», mi fa notare, rammaricata.

Reticenza giustificabile: ero in uno stato pietoso.

Ho un vuoto di circa quattro ore e dalla credenza mancano all'appello due bottiglie di rosso e una scatola di biscotti al cioccolato. Sono quasi certa di essere uscita, quel ricordo è un po' meno sfocato, e di aver ingurgitato due White Russian e un Bloody Mary. Ho anche l'atroce sospetto di aver dato il mio numero a un buttafuori di nome Rufus. Un tipo direi passabile, ma troppo basso per i miei gusti.

«Ero in un bar, ma sono rientrata presto», la rassicuro. «Era tutto sotto controllo».

«Se lo dici tu», concede lei poco convinta.

«Guarda, io...».

«Signorina Watts», mi chiama una segretaria, infilando la testa nella stanza. «Il signor Shaw sulla due».

Rupert!

«Ok, grazie. Rispondo subito». E attendo che sia andata via per mettermi in contatto con la direzione.

Certo che... Era ora! Non ne potevo più.

Aspetto questo giorno da mesi. Purtroppo non è così semplice farsi strada nel mio settore, soprattutto se si viene vista come portatrice sana di tacchi a spillo e congedi per maternità. Ho dovuto studiare il doppio, lavorare il doppio, lottare il doppio e tutto per ottenere la metà di quanto sperassi, ma l'ostinazione spesso paga e oggi raccolgo i frutti di tutti i miei sforzi. Non hanno più alcun motivo per rimandare la mia promozione. Ho dimostrato di essere un investimento sicuro.

Sta per accadere davvero.

Respira.

Fiuuuu... Fiuuuu...

Per quanto la mia vita sentimentale stia cadendo a pezzi, rifletto, posso sempre contare sulla mia carriera. Una sorta di àncora di salvezza che non mi tradirà mai per una brunetta più giovane o per un paio di reggicalze di cattivo gusto. No. Qui contano solo le cifre. Il raggiungimento degli obiettivi, le capacità personali e l'esperienza. È l'unica certezza che sia rimasta nella mia vita. Il sottile intervallo che mi separa dalla disperazione e dal gelato al pistacchio.

Più rilassata, faccio un cenno del capo a Karen e sollevo la cornetta premendo un paio di pulsanti.

«Dimmi tutto», saluto Rupert senza specificare che sono io. Lo sa che sono io.

«Senti, non riesco a liberarmi prima delle cinque, ma ci sono i documenti da compilare sulla mia scrivania. Ho detto a Elizabeth di portarteli. Ho già firmato», asserisce, elencando una serie di informazioni che, così su due piedi, non riesco ad associare a nulla.

«Rupert?».

Sbatto le ciglia attonita.

«Certo che... Bella carogna che sei!», mi accusa apertamente, anche se il tono sembra divertito. «E io che pensavo di potermi avvalere della tua collaborazione a tempo pieno. Ma come ti è saltato in mente? Andiamo... Cosa mi nascondi? Che mi sono perso?»

«Rupert?», continuo a domandare con espressione smarrita.

Karen mi fissa increspando le sopracciglia.

«Non vuoi proprio sbottonarti?»

«Rupert...».

«C'entra per caso l'indiscrezione sulla possibilità che si liberi quel posto?»

«Rupert, credimi, non ho la più pallida idea di cosa tu stia parlando», riesco finalmente a interromperlo.

«Come sarebbe a dire?». Scoppia a ridere. «È uno scherzo?»

«A dire il vero...».

«Allora, mi ha chiamato adesso John Turner. È tutto pronto, puoi partire lunedì. In realtà avevano proposto che ti trasferissi già da domani, ma dobbiamo chiudere la questione della Farrel Industries e...».

«Trasferimento? Quale trasferimento?», cado dalle nuvole. «Di cosa stai parlando? Io non ho fatto nessuna richiesta di trasferimento!».

«Ma che stai dicendo?», ribatte lui stranito. «Ho la tua email qui davanti. Mi hai scritto ieri. Hai accettato quel posto vacante come direttore. Ricordi la circolare?».

Non sento più il braccio sinistro. Perché non sento più il braccio sinistro?

«Ho... Ho risposto alla circolare? Ma... Ma sei sicuro che sia stata proprio io?»

«Sì», accenna un po' a disagio. «Qualcosa non va?»

«Ecco, vedi... Ieri è stata una giornata singolare. Ora, non sto qui a spiegarti ma... Potrei aver agito senza neanche rendermene conto, probabilmente in un momento di...».

Disagio mentale?

«Di confusione», concludo.

«Trudy...», sospira.

Niente di buono.

«Purtroppo non hai scritto solo a me. Hai inoltrato la richiesta anche alla sede centrale. Ho ricevuto stamattina il contratto da farti firmare e non credo che prenderebbero bene un dietrofront non giustificato. Dove lo trovano un altro pazzo che accetti? Siamo seri. A dire il vero mi era sembrato parecchio strano da parte tua, ma sapendo quanto fossi stata sotto pressione ultimamente... Ho pensato che avessi bisogno di staccare un po'. A quanto pare mi sbagliavo».

Eh già.

«Ma di che lavoro si tratta?», gli chiedo quasi in lacrime.

«Volendo riassumere, la filiale è in deficit. Non so bene cosa sia successo, ma con questa crisi... Tassi di interesse troppo alti, imprese che falliscono. Non penso ci sia sotto niente di losco, ma non si può mai dire. Per fortuna non si tratta di grosse cifre, cercano solo qualcuno che vada a recuperare il recuperabile per migliorare le condizioni di vendita».

«Vogliono vendere la sede? A chi?»

«Pare che la RBS sia interessata ad assimilare la filiale. Dobbiamo cercare di strappare un prezzo favorevole e far rientrare le perdite, invogliandoli ad accollarsi l'intero pacchetto: conti, azioni, clienti...».

«Credi davvero che si farebbero carico anche delle sofferenze? Mutui, prestiti, protesti...».

«Se sono ragionevoli. Ti danno sei mesi, allo scadere dei quali o si provvede alla vendita oppure, qualora tu sia riuscita a ristabilire un andamento di crescita, valuteranno la possibilità di mantenerla aperta».

«E cosa succede allo scadere dei sei mesi? Io che fine faccio?», gli domando terrorizzata.

«Per te c'è il rientro immediato. Rilassati. Una come te lì è sprecata! E poi, una volta che avranno venduto, non avranno più motivo di trattenerti fuori sede».

Vorrei sentirmi più serena, ma c'è una parte di me che trema, perché non abbiamo ancora affrontato la questione che più mi sta a cuore di tutta la faccenda.

«Rupert, dov'è che dovrei andare?», chiedo con un filo di voce, chiudendo gli occhi mentre aspetto la sentenza.

«Fammi leggere. Era nel settore quattro».

«Scozia?»

«Esatto», conferma, sfogliando qualcosa accanto alla cornetta. «Ah, eccolo! Turriff, sì».

«Turriff...», ripeto inespressiva.

«Turriff», conferma mortificato.

«Ok».

«Sicura?»

«Certo», ma devo forzarmi per apparire tranquilla.

Ci salutiamo e apro Google sbattendo come una forsennata le mani sulla tastiera. Non so davvero come faccio a non sfondarla.

Karen non fiata. Deve aver capito che non è questo il momento di chiedere delucidazioni. Aspetta e ogni tanto sbircia in direzione del monitor, su cui compare una pagina di Wikipedia.

Turriff è sia una città che una parrocchia civile situata nell'Aberdeenshire, in Scozia. Si trova sul fiume Deveron, a circa 166 piedi dal livello del mare e ha una popolazione di 5708 abitanti.

«Cinquemila...».

Del resto colgo solo poche parole chiave: quattro chiese... Una scuola primaria... Villaggi vicini... Una biblioteca... Il Turriff Cottage Hospital...

«Cottage? Ma è legale?», sussurro agonizzante, ma neanche questo basta a fermarmi. No, continuo la mia sadica esplorazione sperando che un embolo improvviso mi strappi alla vita.

Squadra di calcio... Fiera agricola annuale...

«No, la fiera agricola no!».

«Cosa sta succedendo?», si spaventa Karen, che mi vede completare tutti e cinque gli stadi di accettazione del lutto in neanche un minuto.

Rifiuto:

«Non può essere. Avevo appena finito di montare la libreria Hemnes nel salotto».

Rabbia:

«Trudy, che ne diresti di ridarmi la spillatrice? Ecco, così.

Lasciala. Te ne siamo tutti estremamente grati, soprattutto la scrivania».

Patteggiamento:

«Ok», verso Dio, puntando il soffitto con l'indice accusatorio. «Parliamone. Tu vedi tutto, giusto? Be', non ti sarà certo sfuggito che proprio dietro casa mia c'è la sede di Scientology. Ora, io non vorrei arrivare a tanto, non dopo ventotto anni di rapporto, ma sento che sto iniziando ad avere un'inspiegabile crisi mistica».

Depressione:

«Ci sarà la connessione internet?»

«Devo chiamare un'ambulanza?», mi chiede lei, appoggiando la mano sulla cornetta del telefono senza smettere di fissarmi.

Mi sollevo, vacillo.

Accettazione:

«No, non ce ne sarà bisogno. Credo di dover solo prendere un po' d'aria. Io...».

«Trudy!», la sento urlare, poi si fa tutto buio.

«Ma sei sicura di sentirti bene?»

«Volete smetterla di chiedermi come mi sento?», sbotto esasperata. «Non sono un malato terminale, che diamine! Deve essere stato un calo di zuccheri», minimizzo, decidendo di tralasciare la narrazione della mia piccola parentesi da alcolista di ieri sera.

Sono seduta da Starbucks con Horace, che continua a girare il suo caffè senza decidersi ad assaggiarlo. Deve essersi spaventato parecchio. Quando è arrivato ero priva di sensi, stesa su un divanetto dell'ingresso con almeno tre impiegati intorno che cercavano di farmi rinvenire sollevandomi le gambe. Ha aspettato che mi riprendessi, poi mi ha aiutato a infilare la giacca e mi ha scortato fuori, dimostrandosi fastidiosamente premuroso.

In teoria doveva solo riaccompagnarmi a casa, ma dopo le ultime notizie non mi andava di rientrare, così abbiamo preferito una conversazione informale davanti a un paio di sandwich.

«Allora?», domando esausta.

Si preannunciano tre giorni d'inferno. Devo rimettermi a impacchettare le mie cose, salutare tutti e trovare un appartamento. Poi c'è il biglietto aereo da prenotare, una macchina da affittare, il corriere da contattare...

Mi assale l'ansia.

Abbandono intatta la mia consumazione e mi limito ad attendere la sua risposta.

«Purtroppo non è semplice», inizia lui.

Decido di non interromperlo per ottimizzare i tempi, ma mi riservo il diritto di lanciargli contro una tazza se fosse necessario.

«Sai, sei bellissima stamattina».

«Horace...».

«Scusa», sospira. «Non ho chiuso occhio stanotte. Avrò provato a chiamarti almeno cinque volte».

Che sforzo titanico. Strano che sia sopravvissuto.

«Ho spento il telefono», gli spiego.

«Non so davvero da dove iniziare», arranca mentre l'osservo con distacco, come se non l'avessi mai visto prima.

Per quanto il suo completo grigio sia impeccabile, ha un'aria sfatta, trascurata. Non è mai stato particolarmente bello, ma ho sempre trovato che avesse un fascino innato. Il naso un po' aquilino, il mento sporgente e un fisico robusto, imponente. Non il classico belloccio da cartellone pubblicitario, ma un uomo dalla forte personalità, caratteristica che mi ha fatto da subito perdere la testa. La cosa strana è che, in questo momento, complice una diffusa sensazione di malessere, mi appare come un estraneo. Abituata a vederlo sempre primeggiare, alle sue battute sprezzanti, non riesco più a riconoscerlo. Mi guarda spaurito, quasi assente e non c'è traccia del principe del foro di cui parlano tanto i giornali, quando accetta un nuovo caso. No. È come un contenitore vuoto. La sagoma di qualcuno che pensavo di conoscere e che non c'è più.

«Senti, sei stato tu a volere questo incontro. Io ho mille cose a cui pensare quindi, se non riesci a fare altro che balbettare...», minaccio di andare via e mi alzo, iniziando a raccattare le mie cose.

«No, ferma. Siediti», mi trattiene lui, agitato. «Trudy, scusami», sussurra. «Ti prego, perdonami». Afferra la mia mano e, inaspettatamente, si inginocchia ai miei piedi.

«Oh mio Dio... Horace, sei impazzito?», gli domando e probabilmente non sono l'unica a pensarlo. Alcuni dei clienti si voltano incuriositi. Un cameriere si avvicina di qualche passo, chiedendosi se sia il caso di intervenire. «Horace, ti prego», lo supplico sottovoce. «Siamo al centro dell'attenzione. È un momento difficile. Siamo sconvolti entrambi, adesso però torna a sederti. Non è né il luogo né il momento adatto».

Non sembra importargli. Mi cinge la vita con le braccia e affonda il viso nella mia giacca.

«Non lasciarmi, Trudy. Non sono niente senza di te».

«Eppure sembravi perfettamente a tuo agio ieri mattina», lo accuso, non riuscendo più a trattenermi.

Le mani iniziano a tremarmi e la cosa mi fa sentire terribilmente a disagio. Nascondo la mia vulnerabilità dietro a gesti improvvisati. Sfuggo ai suoi sguardi e a quelli della folla, ma non basta. Lui è lì, proprio accanto a me, e mi costringe ad affrontare i miei sentimenti.

«Non so come sia potuto accadere. Ti ho chiesto di sposarmi perché ti amo. So che non puoi capirlo, ma mi sono sentito abbandonato. Eri sempre più distante. Il tuo lavoro, la tua vita, il tuo appartamento. Mi hai escluso gradualmente e io sono stato un vigliacco».

«Ora basta», gli ordino, cercando di scostarlo. «Rialzati, Horace. Ti stai rendendo ridicolo».

«No. Non farmi questo. Dannazione! Picchiami, urla, mandami al diavolo», sbraita, allargando le braccia. «Non valgo neanche questo?»

«Credi che non voglia farlo? Credi che non voglia mettermi a strillare?»

«E allora fallo, amore mio, fallo!».

«Ma cosa stai dicendo?»

«Non lo capisci? È proprio questo il punto. Ho fatto una cosa orribile, lo riconosco, ma se fosse l'occasione giusta per ritrovare noi stessi?»

«Ok, stai delirando», concludo e mi avvio verso l'uscita con le mani in tasca.

«No, non ho finito...». Mi insegue, fa qualche passo e mi afferra per un braccio, costringendomi a restare. Il cameriere però fraintende il gesto e si sente in dovere d'intervenire, raggiungendoci per chiedermi se ho bisogno del suo aiuto.

«Non si preoccupi», lo tranquillizzo. «Il signore stava andando via», spiego, fissando Horace con disprezzo.

«Trudy...», riprende lui, ignorando ogni mia protesta. «Non lasciarmi. Non mi abbandonare. Ti chiedo solo un'altra occasione. La possibilità concreta di entrare nella tua vita. Sei sempre stata una donna intelligente e mi conosci profondamente. Per una volta, perché non provi a concedermi il beneficio del dubbio? Potrei essere lo stronzo che credi, ma se in quello che dico ci fosse un fondo di verità?». Le sue parole riescono a colpirmi più di quanto vorrei. «Trudy», sussurra ancora il mio nome. «Non era mai successo prima. Non ti ho mai mentito. Ti sono sempre stato accanto. Non buttare tutto al vento così. Non...».

«Devo chiamare la polizia?», propone il cameriere.

«No, non ce n'è bisogno. Horace, parlarne in questo momento è inutile. È successo tutto troppo in fretta», prendo le distanze e dal mio sguardo comprende che è una battaglia persa. Sono inamovibile.

«Hai ragione», acconsente scuotendo ripetutamente il capo. «Hai perfettamente ragione», conclude comprensivo. «Perché non ci rivediamo questo sabato? Potrei cucinare il brasato. Ti è sempre piaciuto il mio brasato. Una cenetta a casa. Niente di pretenzioso. Una bottiglia di vino e...».

«Horace, no».

«Ma, Trudy, non puoi. Non...».

«Mi dispiace, non è colpa mia. Mi trasferiscono», gli rivelo prima di andare via.

«Come sarebbe? E la promozione? Come è potuto accadere?»

«C'è bisogno di me in Scozia, ma non sarà per sempre. Qualche mese. Sai? Credo che ci farà bene. Potremmo approfittare della lontananza per riflettere sui nostri errori. Ora scusami, ma devo proprio tornare a casa. È stata una giornata pesante e devo preparare un trasloco».

Si arrende. Me ne accorgo dal suo sguardo. Cede quando si accorge di avere davanti a sé un muro insormontabile: il mio lavoro.

«Ok, come vuoi. Posso chiamarti ogni tanto?»

«Ciao Horace», lo saluto e torno a casa a piedi, preferendo fare quattro passi.

Capitolo 6
Marina fiamminga in tempesta

«Seconda legge di Trudy: prima o poi, la peggiore combinazione possibile di circostanze è destinata a distruggermi la vita».
«Sempre la solita disfattista».
«Corollario: e senza ottenere mai una briciola di comprensione».

Il mio volo atterra ad Aberdeen verso le tre del pomeriggio.

Per evitare imprevisti di sorta, ho curato ogni minimo dettaglio. Un impiegato della Rentalcars mi attende all'uscita dell'aeroporto con un'auto, i documenti dell'assicurazione e una copia del contratto di nolo. Il viaggio durerà circa un'ora, così ho messo in borsa un CD con le mie canzoni preferite, una piantina, una bottiglietta d'acqua e un paio di medicinali da banco indispensabili: ibuprofene, paracetamolo, antistaminici, cortisonici, antiacido, propoli, sciroppo per la tosse, loperamide cloridrato e due confezioni di cerotti. Ah... E una boccetta di acqua ossigenata. E poi l'ovatta. E il mercurio cromo. E una garza. Uh... Poi ho preso un pacchetto di caramelle al mentolo. Mmm... Credo sia tutto. Sì. Non ho dimenticato niente!

Sistemata la borsa, ho pensato anche al mio arrivo in Scozia. Proprio due giorni fa ho contattato un'agenzia immobiliare del posto e ho affittato un bilocale arredato, accertandomi che fosse abbastanza lontano da scuole elementari e luoghi di ritrovo adolescenziale. Ho anche fatto versare un piccolo acconto per la caparra, ma per il saldo ho chiesto alla direzione di aspettare che abbia visionato personalmente l'appartamento. Per quanto mi abbiano più volte assicurato che c'è connessione WIFI, è già stata attivata la linea telefonica e sono stati allacciati luce, gas ed elettricità, non riesco a fidarmi. Un po' paranoico, vero, ma preferisco essere prudente.

Un altro aspetto che oserei definire basilare nella gestione del mio trasferimento è stato senza dubbio il reperimento di una collaboratrice domestica. Il problema maggiore era rappresentato dalla mia naturale propensione verso la scelta di governanti F.D.M. (Fidati Di Mamma), ma non conoscendo a Turriff nessuno che rispondesse a tali imprescindibili requisiti, mi sono vista costretta ad avvalermi del consiglio dello stesso agente immobiliare consultato per l'appartamento. L'impiegato ha suggerito, non senza insistere, una certa signora Ariane, che da quanto mi ha spiegato potrà venire da me tre volte a settimana dalle otto alle dodici e trenta del mattino. Ottenute le sue generalità, ho provveduto subito a contattarla per assicurarmi che fosse effettivamente idonea alla mansione. Sembrava una brava persona, così le ho comunicato il giorno del mio arrivo e le ho chiesto di rendere l'appartamento abitabile. Lei mi ha garantito che sarebbe stato tutto pronto per domenica mattina, assumendosi la responsabilità di aspettare il corriere con i miei bagagli. In realtà non ho spedito granché. Non volendo perdere il mio vecchio appartamento, ho deciso di subaffittarlo a un collega fino al mio ritorno. In questo modo ho potuto lasciare gran parte della mia roba lì. Ho preso solo abiti, scarpe, accessori e una serie di documenti dal mio archivio personale. Il minimo indispensabile per la sopravvivenza in ambiente ostile.

Tutto sommato, credo di essermela cavata egregiamente. Mi sento anche discretamente serena. Ho deciso di essere propositiva. Non c'è nulla che il mio impegno e la mia dedizione non possano affrontare. Certo, non sarà una passeggiata, ma sono abituata alle grandi sfide e questa potrebbe essere l'opportunità che attendevo per dimostrare le mie capacità. Da quanto mi hanno spiegato, la filiale di Turriff naviga in cattive acque e il personale si sta dimostrando inadatto ad affrontare il momento di crisi. Il mio compito sarà quello di riportare il bilancio in attivo entro lo scadere perentorio dei sei mesi previsti dal contratto. Se ciò dovesse accadere, gli impiegati di Turriff me ne saranno immensamente grati. Qualora invece non dovessi riuscirci, la filiale verrà definitivamente chiusa. E a quel punto, chissà? Rupert potrebbe avere ragione. Il mio curriculum è impeccabile, la mia presenza costante. Questo è solo un imprevisto, un contrattempo. E a meno che non sia saltato tutto, quella promozione potrebbe ancora essere mia. Ora però non voglio pensarci. Un problema alla volta, considerando che, comunque vada, fra non molto rientrerò a Londra e la Scozia tornerà a collocarsi al di sopra della linea che immagino tra quello per cui nutro il minimo interesse e… E tutto il resto.

Ripreso il controllo del mio presente, lascio la caffetteria dove mi sono fermata per prendere un tè e raggiungo l'esterno, in cerca della mia macchina.

La trovo quasi subito.

Poco più avanti, infatti, mi aspetta un uomo sulla trentina. Ha tra le mani un cartello con su scritto a penna il mio cognome e studia i passanti cercando di capire chi possa essere di loro.

«Buongiorno». Mi avvicino trascinando un trolley ed evito accuratamente di stringergli la mano.

«Signora Watts», mi accoglie, asciugandosi la fronte imperlata di sudore.

«Signorina», lo correggo infastidita.

«Mi scusi», sorride affabile. «Ha fatto buon viaggio?»

«Discreto».

«Ehm… certo». Rendendosi conto che non ho alcuna voglia di parlare, mi passa rapidamente chiavi, documenti e assicurazione. Mi dà il tempo di sistemare tutto nella borsa, dopodiché fa qualche passo verso il parcheggio, mostrandomi l'auto con un gesto della mano. «Abbiamo fatto il pieno, come ha richiesto. Spero sia di suo gradimento».

«Immagino di sì», gli rispondo del tutto indifferente. Sono di quei tipi che con le macchine fa questa valutazione: ha quattro ruote? Funziona? Frena? Ok, è l'auto dei miei sogni!

«Mi aiuterebbe?», chiedo, indicandogli i bagagli.

«Ma certo», risponde ossequioso. «Dia pure a me».

Lo guardo incastrare tutto nel bagagliaio senza riuscire a impedirmi di inarcare un sopracciglio, dopodiché lo congedo e mi avvio verso Turriff accendendo lo stereo. Una lieve pioggerella mi appanna i vetri, ma non sembra nulla di preoccupante. Confido di riuscire ad arrivare a destinazione lasciandomi la leggera perturbazione alle spalle.

E 'l diluvio venne sopra la terra[…] E l'acque si rinforzarono grandissimamente, e tutti gli alti monti, che son sotto tutti i cieli, furono coperti.

Più mi allontano da Aberdeen, più il paesaggio si trasforma in un'inquietante marina fiamminga in tempesta. Avete presente quei quadri angoscianti dove si vede un disgraziatissimo veliero sbilenco alla deriva tra le onde, mentre tutt'intorno si scatena l'inferno? È sempre lui, lo stesso in ogni dipinto. Lo riconoscete da quei puntini indistinti aggrappati alle vele, unici superstiti di un equipaggio vittima del sadismo di pittori apatici in cerca di brividi a basso costo. Ecco, in questo momento mi sento uno di quei puntini indistinti. Solo che io sono arpionata al volante di una Toyota, mentre scrosci insubordinati d'acqua riversano tra i tergicristalli impazziti fogliame e fango, incuranti della mia innata attitudine al catastrofismo. Vorrei sollevarmi il morale con considerazioni meno agghiaccianti dei versetti della Genesi, ma in questo clima da *The Day After Tomorrow* è già tanto che non abbia avuto un collasso nervoso.

Non vedo nulla. Assolutamente nulla. Se non fosse per i lampi ormai continui, non riuscirei neanche a distinguere i limiti della mia corsia. Procedo praticamente a passo d'uomo da mezz'ora, ritenendo inutile fermarmi sperando che spiova.

«Al prossimo incrocio, svolta a destra», mi suggerisce il navigatore.

Decido che è l'indizio del mio imminente arrivo in città, così sorvolo sull'antipatia endemica e le rispondo: «Ok. Ti seguo su tutta la linea!».

«Al prossimo incrocio, svolta a destra».

«Che c'è, non ti fidi?». Forse sono troppo aggressiva, perché cessa immediatamente di darmi ordini e si mette a rumoreggiare, mentre sul display appare l'immagine di una clessidra.

«Ricalcolo il percorso. Un minuto. Ricalcolo il percorso», mi ronza nelle orecchie, senza che succeda assolutamente niente.

«Come sarebbe? Ma cosa...», m'inalbero, sbattendo la mano sul monitor. «Vuoi ripartire? Accidenti!».

E certe volte anche il più sofisticato dei congegni elettronici cede alla logica della violenza. Infatti smette immediatamente di frusciare e mi domanda: «Esiste un percorso alternativo veloce, cambiare percorso?».

Non li riconosci mai, o meglio, li riconosci sempre troppo tardi. Quei pochi secondi in cui ti giochi inconsapevole giorni, mesi e addirittura anni di psicanalisi.

Trasudando ingenuità, la riproduzione di una cartina digitale mi indica sullo schermo una curiosa stradina sterrata nascosta tra gli alberi e io, povera ingenua, convinta che se fa *bip* allora è più intelligente di me, che faccio? Sterzo e mi tuffo in una nuova e imperdibile avventura di cui sentivo terribilmente la mancanza.

No, non sto perdendo la calma senza motivo!

Avete presente quando il padre di Belle, nel film *La Bella e la Bestia*, si ritrova davanti a un bivio, mentre cerca di raggiungere il mercato dove esporre le sue invenzioni? Da un lato c'è il chiaro ingresso al regno dei dannati e dall'altro un piacevole sentiero di campagna che si apre su un grazioso campo di margherite, e finisce che lui sceglie il primo e si ritrova nelle segrete di una bestia cornuta. Ecco, io faccio più o meno la stessa fine. Davanti a me una strada sicura, libera, asfaltata eppure imbocco la via sterrata e mi ritrovo totalmente impantanata, con una ruota bucata e l'assoluta certezza di aver appena mandato al diavolo la prima parte della mia brillante tabella di marcia.

E poi? E poi c'è la telefonata al soccorso stradale, l'attesa snervante, l'arrivo del carroattrezzi, l'incontinenza emotiva dell'autista, le accorate suppliche per non essere abbandonata nel pantano e finalmente, trecento sterline dopo, l'arrivo in quello che sembra il crocevia tra le montagne di Heidi e la Contea di Bilbo Baggins.

Tre parole per descrivermi?

Irascibile.

Isterica.

Intrattabile.

Capitolo 7
Teorema dell'ordinazione singola

«Ehi, serve qualcosa?»
«Sì, ma non sei tu, non ce l'hai tu né puoi procurartelo tu. Temo che la nostra conversazione subisca gli effetti della mia incapacità di fingermi interessata alle tue prospettive per la serata».
«Bastava dire no».

La prima insegna cigolante in cui mi imbatto è quella di un piccolo pub, in cui mi fiondo sfilando un trench ormai zuppo con la stessa grazia di King Kong.

Sbattendo la porta, raggiungo il bancone in fondo alla sala e abbandono il soprabito gocciolante su uno sgabello.

Sono di pessimo umore.

Pessimo.

Tutto quello di cui ho bisogno è una camomilla, il mio smartphone e un bagno. Non per forza in quest'ordine. Tutto quello che ottengo, invece, è il sorriso divertito di un cameriere che sembra appena uscito da un raduno reggae. Appena mi vede entrare, lascia il cliente con cui parlottava, poggia entrambi i gomiti sul ripiano e mi regala la sua più riuscita espressione-campionario da rimorchio, comparto "fossetta impertinente".

«Dimenticato l'ombrello?», domanda, puntandomi contro quei fanali abbaglianti che si ritrova al posto degli occhi.

Gli concedo un'occhiata a mero scopo informativo e mi ritrovo ad analizzare un trentenne palesemente ossessionato dal sollevamento pesi, affetto da una predilezione ingiustificabile per le t-shirt sbiadite e i jeans a vita bassa. Rasentando l'inciviltà, tiro fuori dalla borsa il cellulare e gli rispondo sarcastica: «No, controllavo la tenuta del cotone alle basse temperature!». Intanto mi accorgo che il timer del display indica le nove passate e mi rendo conto di essere terribilmente in ritardo e di aver dimenticato di avvisare l'agenzia del mio arrivo. Archiviato il bieco tentativo di socializzazione, faccio scorrere rapidamente la rubrica in cerca del numero di Morgan, impiegato con il quale ho trattato fino a oggi.

«Sembrerebbe aver retto bene», torna a infastidirmi la voce del barista, che sbircia i miei abiti con uno sguardo malizioso.

«Cosa?»

«Il vestito. Sembra aver retto bene», ripete, incrinando le labbra in un sorriso che...

Mi indispongo.

«Capisco... Senta, mi rendo conto che lei ha una reputazione da playboy da mantenere e le assicuro che mi è piaciuta tanto anche quella cosa lì. Quella che ha fatto con il sopracciglio. Molto Clooney. Davvero. Ora, però, sia ragionevole: è tardi, sono fradicia, ho almeno tre buoni motivi per progettare il suicidio e nel mio futuro non sembrano prospettarsi miglioramenti significativi. Crede sia possibile depennare uno o due punti dalla scaletta del perfetto cacciatore della domenica e approdare alla parte in cui mi versa un po' di quel magnifico caffè che vedo alle sue spalle?», gli domando, indicandoglielo con un sorriso carico di speranza.

Resta interdetto.

«Gliene sarei davvero grata», aggiungo, sbattendo le mie fluenti ciglia Maybelline Rocket Volum Express.

Alle mie spalle si sente una risatina inopportuna, che sfocia saggiamente in un colpo di tosse riparatore non appena il mio interlocutore si volta per incenerire il colpevole con sguardo omicida.

«Certo», è invece l'unico commento di cui mi degna. Lo butta lì con espressione stizzita, riempiendo una tazza con troppa irruenza. Ferito nell'orgoglio, quando ha finito me la passa e io, lieta che si sia giunti finalmente all'epilogo, ringrazio cordialmente e mi scelgo un tavolo, portandomi dietro borsa, borsone e soprabito.

«Morgan? Mi sente?». Dopo una decina di squilli riesco a contattarlo. Sembra assonnato. «Sì, sono arrivata. Mi rendo conto», rispondo sbrigativa alle sue mille domande. A quel punto do uno sguardo distratto alla finestra che ho accanto, accorgendomi che piove ancora. Le strade sono deserte. I marciapiedi invasi dalle pozzanghere e io sono a piedi. L'auto è dal meccanico in prognosi riservata. Temo proprio che dovrà infilarsi un paio di stivali e venirmi a salvare. «In questo momento in un pub. Sono arrivata ora. No, mi hanno garantito che sarebbe stata pronta per domani. No, non l'ho ancora contattato», continuo, infilando una mano tra i capelli. Morgan perde qualche secondo per farsi spiegare la dinamica dell'incidente e dalle mie parole impiega poco a intuire che sarà costretto a un paio d'ore di straordinario. La cosa per mia fortuna non lo preoccupa. Tutt'altro, si dimostra estremamente cordiale, comunicandomi che mi raggiungerà in un quarto d'ora al massimo.

«Bene, l'attenderò qui», lo saluto. «Cerchi di sbrigarsi, è già molto tardi», faccio presente e quando chiudo non mi resta altro da fare che familiarizzare con il mio nuovo habitat. Guardandomi intorno, noto subito i due clienti intravisti prima: sono ancora al bancone. Ingurgitano birra distratti da una partita di basket. Poco più in là stazionano due coppiette. Conversano allegre davanti ai cheesburger. Oltre a loro, resta solo un gruppetto di ragazzi al biliardo. Fanno parecchia confusione e non sono così sicura che abbiano l'età giusta per quei Cuba Libre. L'unico che manca all'appello è il barista. Lo ritrovo più o meno dove l'avevo lasciato, che lava un grosso bicchiere di vetro. La cosa strana è sorprenderlo a fissarmi. Non so perché, ma riesce a farmi sentire momentaneamente a disagio, così dirigo il mio sguardo altrove, bevendo ciò che resta del mio caffè con ostentata indifferenza.

Per ingannare l'attesa riprendo lo smartphone e scarico un paio di applicazioni, perdendo la cognizione del tempo quando approdo su uno stupido giochino di concentrazione.

«No... Non cadere», mugugno, cercando di tenere impilati quattro porcellini sul display.

I minuti passano, si accavallano e mi ritrovo con la mente altrove fin quando un tonfo improvviso non mi riscuote, riportandomi alla realtà. Spaventata, sollevo lo sguardo cercando con occhi sbarrati il motivo di tanto trambusto e chi trovo proprio davanti a me? Ancora lui! Il barista. Si è seduto al mio tavolo senza neanche chiedere il permesso, portandosi un bicchiere di birra e una ciotola di patatine. Assolutamente incapace di comprendere la differenza tra accoglienza calorosa e molestie, spinge nella mia direzione la vaschetta e si scola mezza pinta senza smetterla di fissarmi.

Ma guarda che tipo!

«Problemi?», domando scrollando il capo.

«Sei sempre così?», mi chiede curioso.

Non credo voglia mettersi a discutere. Sembra rilassato.

«Così come?»

«Acida». E, per quanto resti serio, i suoi occhi brillano divertiti.

È indubbiamente carino e deve esserne consapevole.

Si starà chiedendo come mai non sia svenuta sullo stuolo di donne che giacciono inermi ai suoi piedi.

Questo era uno degli aspetti che avevo dimenticato della vita da single: il T.O.S. (Teorema dell'Ordinazione Singola).

Teorema:

Posta una donna sola a un tavolo con un'ordinazione singola, se ne trarrà una delle seguenti conclusioni:

a) sta aspettando un uomo;

b) soffre perché è stata lasciata da un uomo;

c) è in cerca di un uomo.

La possibilità che la persona in questione abbia semplicemente voglia di bere un caffè e di leggere un libro sul suo Kindle non è contemplata.

«Ma tu non dovresti lavorare?»

«Sono in pausa», mi risponde, mandando giù un paio di patatine.

«E non hai nessun altro da importunare?»

«Ci sarebbe Bart, ma la moglie l'ha cacciato di casa e non voglio che mi chieda di ospitarlo per la notte».

Rassegnata a dovermi sorbire la sua snervante compagnia fino all'arrivo di Morgan, affondo anch'io le dita nella ciotola e commento a mezza bocca: «Mi spiace deluderti, ma con me non corri questo rischio».

«A no? So essere molto accogliente!».

«Caschi male».

«Perché?»

«Perché non hai nulla da offrirmi che non abbia già visto, provato, valutato e catalogato sotto la "D" di "Dove avrò messo le chiavi della macchina?"»

«E se fossi io a non essere interessato?»

«Non saresti qui a cercare di corrompermi con una ridicola vaschetta di patatine fritte».

«Ti andrebbe un hot-dog?», propone, faticando parecchio per non scoppiare a ridere.

Fantastico! Mi mancava un po' di intrattenimento. Grazie, Dio. Me ne ricorderò la prossima volta in chiesa al momento delle offerte.

«È così difficile convincersi che la promessa di un'oretta da trascorrere in un monolocale che puzza di birra, con uno sconosciuto che neanche conosce il mio nome, non sia poi così allettante?»

«Non saprei. Non mi è mai capitato».

«Di finire in un monolocale che puzza di birra?»

«Che durasse solo un'ora», mi corregge, lasciando spuntare nuovamente quel sorriso che…

«Che infinita tristezza!», commento, sfilando una banconota dal portafogli per passargliela. «Immagino che la fase successiva sia batterti il petto a pugni chiusi, sgolandoti come un orango in amore. Resterei a godermi la scena, ma il mio accompagnatore è arrivato e non intendo privare il genere femminile di un così virile rappresentante della specie. Ottimo caffè. Il resto mancia. Buona serata», lo saluto e mi allontano verso la porta, dove riconosco l'impiegato in un ragazzo sulla ventina, che fatica a chiudere l'ombrello mentre mi cerca nella sala con espressione incerta.

Capitolo 8
Il numero del coniglio

«Bene, ora sono depressa!».
«Non faccia così! Cerchi di essere propositiva».
«Giusto: domattina la cito in giudizio per danni».
«Ripensandoci, non potrà farle male un po' di sana autocommiserazione».

Superata una piccola piazza mal illuminata, raggiungiamo uno slargo dove si affacciano numerose villette a schiera dall'aspetto triste e abbandonato. Non so se è normale, ma ogni singolo mattone di quel buco dimenticato da Dio sembra urlarmi: "Scappa finché sei in tempo!".

Se potessi...

Non un'anima viva, che avvilimento... Sì, lo so che sta diluviando, ma possibile che l'unica macchina in strada, oltre alla nostra, sia quella dei netturbini?

Una parte di me vorrebbe strillare, ma come al solito ingoio il rospo e mi limito ad annuire annoiata alle considerazioni di Morgan, che cerca di spazzare via il mio evidente malumore con battute di spirito antidiluviane.

Accompagnati dall'ennesimo tuono, fermiamo l'auto davanti al 27 di Gordon Road e ci allontaniamo rapidamente verso il porticato. Non mi sento molto collaborativa. Appena riesce ad aprire il portone, lascio Morgan all'ingresso e mi tuffo dentro in cerca di tepore. Il corridoio è immerso nelle tenebre, così come il resto della casa. L'unica fonte di luce è una finestra nascosta da un ficus scheletrico, ma il chiarore bluastro filtrato dalle tende non riesce a concederci che una fioca panoramica di un ambiente sommerso da cianfrusaglie inutili. I tuoni non rallegrano certo la situazione. Le ombre di quelle che sembrano bambole di ceramica dalle espressioni demoniache nemmeno. Mi sforzo di distogliere l'attenzione da quei sinistri soprammobili, preferendo scoprire cosa stia combinando il mio accompagnatore invece di inventariare il contenuto della scaffalatura in legno laccato alle mie spalle. Solo allora mi rendo conto che potrebbe essere saltata la corrente. Ne ho il sentore non appena mi accorgo che sta premendo convulsamente un bottoncino sulla parete che diffonde *click* sterili nell'aria.

Guardo lui.

Guardo il soffitto.

Guardo la finestra in lontananza e torno ipnotizzata alle bambole sulle mensole.

Brrr...

«Morgan», sbotto. «Faccia immediatamente qualcosa!».

«Deve essere un guasto alla centralina. Potrebbe tenermi l'ombrello per favore?».

Glielo strappo di mano e inizio a battere nervosamente il piede a terra, fissandolo con astio.

«Mmm... Eppure dovrei averne una di scorta», bofonchia lui, cercando nelle tasche. «Oh, eccola!», esclama entusiasta, accendendo una piccola torcia tra le dita paffute con l'espressione raggiante di un primate alla scoperta del fuoco.

Per nulla colpita, riverso su quell'oggettino insignificante tutto il mio disappunto e quello, piccato, si spegne. «Fantastico! Adesso perché non proviamo il numero del coniglio? Magari le riesce meglio...».

«Ma... Non...», prende a farfugliare, imbarazzato. «Non capisco come possa essere accaduto. Era nuova». Incapace di arrendersi, batte la torcia sul muro, ricontrolla la pila, la agita a mezz'aria, ma dopo una serie infinita di tentativi andati a vuoto, è costretto ad ammettere la sconfitta e la ripone nel cappotto. «Come non detto. Mi segua in salotto, signorina Watts, sono certo che troveremo un paio di candele. Venga...

Venga...», ripete e mi fa strada nella stanza con la luce del suo telefonino.

Lasciamo le tetre riproduzioni in ceramica di damine ottocentesche e il mio solenne proposito di defenestrarle alle prime luci dell'alba e ci spostiamo in una camera spaziosa, dove prendono polvere mobili che, anche nella penombra, dimostrano almeno una settantina d'anni a pezzo.

«Stia attenta!», si raccomanda Morgan in prossimità del tappeto.

«Si sentirebbe più tranquillo se la tenessi per mano?», suggerisco, esasperata dalla sua ridicola apprensione. Invece di rispondermi, però, lui si schiarisce la voce, e con la stessa ansia da prestazione di un bambino durante la recita di Natale, esclama trionfale: «Signorina Watts, ho il piacere e l'onore di darle finalmente il benvenuto a Turriff!».

Non so perché a me.

Non so cosa ho fatto per meritarlo.

Quale ritorsione karmica sto subendo... Fatto sta che il mio benvenuto si conclude con una tubatura dell'acqua che, forse per il maltempo o forse solo perché vecchia, cede alla ruggine e inizia ad allagare il pavimento della stanza. Innaffiati a dovere, l'unica cosa che possiamo fare è prendere le mie valigie e ritornare in macchina per chiamare i proprietari e informarli del guasto accidentale. Non so davvero chi troveranno che possa intervenire a quest'ora, e francamente non mi interessa. So solo che entro in auto sbattendo la portiera e da quel momento mi trincero in un silenzio glaciale.

«Signorina Watts, sono davvero, davvero mortificato. Se solo sapesse quanto... Quanto sono...».

«Mortificato?», anticipo Morgan, cercando di porre un freno a quel monologo incessante.

«Io non immaginavo... L'appartamento è stato appena ristrutturato. Non mi era mai successo nulla del genere».

«Non stento a crederlo», commento a mezza bocca, massaggiandomi le tempie doloranti.

Non ce la faccio più, sono esausta. Cos'altro può succedermi? No, dico, non era già sufficiente aver sorpreso il mio fidanzato a letto con un'altra? Cosa posso aver mai fatto nelle mie vite precedenti per meritarmi tutto questo?

«Senta», interrompo l'incontinenza verbale del signor Smith. «Sono le undici passate e io sono al limite. Smetta immediatamente di cianciare e mi trovi un albergo!».

«Albergo?», sussurra, strofinandosi con l'indice il mento sporgente. «Temo che non ci sia un albergo a Turriff».

«Come sarebbe a dire?», gli chiedo esterrefatta.

«In realtà c'è una piccola struttura sull'autostrada, ma si tratta più che altro di un motel destinato ad accogliere viaggiatori notturni. Un posto che non mi sento di consigliarle, soprattutto per la distanza dalla città. Come farebbe domani mattina per andare al lavoro? Non ha neanche la macchina».

«Mi sta dicendo che non avete un albergo?»

«No, be', no...», conferma, visibilmente a disagio.

«Non... Non avete un albergo», ripeto con lo sguardo perso nel vuoto. «E come fanno i turisti?»

«Ci sarebbe un Bed & Breakfast. Lo gestisce la signora Polly».

«Ah...», sospiro di sollievo. «Allora chiami questa dannata Polly e mi prenoti una stanza».

«Ma non potrei mai!», si rifiuta. «Ha visto che ore sono? Non vorrà che le prenda un colpo?»

«Co... Cosa? Non... Non possiamo chiamarla perché... Perché è tardi?»

«Ma no. No, assolutamente. La povera signora Polly ha già settantadue anni e il cuore... Non possiamo proprio. No», scuote il capo in segno di diniego.

«E allora, mi spieghi, dove pensa che debba dormire stanotte?»

«Certo che questo è un bel problema», conclude lui, grattandosi la testa.

«Signor Smith, se non vuole passare i prossimi dieci anni in un tribunale civile a rispondere delle sue inadempienze contrattuali, le consiglio caldamente di trovare una soluzione».

«Ma ora che ci penso», reagisce magicamente, annaspando agitato sulla rubrica del telefonino. «Uno dei clienti dell'agenzia avrebbe... Ecco, sì, si tratterebbe di una sistemazione momentanea. E le assicuro che per domani sera al massimo avremo trovato una soluzione alternativa. Sì, senza dubbio... Almeno per stanotte, però, potrebbe dormire in un appartamentino che fino a qualche anno fa affittavamo per brevi periodi. Si tratta del secondo piano di una villetta a pochi metri dal pub dove ci siamo incontrati. Conosco personalmente il proprietario e sono sicuro che non mi rifiuterà questo piccolo favore. Lui occupa il piano sottostante, ma non si preoccupi, hanno ingressi separati e godrà di tutta la privacy di cui ha bisogno. Spero solo di riuscire a contattarlo. Aspetti un attimo...». Sollevando un indice, porta il telefono all'orecchio. «Pronto? Salve Ethan, ti disturbo? Sono Morgan Smith, dell'agenzia immobiliare». Il resto della conversazione continua in strada. Solleva la sicura ed esce fuori dalla macchina, lasciandomi da sola. A me non resta che spiarlo dal parabrezza. E dal tempo che impiega per tornare in macchina, deduco che le trattative siano meno semplici di quanto immaginasse.

«Ce l'abbiamo fatta!», mi tranquillizza, ritornando in auto con espressone sollevata.

«Davvero?»

«Sì. Non è stato facile, mi creda. Da un po' di tempo preferisce non avere ospiti. All'inizio non sembrava incline ad accettare, ma appena ho spiegato il motivo di questa richiesta improvvisa... Mi è bastato accennare al suo arrivo e... Un ragazzo gentilissimo! Ha compreso immediatamente la gravità della situazione. È una bravissima persona. Ero certo che non avrebbe abbandonato una giovane donna in difficoltà. Non con questo tempaccio! Ma prego, l'accompagno subito», si offre gentilmente avviando il motore. «Così potrò tornare qui per attendere l'arrivo del proprietario».

«Ma sì, basta che ci diamo una mossa», acconsento senza particolare entusiasmo e resto a guardarlo mentre fa marcia indietro per uscire dal parcheggio.

In poco tempo ripercorriamo la strada a ritroso, superiamo il pub e ci inoltriamo in un vicoletto alberato, ritrovandoci in un quartiere residenziale del tutto simile a quello appena lasciato. L'unica differenza che noto è che qui gli immobili sono circondati da cortiletti di uno squallore sconfortante, adibiti per lo più a garage per macchine di scarso valore.

Sbuffando contrariata, aspetto che l'impiegato dell'agenzia parcheggi. Appena la macchina si ferma, stremata da quella giornata infinita, afferro il borsone dal sedile posteriore, rubo l'ombrello e mi avvio al cancello promettendogli di restituirglielo al più presto.

«Ma non si preoccupi. Lo tenga pure», risponde lui, salutandomi cordialmente.

Vorrei vedere!

Si è preso due caparre anticipate per quella stamberga, regalarmi un riparo momentaneo dal diluvio è un atto dovuto.

Evito per educazione di esternare le mie considerazioni e, richiudendo lo sportello senza particolare attenzione, supero la staccionata e proseguo lungo il breve viale che divide in due il giardino. Alle mie spalle la macchina riparte, io nel frattempo raggiungo la porta e suono il campanello un paio di volte prima di mettermi in attesa. Con l'orecchio teso, sento dei passi avvicinarsi. Una chiave ruota nel chiavistello, segue l'inconfondibile cigolio dei cardini.

Chi ci sarà dietro la porta?

Ammetto di essere curiosa.

«Buonasera signorina Watts, in cosa posso esserle utile?»,

mi domanda una voce dal timbro familiare. Allontano a malincuore lo sguardo da una maglietta grigia particolarmente aderente e mi ritrovo a fissare due occhi azzurri che speravo, in tutta onestà, di non dover più incrociare.

Non ci credo... Il barista reggae!

Se ne sta appoggiato allo stipite, senza sforzarsi di nascondere la profonda soddisfazione che prova nell'assistere alla mia sconfitta. Si gratta il naso con calcolata indifferenza, torna a incrociare le braccia e inarca le sopracciglia, quasi a dire: "Be', ce la diamo una mossa?".

«Ha intenzione di gongolare ancora per molto?», decido di andare dritta al sodo.

«È un problema?»

«Devo essere sincera? È del tutto irrilevante. Mi dica solo se intende mostrarmi l'appartamento o se devo far tornare il signor Smith».

«No, non ce ne sarà bisogno», mi tranquillizza, senza staccarmi gli occhi di dosso.

«Bene, molto meglio», commento apatica, sistemando i manici del borsone tra le dita. «Sono pronta. Andiamo pure», arretro di un passo.

«Non così in fretta», mi trattiene, senza muoversi dalla soglia.

«E adesso cos'altro c'è?»

«Nulla, pensavo solo che sarebbe stato carino da parte sua chiedermi scusa per prima. Tutto sommato le sto offrendo il mio aiuto». E infila le mani nei jeans, che si abbassano quel po' che basta a farmi guardare altrove per il resto della conversazione.

«Ok, senta, quanto vuole?», domando, cercando il portafogli. «Non sono proprio dell'umore adatto per questi giochetti del cavolo. Decida pure la cifra, tanto non ho alternative».

«Forse dovrebbe richiamare il signor Smith».

Sul suo viso non c'è più traccia dell'allegria con cui mi aveva accolta. Adesso si direbbe infastidito, se non addirittura in collera. Avrei davvero voglia di mandarlo a farsi benedire, ma non sono sicura di poter contare ancora sull'intervento dell'agenzia ed è già tardissimo. Domani devo svegliarmi presto. Sarà una giornata campale. Per non parlare dell'appartamento. Già... Dovrò trovare un'altra sistemazione e questo significa riprogrammare il trasloco, ricontattare la colf...

Riguardo l'orologio. Mi restano solo sei ore di sonno.

Sbuffo.

«D'accordo», mi arrendo. «Signor...», mugugno mentre cerco sul citofono un cognome, traducendo una calligrafia quasi illeggibile da un'etichetta sbiadita. «Signor Owen, sono davvero spiacente per il mio atteggiamento di poco prima. È stata una pessima giornata e credo di aver ingiustamente sfogato la mia agitazione su di lei che, invece, è stato così carino da soccorrermi nel momento del bisogno. Crede di potermi perdonare e di offrirmi ospitalità per la notte?».

Per quanto sia palese la totale assenza di trasporto nelle mie parole, riesco ugualmente a sorprenderlo.

Forse si aspettava che mantenessi il punto fino alla morte o che lo aggredissi. Chi può dirlo? Fatto sta che mi scruta per qualche secondo, indeciso sul da farsi, poi, dal nulla, un sorriso fa capolino tra le sue labbra ed è come se quel grosso macigno che mi portavo sullo stomaco sparisse. Non so perché. Magari perché quel piccolo gesto rappresenta la fine di un'odissea o perché è la prima volta che qualcuno mi sorride da quando... E tutta la stanchezza accumulata in questi giorni mi piomba addosso e mi rendo conto di non riuscire a muovere neanche un muscolo.

«Do... Dov'è la stanza?», gli domando sfinita.

«Vieni con me», mi risponde con gentilezza.

Ridicolo, vero? Stavolta sono io quella spiazzata.

La pioggia pian piano va scemando. Dà uno sguardo al cielo, mi si avvicina e, con una certa premura, mi sfila la borsa di mano, se la porta in spalla e s'incammina verso il retro dell'edificio, voltandosi di tanto in tanto per assicurarsi che lo stia seguendo.

Insieme risaliamo una lunga rampa di scale in legno che conduce al secondo piano e da lì, dopo aver aperto, accediamo a un ampio salone arredato con inaspettata sobrietà. Un grosso divano bianco occupa il centro della stanza, di fronte un mobiletto per il televisore, un tappeto verde scuro e una libreria stracolma di volumi perfettamente ordinati. Sulla sinistra ci sono angolo cottura e tavolo da pranzo, mentre in fondo, un arco conduce a quelle che suppongo siano le porte di un bagno e di una camera da letto.

«Non sapevo se ne avessi con te, così ti ho lasciato sul letto lenzuola e coperte. Se hai freddo nell'armadio c'è anche una trapunta. Per la colazione non ho potuto fare granché, ma se vuoi ho messo un pacco di biscotti nella credenza e una bottiglia di latte in frigo. In alternativa puoi fermarti al pub. Ti offro un caffè come si deve», propone, passandomi le chiavi.

«Ti ringrazio. In realtà non ho potuto portare molto».

«Non preoccuparti». Si allontana per scaricare la valigia sul tavolo come se non pesasse più di una piuma. E dire che a me stava per slogarsi una spalla!

«Guarda...», mormoro un po' impacciata, riprendendo la borsa, «non so bene come funzioni, ma domani sarò impegnatissima e non so se riuscirò a passare, quindi se puoi dirmi quanto ti devo...», cerco di capire, mentre mi affanno per aprire il portafogli.

«Trudy...». Si avvicina. «È così che ti chiami, vero?», mi chiede conferma, per un attimo dubbioso.

«Ehm... sì».

«Bene! Trudy, non mi devi assolutamente nulla. Ora va' pure a dormire, sarai esausta. Io ne avrò ancora per un'oretta giù al pub. Se hai problemi trovi un post-it con il mio numero sul frigo», mi spiega, tornando accanto a me con andatura rilassata.

Il silenzio che ci circonda sottolinea qualcosa di cui non mi ero accorta prima: siamo soli. Proprio noi due. Io e lui. E lui è così terribilmente...

Non mi sembra molto corretto che se ne vada in giro per quello che sarebbe momentaneamente il mio salotto, ostentando tutta quella sua...

Non so neanche cos'aspettarmi. Che voglia provarci di nuovo? Oddio, e adesso?

«Non... Non so davvero che dire», mugugno, arretrando di un passo.

«Io inizierei con un "grazie, Ethan", ma se vuoi proprio rendermi felice, potresti provare qualcosa di più originale», suggerisce lui, che sembra non accorgersi della "leggerissima" tensione che si è impossessata di me, più o meno da quando mi sono accorta che quei rigonfiamenti sotto la maglietta sono addominali.

«Del tipo?»

«Non so. Magari cadermi tra le braccia e supplicarmi di farti mia».

«Non mi convince», mormoro. «A me sembra un copione abusato. Perché non abbandoniamo i vecchi stereotipi e ci lasciamo trascinare dall'ebbrezza della sperimentazione?»

«Se manteniamo inalterati i contenuti, posso concederti un certo margine di scelta sulla battuta».

Annuisco, grata per l'agevolazione, e sbottono il soprabito con gesti lenti, riducendo progressivamente la distanza che ci separa.

«Quantifica», e lascio cadere il trench con totale noncuranza.

«Cosa?», fa lui, distratto dal mio gesto.

«I miei margini. Quali sono i miei margini, Ethan?», torno a chiedergli, appoggiandogli una mano sul torace.

«Puoi muoverti in un intervallo che spazia dal silenzio-assenso, alle dichiarazioni esplicite di totale sottomissione».

Sorrido.

Ethan, ormai certo delle mie reazioni, si avvicina e mi cinge la vita dolcemente. Non appena i nostri corpi si sfiorano, però, quel gesto così delicato si trasforma in una stretta prepotente, che per un attimo mi toglie il respiro.

Sfrontata, con gli occhi colmi di desiderio, strofino una guancia sulla sua spalla e gli sussurro a un orecchio: «Un vero peccato...».

«Perché?».

Si scosta quel po' che gli consente di ritrovare il mio viso e io replico con voce roca: «Sono certa che sarebbe stato magnifico. Le mie unghie sulla tua schiena ti avrebbero fatto impazzire, ma...», sussurro piano. «Allo stato attuale, l'unica cosa che mi ecciterebbe davvero sarebbe vedere un uomo infilare i calzini nella cesta dei panni sporchi. Ora, dato che non mi sembri il tipo, grazie mille per la tua squisita accoglienza, ma credo che andrò a dormire». E per concludere batto un paio di volte il mio palmo sui suoi pettorali in un *pat-pat* consolatorio. «Perdonami se non ti accompagno alla porta, ma sono certa che conosci la strada», mi scuso, ritornandomene al mio posto con espressione innocente.

Un lampo divertito gli attraversa lo sguardo. Stringe le sue mani attorno ai miei fianchi, come se volesse strappare via la stoffa che continua a tenerlo lontano dalla mia pelle, poi lascia improvvisamente la presa, si ritrae e le infila entrambe nelle tasche.

«Come vuoi». Si arrende senza fare storie e se ne va con quella camminata dinoccolata che gli ho già visto sfoggiare in cortile. «Non sognarmi», mi saluta.

«Neanche tu...», replico con un sorriso, osservandolo sparire sulle scale.

Resto calma. Rilassata. Perfettamente controllata.

Questo, ovviamente, fin quando la porta resta aperta, perché non appena si chiude, perdo ogni ritegno e inizio a tirare fuori frasi senza senso alternandole a gestacci da bulletta che, se mi vedesse mia madre...

Cosa diavolo mi è preso?

Non lo so, ma è stato letteralmente fantastico!

Scoppio a ridere.

Ma avete visto come l'ho steso?

Non ci posso credere.

Ah! Beccati questa, Mr. Grey dei miei stivali. Non aggiungerai un'altra mutandina alla tua collezione. «Non stasera, bello!», esulto trionfale e me ne vado a dormire, perché l'alternativa è svenire sul tappeto.

Capitolo 9
Selvatico con brio

«Non dovresti iniziare a socializzare con gli indigeni?»
«E chi ti dice che non l'abbia già fatto?»
«A sì? Quando?»
«Stamattina ho twittato: "Ciao Turriff!"».
«Non avrai esagerato?»
«Ci ho pensato, ma ero pervasa da un'insana ventata di ottimismo».

Alle otto meno un quarto sono davanti alla filiale e... è chiusa. Ovviamente mi preoccupo, così faccio un paio di chiamate e riesco, non so bene come, a rintracciare il nume ro di una delle addette allo sportello tramite un mio vecchio conoscente che lavora alla sede di Liverpool. Quando provo a contattarla, mi risponde trafelata e mi fa capire di essere quasi arrivata. Ha ancora bisogno di qualche minuto per fare benzina, mi suggerisce perciò di attenderla in una piccola caffetteria a pochi passi dalla banca. A quanto pare conosce il proprietario e le sue frequentazioni più o meno lecite con il personale di servizio mi garantiscono, almeno a sua detta, un trattamento di favore.

Informazioni che possono cambiare il corso di una giornata... Vero?

Dopo una sommaria valutazione, mi decido per una breve passeggiata di perlustrazione del vicinato, scoprendo accanto al parcheggio un mercato chiassoso che vende prodotti alimentari.

«Buongiorno!», mi saluta un passante.

Annuisco perplessa e riprendo a camminare tra le bancarelle, immaginando che mi abbia confuso con qualcun altro. Incauta, mi immergo nel cuore del vicolo e da lì parte il pilota automatico, rappresentato da uno sciame di visitatori che seguo sperando di non perdermi. C'è un grosso viavai di addetti ai lavori attorno a me. Scaricano casse, trasportano sacchi. Per evitare di finire in una corsia di ortopedia, mi tengo il più lontano possibile dai banconi e osservo colate di grassi e aringhe affumicate, consolandomi nell'illusione che tra due o trecento metri tutto questo si trasformerà in un orribile ricordo.

Certo che, da non crederci, alle nove di sera non c'era un'anima viva in strada, ma adesso, di prima mattina, si scatenano gli animi per due patate rinsecchite e ceste di frutta asfittica. Sto per fare dietrofront, quando la visione di un formaggio di dubbia provenienza mi spinge naturalmente in direzione opposta. Naufrago davanti a un chiosco di ciambelle con aria diffidente e lì mi fermo a riprendere fiato.

Non ho fatto colazione. È la prima cosa a cui penso quando mi raggiunge l'odore penetrante dell'olio in cui un energumeno, probabile avanzo di galera, frigge dolcetti alla vaniglia. Non dovrei cedere. Non c'è neanche un certificato che garantisca la provenienza degli ingredienti, eppure c'è una parte di me che non si arrende all'ipoglicemia. Visibilmente scettica, mi metto perciò a controllare gli angoli della vetrina in cerca di polvere, quando il venditore si sporge dal bancone e mi sorprende con un saluto energico.

«Buongiorno!», esulta festoso, mostrandomi tutti i suoi denti d'oro.

Che spettacolo raccapricciante.

«Ah... Ecco, sì, buongiorno».

«Ha visto che bella mattinata?».

Sollevo il viso verso il cielo.

Grigio topo.

Che dire? Almeno non piove.

«Prenda, questa gliela offro io». E mi passa un pasticcino zuccheroso.

«Ma no, senta, non c'è bisogno», provo a rifiutare. «Ho già fatto colazione, mi creda, non è necessario».

«Ma non può non provarli. Sono appena stati sfornati. Questi li ho fatti con le mie mani».

A quella drammatica rivelazione, non posso fare a meno di fissargli le braccia nude coperte di tatuaggi e quelle grosse, tozze dita screpolate.

Ecco, questa me la sarei davvero risparmiata.

«Ma io...».

«Guardi che mi offendo!».

«E noi non vogliamo davvero che questo accada», mi trovo costretta a rispondergli, più che altro preoccupata dalla sua mastodontica muscolatura.

Inutile, non posso proprio defilarmi. Non so come potrebbe reagire e non intendo scoprirlo. Immaginando i disastrosi effetti di una fuga in tacco dodici, annuisco, ringrazio amabilmente e sparisco dietro a un angolo, tenendo quel concentrato di grassi saturi tra indice e pollice, disgustata.

«Splendido! Ora devo solo liberarmi del cadavere».

Non so dove mi trovo, così mi guardo intorno e continuo dritta, sperando di sbucare prima o poi da qualche parte. Dopo un paio di botteghe, anche se continuo a non avere idea di quali siano le mie coordinate spaziali, non ritrovo la strada principale, ma almeno individuo un bidone della spazzatura.

«Meno male... Iniziavo a disperare», sospiro sollevata e, assicurandomi di non essere visibile, mi avvicino, prendo un fazzoletto dalla tasca, sollevo il coperchio arricciando il naso e butto la mia colazione senza il minimo rimpianto. Segue un funerale breve ma sentito.

«Cosa sta facendo?», tuona alle mie spalle una voce baritonale.

Pur non avendo commesso alcun crimine, salto in aria urlando.

«Nulla! Io? Nulla, solo che...», inizio a giustificarmi, prima di scoprire che davanti a me c'è Ethan che ridacchia.

Soliti jeans, maglietta stinta e una felpa nera con cappuccio troppo larga. Il vento gli spettina i capelli, mentre un filo di barba gli imbrunisce il mento. Al centro di quella nuvola scura, due occhi azzurri che brillano, riflettendo i pochi sprazzi di luce che filtrano tra le nuvole.

Avrei preferito fossero neri.

Se fossero stati neri, sarebbe stato di sicuro più facile alzare la voce.

«Ma sei scemo?»

«Sei una brutta, bruttissima persona! Povero Alec, se solo sapesse che hai buttato i suoi "scones", gli si spezzerebbe il cuore».

Addolorato, compiange la vittima.

«Questa risparmiamela», lo rimbecco, sistemandomi la giacca. «Dubito che supererebbe un controllo dell'ispezione sanitaria, quindi non vedo perché debba sentirmi in colpa per aver cercato di tutelare il mio sistema gastrointestinale».

«Mi spieghi come fai a essere sempre così squisitamente di buonumore?», mi canzona lui, infilando una mano in una delle buste che si porta dietro.

«Difficile a dirsi», titubante. «Che sia per lo splendido clima? Per le bellezze paesaggistiche o per questo corroborante profumo di escrementi misto all'aroma di salsicce che sfrigolano su colate di grasso industriale?»

«Io non sottovaluterei la tua innata predisposizione ai rapporti interpersonali», suggerisce, prima di sfilare un enorme biscotto da una bustina.

Che essere fastidioso!

«Prendi. Li ho appena comprati al forno. Ho lavato le mani, tranquilla», e mi passa il frollino.

Il profumo sembra invitante, ma non mi decido.

«La commessa aveva i guanti!», mormora esasperato e solo allora accetto, con il pieno appoggio del mio stomaco.

«Andavi da qualche parte?»

«No, in realtà sto vagando senza meta, mentre aspetto che aprano la banca», gli spiego, sgranocchiando una goccia di cioccolato.

Siamo in un vicoletto piuttosto tranquillo e riusciamo a parlare senza che gli strepiti dei venditori ambulanti ci sovrastino.

«Se devi fare un prelievo c'è un bancomat qui vicino».

«In realtà ci lavoro. Sono la nuova direttrice della Wilbourgh & Trench».

«Sul serio?», esclama incredulo. «Non l'avrei mai detto che lavorassi in banca».

«A no? Cosa pensavi che facessi?», curiosa.

«All'inizio pensavo insegnante di matematica, ma i tuoi vestiti sono troppo raffinati per la mensa scolastica. Mi restava un altro paio di opzioni, ma erano entrambe sbagliate».

«Cioè?»

«Cecchino scelto o, in alternativa, Strega dell'Ovest». Sfodera la sua esilarante battuta con un sorriso a trentadue denti.

«Solo perché ti ho detto di no?»

«Tu non mi hai detto di no», mi contraddice. «Tu mi hai risposto spudoratamente di sì, solo che non avevi il coraggio di ammetterlo».

Ma si può essere più egocentrici, vanesi, insopportabili e... Ma che faccia tosta!

«Guarda, resterei qui ad annuire mentre penso a tutt'altro, ma ho un lavoro che mi attende. Sai, cose tipo responsabilità, mondo reale... Concetti che immagino per te siano un po' ostici a quest'ora. Grazie mille per l'edificante conversazione, vado a controllare che l'impiegata sia arrivata», lo saluto sbrigativa per tornare sui miei passi.

«Vado anch'io in quella direzione», mi trattiene per un gomito. «Pensi di poter sopportare la mia vicinanza per un altro paio di isolati?»

«Fammici pensare… NO!».

«Risposta sbagliata». E mi prende per mano, costringendomi ad attraversare in sua compagnia la parte della fiera dedicata ai prodotti ittici.

Non… Non doveva andare così.

«Senti, possiamo darci un taglio?».

Non mi ascolta.

Continua a camminare tranquillo, mangiando un frollino dietro l'altro. Non mi lascia andare neanche quando provo a coglierlo di sorpresa, strattonando il braccio. Si comporta come se nulla fosse, salutando chi tra i passanti lo riconosce e gli fa un cenno. Nessuno bada al sequestro di persona in atto. Figuriamoci! Immagineranno che lo stia seguendo di mia spontanea volontà. Probabilmente neanche mi crederebbero se provassi a lanciare segnali disperati di SOS. Per di più mi osservano tutti di sottecchi, chiedendosi che genere di rapporto ci sia tra noi. I più discreti gli fanno l'occhiolino, gli altri sorridono sfacciati. E no! Voglio soprassedere sulla passeggiata tra i merluzzi in offerta, ma non intendo assolutamente passare per la fidanzatina di turno di un bellimbusto in jeans strappati! Non con addosso il mio preziosissimo Chanel. È una questione di stile!

«Ok». Alzo bandiera bianca e mi fermo al centro della strada. «Direi che può bastare».

«Cosa?», mi domanda lui perplesso, fermandosi a sua volta.

«Questo, Ethan». E per essere più chiara sollevo il braccio, mostrandogli le nostre dita intrecciate. «Io non ho quindici anni e, anche se forse non te ne sei accorto, neanche tu. Niente smancerie da scuola dell'infanzia», inizio a elencare, ritraendo la mano. «Niente abbracci. Niente risatine ebeti», sono categorica. «Posso anche accettare la tua presenza, ma tu dalla tua parte…». Lo spingo più in là con educazione. «Io dalla mia».

E adesso che fa? Oddio… Perché si avvicina con quello sguardo minaccioso?

Arretro.

«Sai una cosa?», ribatte con espressione accigliata, toccando la punta del mio naso con la sua. In quel preciso istante annego nei suoi occhi, sopraffatta dal suo profumo, e mi ritrovo la salivazione azzerata, le palpitazioni a centoventi e la mente annebbiata da considerazioni immorali sullo spessore delle sue labbra. Se questa non è una resa immediata…

«Stavo solo cercando di darti una mano. Mi sembravi un po' spaesata, così ho deciso di accompagnarti per evitare di farti arrivare tardi in ufficio. E non perché non vedessi l'ora di godere della tua adorabile compagnia, ma perché sono una persona gentile, che ama vivere in pace con il prossimo. E cosa ci guadagno? Che una perfetta sconosciuta, che non sa nulla della mia vita né di come impieghi il mio tempo, si senta libera di definirmi un immaturo solo perché, per evitare di perdermela tra la folla, ho addirittura osato prenderla per mano. A questo punto sai cosa ti dico? Cavatela da sola!».

Se ne va tutto inalberato, lasciandomi in mezzo agli espositori di bottarga in offerta con gli occhi fissi sulla sua schiena. Ok, magari giusto un filino più in basso della schiena.

«Ah… già!», torna indietro, costringendomi a risollevare rapidamente lo sguardo. «Questo è mio», sentenzia e mi strappa di mano il resto del biscotto per ficcarselo in bocca e allontanarsi, masticando con espressione soddisfatta.

Mi ci vuole quasi mezz'ora per tornare in banca. In più sono orribilmente nauseata dall'odore della salamoia, infastidita dall'alterco con Ethan e irritata dal ritardo. Il mio umore viaggia tra la modalità Selvatico con brio e il meno originale, ma più efficace, Adagio sanguinario. Ad aspettarmi alla porta trovo una ragazzina minuta dai capelli biondi, che tergiversa sulla maniglia con un pesante mazzo di chiavi. Io mi avvicino assumendo un atteggiamento formale e le faccio un cenno del capo, in segno di saluto.

«Lei deve essere la signora Watts», tenta con un sorrisetto timido.

«Signorina!», tuono, raggelandola.

Che strano personaggio. Non più alta di un metro e cinquanta. Scheletrica, titubante, incerta. Infilata in un vestitino a fiori anni Cinquanta con una vocina caricaturale da Alvin and the Chipmunks.

Possibile che sia realmente lei l'impiegata che sta allo sportello?

No, deve esserci un errore.

Mentre elenco ipotesi infondate, lei tira su la più grossa montatura di occhiali da vista che abbia mai visto e mi sfodera un secondo sorriso, questa volta bello aperto su un apparecchio per i denti decorato da minuscoli elastici arancioni.

«Lieta di conoscerla, signorina Watts», si corregge. «Io sono Catherine Hunt».

«Sì, piacere mio», rispondo diffidente, attendendo che abbia aperto per seguirla all'interno. Accese le luci, decido finalmente di seguirla e le passo davanti concedendomi una panoramica generale della sala. Davanti a me c'è una saletta d'attesa. Di fronte agli sportelli, sulla sinistra, due uffici destinati all'apertura dei conti.

«Posso sapere perché non c'è nessuno?»

«Be', sono ancora le otto».

«E quarantacinque!», la correggo.

«Sì, certo. Le otto e quarantacinque», conferma. «La banca non apre prima delle nove».

«Le nove?». Accolgo la notizia sbarrando gli occhi. «Intende dire che non apre al pubblico prima delle nove?»

«No, intendo che non... Che non apre prima delle nove», ribadisce, sbattendomi ancora in faccia quello stupido sorriso del cavolo.

Prendo fiato. Ce ne vorrà tanto.

«Queste non sono le disposizioni generali, signorina Hunt».

«Sì, lo so, ma è stato il vecchio direttore a stabilire questi orari, noi ci limitiamo a rispettarli».

A mera salvaguardia della mia fedina penale, massaggio le tempie cercando di rilassarmi e le chiedo di mostrarmi la mia scrivania.

Ne avremo di lavoro da fare…

«Prego, venga con me», mi risponde, indicandomi di volta in volta schedari, porte e armadi, descrivendone funzioni, contenuti o destinazioni d'uso. Escludendo le stanze già visitate, restano solo altri due uffici. Entrambi hanno porte in vetro ed è possibile vedere dall'esterno i computer e gli schedari che le arredano.

«Qual è il mio?», mi informo.

«Quello sulla destra».

«Chi occupa il sinistro?»

«Il signor Ward».

«E immagino che anche lui, come tutti gli altri, non si farà vivo prima delle nove».

«Temo di sì».

«Bene. Torni pure alle sue mansioni», la congedo riluttante. «Ma non prima di avermi consegnato la documentazione di cui ho fatto richiesta via email», aggiungo, apprestandomi alla porta. «Ah…». La fermo ancora. «Faccia in modo che ci sia anche un tè».

«Ma non l'ha già preso?». Reazione che mi coglie totalmente alla sprovvista.

Dopo un iniziale momento di smarrimento, recupero la mia naturale compostezza.

«Ben zuccherato, niente latte, grazie», preciso con un sopracciglio inarcato.

«Oh… Sì, ce… Certo», balbetta mortificata.

"Ma come?" penso tra me e me, mentre la guardo sfrecciare

in direzione opposta con la testa bassa e le guance violacee. "Stavolta nessun sorriso?". Ok. Ok, ok. Sono stata proprio stronza, ma non tollero atti di familiarità non richiesti, soprattutto se la mia prima urgenza è quella di far capire che questo non è un parco ricreativo con solarium annesso, ingresso gratuito dopo le quindici. Alterco necessario, ma non sufficiente a distrarmi dalle mie prime necessità. Me lo lascio alle spalle e mi siedo dietro alla scrivania, iniziando a prendere confidenza con l'ambiente: accendo il computer, la lampada, sistemo un taccuino accanto alla tastiera e sfilo dalla borsa alcune cose che ho portato con me.

Quando è tutto pronto, abbasso finalmente lo sguardo sulla marea di carte che aspettano solo di essere lette e... Toh! Chi farà le due di notte?

Io lo so! Io lo so!

Io?

Esatto!

Capitolo 10
Il direttore Bailey

«Voglio la documentazione fiscale degli ultimi tre anni sulla mia scrivania entro cinque minuti».
«E se le portassi un muffin?»
«Adesso e in triplice copia».

Un paio di ore dopo il personale è al completo. A turno vengono a salutarmi, ma siamo in orario di apertura. La riunione conoscitiva è rimandata a questa sera. Do la notizia tramite posta elettronica, aspettandomi un semplice "ok", un cenno d'assenso, ma le mie sono candide illusioni. Cinguettano allegri neanche fosse una festa di quartiere e mi vedo costretta a inoltrare una seconda circolare per scongiurare l'arrivo di pasticceria e bigliettini d'auguri. Il risultato è che adesso sembrano tutti sospettosi e non fanno che confabulare tra loro, pensando che non me ne accorga.

Sarà più difficile di quanto immaginassi...

Sorvolo buttando giù due caffè e un antiacido e mi rimetto al lavoro fino a quando non mi avvisano che sono stati chiusi gli sportelli. Decisa a liberarmi quanto prima, accantono le pratiche che sto consultando e li convoco nel mio ufficio. Essendo il più spazioso, è l'unico idoneo ad accoglierli tutti.

«Il mio nome è Trudy Watts», mi presento con voce chiara, mentre cerco di farmi un'idea del personale. Percy Ward, il più anziano dei cinque, è seduto accanto alla scrivania. Sembra una persona metodica, pulita, ordinata. Si liscia continuamente la cravatta e muove nervosamente lo sguardo tra i presenti. Accanto a lui, in piedi, c'è Curtis Lee, l'altro addetto allo sportello. Un uomo nervoso e grassoccio dagli abiti dozzinali e la barba cespugliosa. Segue Catherine Hunt, che se ne sta seduta sull'altra sedia con le mani giunte in posa virginale. Mi spingo oltre le sue spalle e trovo Kora Davis e Benny Moore, addetti ai correntisti. La prima è una donna di quarant'anni, curata e, almeno per i miei gusti, troppo appariscente. Lui, invece, sembra il classico ragazzo della porta accanto.

«Come certo già saprete, lavoro presso una delle sedi di Londra e sono stata chiamata a sostituire il precedente direttore in seguito al suo pensionamento. La mia posizione presso la filiale di Turriff è da ritenersi momentanea. Dai documenti in mio possesso, si evincono delle perdite sostanziose ed è mio compito individuarne le cause e porvi rimedio, nei limiti del possibile, prima che la situazione degeneri».

«Che vuol dire "prima che degeneri"?», mi chiede Curtis preoccupato.

«Intendo solo dire che, senza un intervento tempestivo, si può rischiare di dover rinunciare ai nostri uffici del settore quattro».

Appena accenno alla possibilità che la filiale venga chiusa, un'ondata di panico li trasforma in uno stormo di anatre starnazzanti.

«Quindi è venuta per licenziarci!», s'inalbera Percy, cercando appoggio nei suoi colleghi con sguardi furtivi.

«No, non sono venuta per licenziarvi», spiego, sforzandomi di mantenere un tono meno formale del solito. «Il mio scopo, a dire il vero, è proprio l'opposto».

Sembrano calmarsi, almeno apparentemente. I piedi continuano a tamburellare nervosi. Le dita a stropicciare cravatte a quadri o ad arrotolare ciocche di capelli dietro le orecchie, ma almeno hanno smesso di mugugnare tra loro.

«Mi è stato chiesto», riprendo, «di recuperare parte del capitale investito. Compito difficile, ma non impossibile. Se questo dovesse accadere, o se comunque ci fossero significativi segni di ripresa, nessuno di voi correrà il rischio di rimanere senza lavoro».

Non è del tutto vero. L'unico scopo del mio intervento è quello di ottenere condizioni favorevoli per la cessione della sede alla RBS, quello che accadrà dopo non mi riguarda. Non da contratto. L'unico interesse della Wilbourgh & Trench è di recuperare la liquidità persa. Imporre la conservazione del vecchio personale è stata considerata una clausola totalmente irrilevante ai fini della contrattazione.

«Quanto tempo le hanno dato?», mi chiede il signor Moore.

«Sei mesi, eventualmente prorogabili di un ulteriore trimestre». Questo, però, solo dopo essere passati sul mio cadavere.

«Sei mesi?», sussurra Kora, coprendo la bocca con una mano. «Ma è pochissimo», realizza, cercando conferma nello sguardo di Percy.

Lui ne approfitta per domandarmi: «Come pensa di riuscirci? Turriff è un piccolo centro. I nostri correntisti sono commercianti di quartiere, dipendenti statali e vecchi pensionati».

«Questo è vero, ma non esiste problema che non possa essere risolto e siamo solo all'inizio del percorso. C'è tanto lavoro da fare: documenti da visionare, stato di morosità dei beneficiari dei prestiti... E dovrò certo prendere in esame anche le spese di gestione della struttura. È del tutto inutile discuterne adesso, senza nessun dato alla mano». La mia risposta arriva sicura, pronta, ma in realtà si basa su presupposti del tutto aleatori. Non ho ancora un piano d'azione, perché non mi è stato possibile scoprire le cause del dissesto. Ammetterlo, però, non mi porterebbe a niente. Ora come ora devo rassicurarli e, soprattutto, garantirmi la loro completa collaborazione, che posso ottenere solo illudendoli di avere ancora qualche speranza di conservare il loro posto di lavoro. «La vostra posizione», concludo, «sarà in bilico solo qualora ogni mio intervento risulti vano, ma la considero una possibilità davvero remota». Una ventata di serenità fruscia tra gli animi alterati, scatenando sospiri involontari. «Certo, questo non toglie che le cose debbano cambiare», chiarisco con uno sguardo che oserei definire tetro, se non fosse il mio. Essendo però proprio il mio, userò l'aggettivo "intimidatorio". Ecco, li passo in rassegna con decisione e tutti sbiancano, chiudendosi in religioso silenzio in attesa che io continui. Ottenuta la loro attenzione, mi rilasso e inizio a passeggiare dietro la scrivania, valutando le mie prossime parole.

«In una fase così delicata, è fondamentale il contributo di ognuno di voi. Sarà la vostra partecipazione a determinare in parte il successo delle nuove scelte amministrative e finanziarie. Se siete davvero preoccupati dalla precarietà della vostra posizione, allora dovrete essere i primi a difenderla. Mi aspetto puntualità, professionalità e disciplina e, vi anticipo, da domani si ripristinerà l'orario di lavoro abituale». La notizia suscita brusii di malcontento, frenati dai primi segni di cedimento del mio sistema nervoso. «Sappiate», mi ricordo di aggiungere. «Sappiate che prevedo per molti di voi parecchie ore di straordinario. Se credete di non poter sostenere lo stress, preferirei saperlo subito». E nei miei occhi non c'è spazio per alcun "se" o "ma". «Dunque? Nessuno vuole tirarsi indietro?».

Scuotono tutti il capo, accettando le mie condizioni. Non che mi aspettassi qualcosa di diverso. Dubito, data l'età media, che possano permettersi il lusso di perdere il loro posto. Purtroppo, però, la cosa non deve riguardarmi. In questo momento rappresento gli interessi della banca, non certo i loro. Non è per questo che vengo pagata. Tutto sommato, sto solo facendo il mio lavoro e sono certa che loro riescano a capirlo.

Già...

Allora perché mi guardano come se fossi la personificazione di Satana?

«Posso fare una domanda?». È Catherine a farsi avanti.

«Prego», acconsento, sedendomi sul bordo della scrivania.

«Ma... Di che cifre parliamo? Sono stati tutti molto vaghi».

«Non mi è permesso divulgare informazioni di questa natura».

Non sembra soddisfatta della mia risposta, ma non posso fare nulla, se non provare a tranquillizzarla ulteriormente. «Signorina Hunt, non creda che non immagini come possiate sentirvi, ma sappia chc, per quanto relativamente giovane, ho le competenze necessarie per affrontare la questione. Confido di riuscire a individuare gli errori della precedente direzione e sono più che certa di poter raggiungere gli obiettivi nei tempi stabiliti».

Tutti, nessuno escluso, sbarrano gli occhi e prendono a scambiarsi sguardi significativi.

«Posso sapere cosa sta succedendo?», domando esasperata.

«Errori? Di che genere di errori parla?», sbotta Curtis.

«Intendo scelte di natura sbagliata. Concessioni inopportune. Investimenti avventati».

«Sta insinuando che la filiale stia chiudendo per colpa del nostro direttore?»

«Il direttore Bailey?»

«No, non è possibile!».

«Mi rifiuto di crederlo!».

«O mio Dio!».

«Una persona così preparata. Deve esserci un'altra spiegazione», bofonchiano a turno, chi gesticolando, chi scrollando le spalle.

«Signori, quest'atteggiamento, perdonate la franchezza, è ridicolo! Io sono appena arrivata, non ho la più pallida idea di cosa possa essere successo. Posso solo formulare delle ipotesi in base alle mie esperienze pregresse. Vi assicuro che non è così infrequente che si commettano sbagli anche grossolani. Non per questo sto dicendo che alla base ci sia malafede. Più probabile, invece, che siano frutto di previsioni fin troppo ottimistiche, poi rivelatesi meri abbagli. L'ex direttore Bailey...». E questa parte la sottolineo, volendo ricordare un po' a tutti che adesso sono io la direttrice. «L'ex direttore Bailey ha sicuramente fatto del suo meglio, ma non è bastato e non sono io a sostenerlo, bensì i bilanci. Ora, se non avete altre domande...». Cerco di chiudere l'argomento per poter mandare tutti a casa e rituffarmi nei registri di contabilità, ma loro sembrano ancora intenzionati a difendere il loro beniamino, neanche l'avessi accusato di omicidio plurimo.

«Già, se non fosse stato per lui non avremmo potuto restaurare il municipio», ricorda il signor Ward.

«Infatti, se lo sapesse ne morirebbe», sussurra commossa la signorina Hunt.

«Se sapesse cosa?», domanda una voce rauca da fondo stanza. Non riconoscendolo, sollevo il capo e, come tutti gli altri, seguo l'avanzata di un vecchietto canuto dai grossi baffi bianchi e l'aspetto gioviale, con un grosso mazzo di rose rosse tra le mani.

«Lei chi è, scusi?», gli chiedo contrariata. «Come ha fatto a entrare?»

«Mi permetta di presentarmi», risponde lui, tendendomi una mano. «Sono il signor Bailey, ma può chiamarmi George». E mi passa i fiori. «Questi sono per lei. Lo so...», si giustifica grattando il capo. «Non avrei dovuto entrare senza il suo permesso, ma ho pensato di farle una piccola sorpresa. Prometto che non accadrà più».

«Ah... Non... Non immaginavo». Accetto il presente con un po' di imbarazzo. «Se solo qualcuno mi avesse avvisato...». E mentre balbetto giustificazioni, passo al setaccio con sguardo omicida gli ammutinati, che trovano tutti qualcos'altro da guardare per evitarmi.

«Non si preoccupi. Temo però di aver interrotto qualcosa di importante. Sarà meglio che vada. Sono certo che avremo modo di vederci in futuro. Turriff è una cittadina tranquilla, ci conosciamo un po' tutti e spesso capita che si passi insieme qualche ora giù al pub».

«Se ce ne sarà occasione», replico restando vaga, per non prendere impegni che non intendo mantenere. «Dato che qui non abbiamo granché da aggiungere, penso che sia ora di andare via. Sono certa che i suoi ex colleghi possano accompagnarla. Io, purtroppo, ho ancora qualcosina da fare prima di lasciare l'ufficio».

«Non si giustifichi, la comprendo benissimo. I miei saluti, signorina Watts». Mi tende una mano, gesto che ricambio sforzandomi di sorridere. «A presto», e in quel momento accanto a lui compare Catherine, pronta a scortarlo fuori.

«Signor Bailey...». Lo fermo mentre si lascia accompagnare all'ingresso. «Avrò certo bisogno di parlarle. Crede di potersi liberare una di queste mattine?»

«Sono a sua completa disposizione», replica con gentilezza, garantendomi la sua collaborazione. E con queste premesse finalmente se ne va e dietro di lui, in fila indiana, si defilano anche gli altri, carichi di umori negativi. Chi con la paura di essere licenziato, chi infuriato per aver perso qualche ora di riposo, chi per le mie insinuazioni sul lavoro del signor Bailey.

Tirando le somme, sono riuscita a indisporre tutti in meno di dieci minuti e con il solo ausilio di tre o quattro interventi. Mi aspettavo di fare faville, ma non certo l'en plein.

Che palle!

Sconfortata, giro attorno alla scrivania e mi tuffo sulla poltrona pieghevole, sperando di trovare qualche secondo di conforto nel cigolio dello schienale. La porta però si riapre, obbligandomi a ritrovare una posizione meno sciatta.

«Chi è?»

«Mi scusi...». Fa capolino uno degli impiegati. Un ragazzo che passa inosservato, difatti fatico a ricordare il suo nome.

«Prego signor... signor...», balbetto, strofinando tra loro indice e pollice mentre cerco di farmi sovvenire il cognome, che proprio non vuole... Aspetta, come aveva detto di chiamarsi? Brown? Butler? Non l'ho neanche visto durante la riunione.

«Mills», interviene, sistemandosi una ciocca di capelli sulla fronte.

«Esatto, signor Mills. In cosa posso esserle utile?».

Deve avere qualche anno più di me. È di corporatura magra, a tratti spigolosa, ma ha grandi occhi azzurri e un'espressione sincera. Capelli corti. Abbigliamento ordinario, pulito e impeccabile, ma dai colori spenti.

«Nulla, solo che questi devo ancora controllarli, ma se vuole posso dargli un'occhiata a casa e spedirle tutto via email».

Mi faccio passare il plico, lo spulcio sommariamente e rispondo: «No, non ce ne sarà bisogno. Se ne occupi domani. Per oggi credo di aver già infierito abbastanza», mi sfogo. «Torni pure a casa. Avremo tutto il tempo per scartabellare conti». E nascondo il viso tra le mani. Non lo guardo andare via, so solo che a un certo punto sento il cigolio della porta e, poco dopo, la sua voce che mi sussurra: «Benvenuta signorina Watts. Di qualsiasi cosa abbia bisogno, sappia che può contare su di me».

Risorgo dalle maniche del mio tailleur e lo guardo come se fosse il Messia in Terrasanta.

Non me l'aspettavo davvero.

Annuisco e, vi dirò, lo congedo sensibilmente rinfrancata.

Capitolo 11
Nausea. Vomito. Morte

«Vuoi capirlo che tutto quello che ho fatto, l'ho fatto perché ti amo?»
«La prossima volta staccami un assegno. Vuoi mettere?
Un assegno in bianco...».

Sono passate tre settimane senza che me ne accorgessi. Lavoro come una matta. Inizio alle otto, passo l'intera giornata in ufficio china su carte e documenti e, tornata a casa, continuo come posso sul PC, facendo a volte le due, anche le tre del mattino. Morgan non è ancora riuscito a trovare un appartamento. Non che risponda alle mie esigenze, almeno. Lui sostiene che sia troppo selettiva, io sostengo che muffa, topi e scarafaggi non possano essere considerati note di folklore. Per mia fortuna, Ethan non ha avuto nulla in contrario a ospitarmi fino a quando non troveremo qualcosa di meglio. Così ho imballato quello che avevo lasciato nel bilocale alluvionato e l'ho portato qui, sistemandolo in armadi e cassettoni ancora vuoti. Per l'affitto siamo dovuti scendere a patti. Non voleva saperne di essere pagato, ma non trattandosi più dell'accoglienza di una sera, abbiamo concordato una cifra ragionevole per il mio soggiorno. Non credevo di dover essere io a insistere, ma non avrei mai accettato di dormire sotto lo stesso tetto senza prima aver stabilito che il nostro è solo un comune rapporto inquilina-proprietario. Condizione che mi permette di evitarlo e di rispondere con battute acide a ogni suo bieco tentativo di abbordaggio.

In realtà si è dimostrato molto meno insistente di quanto immaginassi: a parte un paio di battutine rifilatemi in una o due occasioni in cui, casualmente, ci siamo incrociati giù in strada, non l'ho più né visto né sentito. Se non è al pub è giù in salotto a fare non so cosa con lo stereo pompato a palla. A volte lo sento esercitarsi con una chitarra elettrica, altre guardare polizieschi. Qualsiasi cosa lo tenga occupato, però, viene abbandonata verso l'una. Ora in cui suona immancabilmente il campanello di casa. Da quel momento in poi niente più stereo, niente più film cacofonici. No. Spegne la TV e ti ritrovi catapultato su Youporn per le successive due o tre ore, in base all'umore degli attori. Sera dopo sera, mi sono abituata alla routine. Prima senti *ahahah*, poi *ihihih*, poi silenzio. *Sbam. Scrash. Stump. Boing.*

A quel punto *oooh*, poi *ahaah* e da lì *mmh*, *sì*, *oh mio Dio!*, *sto impazzendo!* e sfocia in urla inverosimili, che mi fanno dubitare notevolmente della sincerità delle sue accompagnatrici.

Ancora un paio di rumoracci.

Cigolii incessanti del materasso, poi vanno di grancasse e ripiomba il silenzio.

Intervallo.

Passano ai popcorn, si spengono le luci in sala e si ritorna agli *ahahah* e *ihihih*.

Se sono fortunata, il ciclo si ripete un paio di volte, poi ognuno a casa sua. In altre occasioni, però, può andare avanti anche fino alle cinque di mattina. Sono le peggiori. Allora infilo i tappi per le orecchie che ho comprato in farmacia in un attimo di disperazione, nascondo la testa sotto il cuscino e prego che gli venga un colpo apoplettico.

Ma come si può, siamo seri, non fare altro?

Tutte le sere, dico, tutte?

Non vanno mai a ballare?

Non ha una madre?

O semplicemente un'influenza. Un mal di stomaco.

Certo è che non possiamo andare avanti così. Ci penso già da sola a rovinarmi la vita, non posso permettergli di togliermi quelle poche ore che mi restano per dormire.

Urge una soluzione.

E se gli facessi recapitare di nascosto una playstation?
Un bel pacco anonimo. Un fiocco rosso.
Magari includere due o tre giochini...
Fisso sconsolata le cifre che si accavallano sul monitor del mio portatile e mi lascio andare a un sospiro liberatorio. È sabato, sono le nove di sera ed è tutto il giorno che analizzo grafici. Una piccola pausa non mi farà male. Devo uscire. Prendere un po' d'aria o rischio seriamente di impazzire.
Controllo un'ultima volta le email, poi mi sollevo e mi avvio verso la cucina, dove sfilo una sigaretta da un pacchetto sgualcito, accendendola mentre proseguo verso la mia camera. Il cellulare è sul materasso che sonnecchia, ma il mio passaggio sembra risvegliarlo improvvisamente. Quasi a rimarcare il suo disappunto per il disturbo arrecato, prende a vibrare convulso, spronandomi a rispondere come in preda a crisi epilettiche.
Detesto le cose che vibrano. Mi fanno impressione.
«Pronto», rispondo, soffiando una nuvoletta di fumo.
«Dimmi che ti sono mancato».
«Horace...».
«Tu mi sei mancata».
Mi accascio sul bordo del letto priva di fiato. Risentire la sua voce è come uno choc.
«Credevo di essere stata chiara. Non voglio più sentirti. Non fino al mio ritorno».
«Che fai? Lavori?»
«No, stavo per uscire».
«Con chi?».
Ha una voce strana. Un tono che definirei inusuale.
«Sei geloso?»
«Non dovrei esserlo?»
«Non ne hai alcun diritto».
«Forse è vero, resta il fatto che ti amo. Che ti voglio. Adesso Trudy, proprio in questo momento».

Sento il suo respiro dall'altro lato della cornetta. Un respiro graffiato.

«Horace, smettila», lo fermo, mentre il corpo mi si riduce a una gelatina tremula.

«No. Non chiedermelo. Da quando te ne sei andata non penso ad altro. Lo so che mi vuoi ancora. Ti ricordi quella volta a casa di tua madre? Quando ci nascondemmo in cantina, fingendo di cercare un paio di bottiglie di vino?». Lo sento ridere. «Quanto pioveva…».

«Tutto questo non ci porterà a nulla», provo a frenarlo con la voce strozzata, mentre i ricordi mi assalgono.

«Eri spensierata, allegra. Non ti avevo mai visto così felice. Mi trascinasti in quel ripostiglio, a piedi scalzi, con le guance arrossate dal freddo. Era dicembre e lì sotto era così umido. Te lo ricordi, Trudy?»

«Sì, me lo ricordo». Annuisco, pur sapendo che non può vedermi.

«Avevi un vestitino rosso. Non sai quante volte l'ho sognato. Che fine ha fatto? Non l'hai messo più».

Perché gli sto permettendo di farlo? Non lo so. Ogni volta che penso a lui… È come se una parte di me gli appartenesse e aspettasse di tornare a galla al suo richiamo.

«Credo di averlo ancora da qualche parte», mugugno, spegnendo la sigaretta in un portacenere che raggiungo avvicinandomi al comodino.

«Avevamo già fatto l'amore quella sera, a casa mia, prima di andare dai tuoi, ma continuavo ad avere una voglia matta di sentirti mia. Non mi bastava mai. Tu non mi bastavi mai. Ti presi piano tra le braccia, iniziai ad accarezzarti la schiena, il collo, le braccia e tu mi riempivi la faccia di baci».

Mi accomodo tra i cuscini, rannicchiandomi accanto alla spalliera con il telefonino premuto su una guancia e lo sguardo perso oltre la finestra. Una lacrima mi riga il viso e non faccio niente per frenarla.

«Sei ancora lì, tesoro mio?», mi domanda in un sussurro.

«Non chiamarmi così», e la mia è una supplica.

«Non ti piace?»

«Non è questo...».

«Trudy, amore, ho bisogno di toccarti. Di sentirti sotto le mie mani come quella sera. Lascia che ti tenga ancora qui con me. Che ti stringa tra le mie braccia».

«Non posso. Non... Non sei neanche qui».

«Non è vero, sono proprio lì con te. Chiudi gli occhi», mi sussurra dolcemente.

Come una stupida, lo faccio davvero.

«E adesso ascolta. Lo senti? È il mio viso sulla tua spalla. Con la mano scosto una ciocca di capelli dalle tue labbra e le copro con le mie, sfiorandoti il mento...». Improvvisamente non sento più la sua voce. Horace smette di parlare e a me si ferma il cuore. Appena ricomincia, però, riprende a battere con una violenza che mi spaventa. Perché mi sento così? Perché non passa? «Ti sto abbracciando, Trudy. Sono su di te, tra le tue gambe e ti bacio. Pian piano ti sento schiudere la bocca. Scivolo con una mano sul tuo seno e scosto lentamente una bretella, fino a quando non riesco a vedere la tua pelle chiara tra le mie dita. Sei bellissima...».

Al suono della sua voce mi rilasso lentamente, stendendomi tra le lenzuola. Cullata dalle sue parole, lascio che la mano ridisegni i contorni delle mie labbra, che bruciano umide in assenza del suo tocco.

«Mi senti, Trudy? Mi senti lì accanto a te?».

Pronuncio il suo nome con un filo di voce, ma lui riesce ugualmente a udirlo e inizia a ripetere il mio, tradendo il suo crescente turbamento.

«Voglio il tuo sapore. Il tuo odore. Mi sembra di sentire il tuo seno che mi solletica la barba. Vuoi che lo prenda tra le labbra?»

«Io... Sì, Horace».

«Allora spogliati. Sbottona quella camicetta e scopriti. Lascia che ti guardi».

Addosso ho una maglietta. La sollevo fino al collo. Una folata di vento si libera dalla finestra socchiusa, raggiungendomi. Stordita da quelle sensazioni, porto una mano sul reggiseno e mi stringo con urgenza, sentendo un gemito liberarsi dalla mia gola.

«Così, amore mio. Adesso apri le gambe. Lentamente. Rilassati», quasi prevedendo il mio sussulto. L'incertezza per un attimo mi frena. «Sono così eccitato. Non puoi immaginare quanto ti desideri. Ti sento ansimare e mi sembra di impazzire. Vorrei che fossi qui, che ti inginocchiassi tra le mie gambe e prendessi il mio sesso tra le labbra...».

Immaginandomi completamente nuda tra le sue braccia, infilo una mano nell'elastico della tuta e chiudo gli occhi. Le mie dita ripercorrono la stoffa morbida degli slip impudiche, lascive e la voglia di averlo dentro di me, qui, con le sue mani forti strette sui miei fianchi, mi toglie il respiro.

Inarco la schiena scossa dai brividi e il seno preme sul bordo teso della maglietta, sollevandosi a ogni respiro. Senza smettere di toccarmi, lo libero per trattenerlo forte tra le dita.

«Oh... Trudy, è così bello», mormora, sentendo i miei sospiri affannati. «Continua a toccarti per me. Voglio sentirti venire. Ti piace?». E la sua voce si fa insicura. Rotta dagli spasmi.

Non rispondo. Non ci riesco.

Le mie carezze si fanno sempre più intime e avverto solo un peso opprimente che mi schiaccia il petto e smania dalla voglia di irrompere. Di distruggere tutto e lasciarmi finalmente vuota, libera.

«Dimmelo Trudy», continua a ripetermi. «Dimmelo...».

«Dimmi che sono la tua porcellina».

«Sì, sei la mia porcellina viziosa!».

...e lo immagino in piedi davanti a me.

Sudato.

Affannato.

Si spinge sempre più in profondità tra le mie gambe. Ma io non sono più io. Sono una donna sconosciuta dalla pelle scura e le labbra scarlatte e invitanti.

Sono stesa su una scrivania di mogano, tra pesanti librerie che si sollevano ordinate verso un soffitto soppalcato. La mia schiena sfrega sul legno lucido mentre affondo le unghie tra i capelli, sparsi disordinatamente su quel ripiano spoglio.

Chino il capo con espressione avida, mordicchiandomi un dito, e la vedo.

Oltre le mie braccia, lì, sulla porta, c'è un'altra donna con indosso una semplice camicetta. Ha gli occhi fissi su di noi e da qui riesco a sentire il rumore della sua anima che si sgretola.

«Basta!», grido sollevandomi.

Cosa stavo per fare?

Un moto di disgusto mi costringe al silenzio, mentre Horace dall'altro lato cerca di recuperare inutilmente l'intimità che si era creata.

«Trudy, non andare via. Non mollarmi, ti prego». Avvilito, ansimante.

«È tutto qui quello che sai fare? Dopo quello che è accaduto mi chiami e speri di risolvere tutto con dello squallido sesso telefonico?»

«Ma non capisci che è proprio questo il problema? Non si tratta di sesso. Si tratta di noi, della nostra intimità. Tesoro, noi possiamo ancora farcela. Noi...». Ma non sento il resto, perché spengo con un gesto furioso lo smartphone e lo scaravento dall'altro lato della stanza.

Mi ci vogliono cinque minuti buoni di respirazione olotropica per riprendere possesso del mio corpo. Altri cinque per decidermi ad alzarmi da quel maledetto letto. Per tornare in me venti buoni di doccia.

Fredda.
Gelata.
Indosso un paio di pantaloni neri, un top rosso, infilo un cardigan di cotone e mi avvio in strada. Se resto ancora in casa impazzisco. Inoltre non mangio nulla da ore. Camminare riesce a darmi un po' di sollievo ma per strada, come al solito, non c'è un cane. Non un cinema. Non un teatro. Non conosco nessuno. Non so dove andare.
Decido di fare una capatina al pub: almeno hanno la birra e i panini sono quasi commestibili.
A differenza delle altre sere, c'è un bel casino ad accogliermi. Sono quasi tentata di tornarmene a casa, non sentendomi particolarmente a mio agio tra camicioni a quadri e canottiere unte, ma prevale il mio istinto di sopravvivenza. Ho bisogno di nutrirmi.
Purtroppo non c'è più un tavolo libero, così mi lascio guidare da una ragazza al bancone e lì aspetto che mi porti un menu. Quando riesco a sfogliarlo, scopro di avere ampia scelta tra:
Colesterolo.
Trigliceridi.
Indigestione.
Nausea.
Vomito.
Morte.
Credo che sceglierò quest'ultima. Sembra invitante, rapida e indolore.
Ethan spunta accanto alla spillatrice con un vassoio carico di bicchieri vuoti, che inizia a riempire mantenendoli inclinati per evitare che trabocchino di schiuma. Respiro rumorosamente seguendo quei gesti, non potendo fare a meno di notare il suo abbigliamento.
Si è messo in ghingheri.
Deve essere serata di caccia.
Indossa un paio di jeans neri, una maglietta senza maniche

dello stesso colore, una bandana e un paio di bracciali di cuoio. Stavolta la barba è curata, non come la prima sera. Giusto un filo, quel po' che basta a far sospirare le due tette con ragazza intorno che lo aiutano nei fine settimana.

Ha cambiato dopobarba. Non che mi interessi. L'ho notato solo perché ha il ventilatore alle spalle e, ogni volta che si muove, avverto inevitabilmente il suo profumo.

«Questi al tre, queste due al sei». Le passa i boccali ormai pieni. Lei gli manda un bacino, dimena il sedere e accetta qualsiasi cosa le passi, più che allenata alla raccolta indifferenziata.

Non ho molto da fare, così resto a fissarla con sopracciglio inarcato, affondando la testa in un palmo. Appena finisce lo show punto Ethan per sondare la reazione e… e non mi stupisce affatto. La tramortisce con uno sguardo da ragazzaccio. Incrina le labbra. L'aiuta anche a sollevare il vassoio per mettere in mostra il bicipite e lei, ovviamente, sembra spolparselo con gli occhi.

Disgustata, sollevo con uno scatto il menu che avevo abbandonato e mi nascondo tra i dessert fino a quando la meravigliosa creatura non ritorna per chiedermi sdolcinata: «Cosa posso portarti, Trudy cara?».

Reprimo una rispostaccia solo per spossatezza mentale, ma non mi sfugge la reazione di Ethan che, a quelle parole, si morde un labbro.

«Un panino con hamburger e un'insalata».

«Panino con o senza semi di soia?»

«Co… cosa? Bah, senza».

«Lattuga o mista?»

«Lattuga», sbuffo.

«Ben cotto, medio o al sangue?»

«Fammelo come accidenti ti pare!», ringhio, sbattendo il menu sul bancone.

«Ok», risponde lei, continuando ad annotare sul taccuino.

Ma cosa deve scrivere se quello che mi deve fare il panino ce l'abbiamo davanti? E lui, che lo sa, non dice nulla. No. La lascia fare, divertendosi a torturarmi. Come se non sapessi che si è girato per nascondere le risate che non riesce più a trattenere.

«Cosa ti porto da bere?», riprende lei implacabile.

«Cianuro», sibilo a denti stretti.

«Mmm... Non so se lo facciamo».

«Eh?».

Spero stia scherzando e invece no, non scherza affatto. Afferra la lista e si perde tra i superalcolici fino a quando, sconfitta, mi domanda: «Non è che hai visto che numero aveva?».

Io apro la bocca, ormai prossima all'esplosione atomica, ma Ethan torna saggiamente da noi per impedirmi di tirarle dietro qualcosa. «Non preoccuparti, Allie, a lei penso io. Perché non vai a occuparti del tredici?»

«Come vuoi», acconsente, sciogliendosi in melassa. «A dopo, Trudy cara», mi saluta affettuosa e ritorna a oscillare nella folla con le sue semisferiche virtù in bella mostra.

«Allora, ti va una birra?», mi domanda allegro.

«Dato che il cianuro l'avete finito...».

Prende velocemente un bicchiere pulito dalla lavastoviglie e lo passa sotto l'acqua fredda. «Per il panino dammi solo un paio di minuti. Ho ancora due ordinazioni».

«Fa' pure con comodo. Io ho due o tre cose da fare», rispondo, tirando fuori l'iPad dalla borsa. Vorrei leggere un po', ma Ethan osserva ogni mia mossa da dietro la spillatrice e non riesco a concentrarmi. «Che hai da guardare?», gli chiedo sgarbata.

«Come siamo suscettibili!».

«Magari non mi piace essere fissata», mi difendo.

«Sembri stanca», commenta, lasciandomi il boccale pieno accanto a una mano.

«Non posso negarlo». E mi annullo in iBooks, in cerca di qualcosa che riesca a tirarmi su.

«Vuoi finirla con questo benedetto affare?», protesta, sfilandomelo di mano troppo in fretta perché riesca a fermarlo.

«Grande! Mi mancavano i diverbi adolescenziali. Ora puoi ridarmelo?»

«No. Sequestrato fino a nuovo ordine», sentenzia, nascondendolo sotto il bancone.

«Ethan, non mi va di scherzare», perdo la pazienza.

«Non sto scherzando», mi risponde prima di girarsi verso Lucas, il socio con il quale gestisce il locale. «Puoi sostituirmi qui? Mi prendo una pausa».

L'altro inizialmente scuote il capo, poco incline a questo genere di concessioni, ma quando trova me dall'altro lato del bancone sorride e finalmente si decide ad annuire, dandogli l'ok.

Che mi sono persa?

Non ho molta voglia di indagare. Ho solo fame. Privata del mio tablet, tergiverso con la birra tra le mani. Ethan, invece, sparisce dietro una porticina per tornare solo un quarto d'ora dopo, con un piatto tra le mani che trabocca di patatine fritte. Al centro c'è il mio panino. Solo un hamburger e un paio di fette di insalata. Protendo le mani pronta ad accoglierlo come un figlio tra le braccia, ma proprio quando sto per afferrare il vassoio, Ethan si allontana per rispondere a chi non aveva niente di meglio da fare che interferire con la mia cena.

«Nooo...», mi lamento. «Torna da me...».

Imprecando interiormente, aspetto che abbiano finito di blaterare alzando gli occhi al cielo.

Risate sguaiate.

Interventi indesiderati.

Due o tre battute che non capisco su persone che non conosco.

Se lo lascio continuare, potrebbe andare avanti per ore…

«Ethan, maledizione, vuoi portarmi quel maledetto…», inizio a litigare, ma proprio nello stesso momento lui si avvicina e mi sussurra: «Seguimi», uscendo da dietro al bancone per allontanarsi verso i bagni.

Capitolo 12
Quack. Quack. Quack

«Ok, adesso riproviamo, ma questa volta, mentre ti bacio, tu respiri».
«È davvero necessario?».

«Ehi!», mi lamento. «Ma non potevi lasciarmi il panino?».

Non mi sente. È troppo lontano.

Brontolando infilo la borsa, arraffo la birra e lo raggiungo sul retro, rendendomi conto troppo tardi di essere finita davanti alla toilette degli uomini.

«Spero tu stia scherzando…».

«Sbrigati!», mi sprona, controllandosi alle spalle. «Ti muovi? Se non filo via adesso non mi faranno uscire più».

«Io non entro nel bagno dei maschi! Dammi il panino e va' dove ti pare».

«Sei sfibrante».

Stando attento a non far cadere nulla, mi pianta una mano al centro della schiena e mi trascina dentro, richiudendosi la porta alle spalle.

«Non penserai che basti un hamburger per approfittare di me?», lo metto in guardia, quando mi rendo conto di quanto sia fraintendibile la mia posizione in quel momento.

Chiusa in un bagno con un palestrato sconosciuto di sabato sera, il tutto dopo aver attaccato il telefono in faccia a Horace, che certo non se ne stava con le mani in mano.

Sono diventata una donna di malaffare!

«Entra lì». Mi mostra una seconda porta accanto a un ripostiglio.

«Si può sapere dove stai cercando di portarmi?»

«Nella mia cantina segreta, dove sgozzo tutte le donne che mi esasperano con domande inutili». Riprende a spingermi per una spalla, stufo di aspettare.

«La smetti? Sto andando... Ho capito!».

Ci ritroviamo così in un cortiletto esterno circondato da palazzine a tre piani dalle finestre chiuse. Davanti a noi ci sono solo un lampione e un dondolo, quel piccolo spazio viene usato per lo più come parcheggio per le moto.

«Siediti», mi ordina Ethan, indicandomi il dondolo con un dito.

«Perché?»

«Siediti e basta!».

Stanca di battibeccare, mi accomodo e resto ad aspettarlo pur mantenendo un'espressione belligerante. Lui cerca di sistemare la porta in modo che non si chiuda del tutto, poi mi raggiunge e mi passa finalmente il piatto.

«Prego, buon appetito!».

«Mi dici perché siamo venuti qui?»

«Tu volevi mangiare, io volevo fare quattro chiacchiere».

Sfila un pacchetto di sigarette dalla tasca dei jeans e ne accende una.

«E se io non volessi fare conversazione?»

«La chiavetta dell'acqua è sul mio balcone e so a che ora fai la doccia».

«Mi stai ricattando?»

«Ti sto spronando a essere accomodante...».

«Mmm... Questo tuo lato dispotico mi sorprende», ammetto, guardandolo di sottecchi. Lui si limita a sorridermi, studiando le mie espressioni mentre do un paio di morsi al panino.

«Buono?»

«Mangiabile».

«Detto da te è un complimentone. Sono commosso, non mi aspettavo questo attestato di stima».

«Fossi in te non ci farei l'abitudine».

«Perché sei sempre così tesa?»

«Non sono tesa. Sono emotivamente stitica, assonnata, affamata, intollerante, ma non sono tesa», chiarisco con decisione il mio punto di vista.

«E in mezzo a tutti questi adorabili pregi, c'è qualche difetto che possa renderti più umana ai miei occhi?»

«Perché non vai a rompere le scatole a Judit?»

«Chi è Judit?»

«L'ammasso di silicone che ti porti a letto di giovedì».

«Ah... Parli di Allie! Che ne sai che me la porto a letto di giovedì?»

«Non so, Ethan caro, tu che dici?», le faccio il verso.

«Avrei dovuto considerare lo spessore delle pareti». Ma per quanto si sforzi di simulare contrizione, risulta totalmente indifferente alla scoperta di aver fatto sesso in Dolby Surround.

«A tal proposito», ne approfitto, «vorrei che la smettessi di tenermi sveglia fino alle cinque del mattino. Ho una vita anch'io e inizia molto prima della tua, quindi gradirei un minimo di collaborazione».

«Di quale vita parli?», domanda, rubandomi una patatina dal piatto. «Perché mi sembra che tu, oltre a disintegrarti davanti al computer, non faccia molto».

«Io ho delle responsabilità», ribatto indignata.

Non replica, mordicchia la patatina restandosene seduto di fronte a me con le gambe incrociate e i gomiti poggiati sulle ginocchia.

«Smettila immediatamente di fissarmi!».

«Ti mette in crisi?»

«Cosa?»

«Che io ti guardi». E aspira una grossa boccata di fumo dalla sua sigaretta, inclinando il capo.

«Perché dovrebbe?»

«E allora che t'importa se ti fisso?». Scandisce ogni singola sillaba con l'aria di chi abbia deciso di volermi indispettire.

Benvenuti all'asilo…

«Tanto non ci vengo a letto con te!».

«Non te l'ho chiesto!».

Stiamo… Stiamo litigando?

Lui sembra volerlo fare.

Mi guarda decisamente male.

«Scusa, dimenticavo che oggi è sabato, è il turno di "Biscottino!"».

«Di cosa?»

«La tipa che ti chiama sempre "biscottino". Ma a te piace? No, dimmi, seriamente, non ti provoca un immediato collasso dell'attrezzatura?», mi informo, fingendomi curiosa.

«Ma tu ascolti tutto quello che faccio?»

«Caro mio, io vorrei davvero non sentire, ma proprio non ci riesco dato che la maggior parte dei vezzeggiativi li pronunciate urlando e sembra che la casa stia per essere buttata giù da un terremoto dell'ottavo grado della scala Richter».

Vorrebbe. Lo so che vorrebbe continuare a essere arrabbiato, ma c'è una parte di lui che non riesce a trattenere un moto d'orgoglio. Si sforza di rimanere serio. Tergiversa, ma alla fine eccolo, spunta il sorriso trionfante.

Rendendosi conto di essere sotto stretta osservazione, si gratta il capo a disagio ma il ghigno è ancora lì, manifesto di un ego smisurato che, mio malgrado, ho contribuito a cementare.

«Sei vergognoso!».

«Ok, d'accordo…», cede, massaggiandosi la faccia. «Cercherò di fare meno baccano», promette. «Mi rendo conto che per te debba essere straziante. Sapere di essere lì, tutta sola, e non con me…».

«Credimi, ti risparmio una figuraccia».

«Qualcuno qui sta insinuando qualcosa? Non vorrei aver capito male».

Rido.

«Non è un'insinuazione, ma la pura e semplice verità», confermo, pulendomi le mani con un tovagliolo.

Ma sto flirtando?

Forse è meglio battere in ritirata, non vorrei si facesse strane idee.

«Tu sei abituato a un altro genere di ragazza. Di quelle a cui dici: "Ehi, cocca, ora ti prendo e ti sbatto sulla scrivania" e loro pensano di aver trovato l'uomo della loro vita, ma con me non funziona. Deve esserci intensità, fiducia, armonia...».

«E quand'è che inizia la parte in cui fai sesso?», mi interrompe.

«Lo vedi? Non siamo proprio compatibili», replico, convinta delle mie affermazioni. «E ora, se permetti, torno a casa. Sono distrutta e ho tutta l'intenzione di fare un bagno e di mettermi a dormire».

«Ma sono solo le undici ed è sabato», protesta, prendendomi il piatto vuoto dalle mani.

«Lo so, ma domani voglio svegliarmi presto. Ho da fare».

«Così non arriverai ai trenta».

«È un rischio che sono disposta a correre. È per un nobile scopo!».

«Quale, sentiamo?», mi aiuta ad alzarmi, porgendomi una mano.

«Diventare vergognosamente ricca», confesso con espressione sognante.

«Ahah... Molto nobile davvero!», conferma lui, avvicinandosi. Avvicinandosi troppo. Proprio troppo...

La distanza tra noi si annulla.

Tenendo il piatto in una mano, poggia l'altra sul mio fianco e si china in cerca del mio viso. Appena sento il suo profumo, mi trasformo in una stalagmite e mi viene spontaneo farmi indietro nel tentativo di sfuggirgli.

«Trudy, sto solo cercando di salutarti», sussurra come se tutto questo fosse normale, mentre a me si azzera la salivazione.

«E non puoi farlo restando al tuo posto?», gli domando, inarcando un sopracciglio.

«No, non posso. Riesci a rilassarti per un secondo?»

«No».

«Almeno provaci!».

La sua mano sale sulla mia schiena, spingendomi tra le sue braccia.

«Ethan, io credo che tu non...».

«Ssh!», sussurra chinandosi su di me e, prima che abbia il tempo di fare qualcosa, mi lascia un bacino sulla guancia.

Nooooo... Maledizione, no! Le sue labbra sono davvero, davvero, davvero morbide...

Urge manovra distensiva.

One little duck
Went out one day,
Over the hill and far away.
Mother duck said,
"Quack, quack, quack, quack".
But none of five little ducks came back.

Sigh... Non funziona.

Ignaro di quanto si agiti nella mia piccola mente devastata da vergognose e improvvise crisi ormonali, si ritira dolcemente e il calore del suo corpo mi abbandona, lasciando spazio all'umidità della sera. Cerco rifugio da quegli aliti di vento incrociando le braccia e spero vivamente che questa non sia una di quelle scene alla Harmony, in cui i capezzoli di lei si trasformano magicamente in due mitragliatori di ultima generazione, modello Lady Gaga.

«Visto?», mi domanda. «Non era così difficile, no?»

«In tutta onestà», commento a mezza bocca, «preferirei

davvero che non riaccadesse». E non ho più alcuna voglia di ironizzare. Sono psicologicamente a terra, devastata dalla sinusite e, ammettiamolo, anche la mia messa in piega non è più quella di qualche settimana fa. Scambiare effusioni con surfisti reggae nei cortili mal illuminati di una bettola di periferia non rientra tra le mie priorità e, inoltre, sembra minare il mio equilibrio psicofisico.

In parte sconvolta, in parte imbarazzata, in parte arrabbiata per le mie stesse reazioni, riprendo la borsa e ritorno dentro. Avviene tutto prima che Ethan riesca a impedirmelo: pago il panino al suo collega, infilo il cappotto, la borsa. Quando mi raggiunge, sono già fuori dal pub, diretta a casa. E l'unica compagnia che tollero per il resto della serata è il mio iPad.

Capitolo 13
Corrispondenza epistolare

«Specchio, specchio delle mie brame, chi è la più bella del reame?»
«Ti sembro forse la giuria di miss Maglietta Bagnata? Piuttosto, fossi in te mi farei controllare quella macchia sul collo».

Uscire per cercare sollievo e rientrare per sfuggirlo.

Salgo svogliata la rampa che conduce al secondo piano e inizio a sfilare le chiavi dalla tasca dei pantaloni, preparandomi mentalmente a una nottata di duro lavoro.

Potrei mandare tutto al diavolo e vedere un film imbottendomi di birra, ma cosa otterrei se non un mal di testa atroce?

Raggiunto il pianerottolo gioco un po' con la serratura difettosa, entro e mi accorgo di una busta da lettera infilata proprio sotto la porta.

Da quanto sarà lì?

Non l'avevo notata uscendo.

Mi chino, la raccolgo e proseguo verso il salotto, buttandola distrattamente sul divano. Non accendo la luce, non subito. Mi muovo al buio guidata a stento dalle luci di un paio di lampioni giù in strada. La condizione di penombra mi avvolge con il suo tepore, spazzando via la tensione e finalmente sento i muscoli rilassarsi.

Lascio cadere la borsa su un tavolino, mi avvicino allo specchio dell'ingresso e sfilo il golfino, guardando il mio riflesso chiuso in una cornice di resina nera marmorizzata.

Sono dimagrita. Quanto posso aver perso? Tre, quattro chili?

E non me ne sono neanche accorta. Il vero problema è che la corsa, a volte, dimentica la meta e diventa un esercizio fine a se stesso che ti porta in direzioni impreviste, un po' come la mia. Ho continuato dritta, a muso basso, lasciandomi dietro amici, famiglia, hobby e poi per cosa? Per finire sola in una mansarda ammobiliata di un paesino abbandonato della Scozia?

Mi sale il magone e per poco non scoppio a piangere. Trattenermi è più difficile del solito, ma non ho voglia di passare la notte a singhiozzare, sarebbe inutile. Terribilmente inutile. Irrazionale. Improduttivo, no?

Tiro su con il naso e tolgo anche il top, che butto su una sedia insieme al resto. Con la stessa apprensione di un'adolescente alla scoperta delle sue nuove forme, mi guardo per la prima volta da mesi, e mi stupisco scoprendo di non ricordare come sono fatta. Sono sempre stata magra, questo è vero, ma da quando sono così visibili le costole qui, sotto al seno?

No, non ero così. Nemmeno le guance erano così scavate. Non avevo lo sguardo spento. Le mie gambe erano molto più muscolose e qui... Proprio qui, sulle labbra. Sì, ne sono certa. C'era. C'era, non posso sbagliarmi. C'era un sorriso spensierato.

Che mi è successo?

In quel momento mi assale il dubbio di aver perso il controllo di una parte della mia vita. Più o meno quella che va dalle otto del mattino alle undici di sera. Il fatto è che scoprirlo non mi aiuta a trovare una soluzione, mi dà solo la conferma di non avere altra scelta che perseverare in quel circolo vizioso, sperando che prima o poi cambi qualcosa.

Altri cinque mesi. Ancora cinque interminabili mesi... sento che sto per cedere.

No. Non posso mollare proprio adesso.

Devo farcela!

Se lavoro sodo, se riesco a recuperare il deficit della filiale...

La carriera è tutto ciò che mi resta. Non posso perdere anche questo.

Il solo pensiero di ritrovarmi senza il mio lavoro, senza Karen né il mio ufficio basta a darmi la forza di respingere quegli assurdi pensieri, di porre un freno all'emotività passeggera e di correre in camera per infilare un pantaloncino.

Se non puoi vincere, allora patteggia ed è quello che faccio adesso. Scendo a compromessi con il mio futuro. Stabilisco sin da ora che non abbasserò mai le mie pretese oltre un certo limite e quel limite posso stabilirlo solo io.

Risoluta, prendo una bottiglia di vino dal frigo e vado a stendermi sul divano in compagnia del mio computer, decisa a lavorare fino a quando riuscirò a tenere gli occhi aperti. Prima finirò, prima potrò tornare a casa. Prima tornerò a casa, prima potrò riprendere in mano la mia vita. Ristabilita la routine, penserò al da farsi.

Piccoli passi.

Sono più o meno le tre del mattino, quando decido di fare una pausa. La prima da quando sono rientrata.

Ho passato più di tre ore sui documenti che mi ha inviato Catherine, scoprendo che gran parte degli ammanchi deriva dalla cessione di fidi e prestiti di natura agevolata a richiedenti del tutto inidonei. Transazioni avvenute spesso in totale assenza di garanzie se non la buona fede e, almeno immagino, l'incapacità congenita di dire di no dell'ormai ex direttore Bailey ad amici, parenti o conoscenti prossimi. Somme a volte anche di una certa rilevanza che, com'era lecito supporre, non sono mai rientrate, o per lo meno non del tutto. Il punto adesso, mettendo da parte ogni possibile recriminazione, è come intervenire.

"Signor Bailey, sono la signorina Watts. Potrebbe raggiungermi in ufficio domattina?".

Compongo velocemente un messaggio dallo smartphone cercando una posizione comoda e mentre invio, sfioro inavvertitamente qualcosa di appuntito che mi graffia un braccio.

«Oddio… un insetto», mormoro, già pensando a quello che sta per scatenarsi in salotto. Controllo sullo schienale, sotto le gambe e, bianca come un cencio, trovo nascosta tra i cuscini la busta misteriosa che poco prima avevo raccolto sul tappetino dell'ingresso. «Oh...». Incuriosita, inizio a rigirarla tra le mani.

Che sia un messaggio di Ethan?

No, non può essere. Non mi è sembrato un tipo da corrispondenza epistolare.

«Vediamo...». Strappo l'orlo della busta e sfilo un cartoncino su cui è stato scritto a macchina:

A nome del comitato cittadino di Turriff,

ho il piacere di invitarla alla prossima riunione, che si terrà mercoledì sera alle 21:00 presso la canonica.

Onorati di accoglierla,

Il sindaco

Sì, certo, come no!

Un po' delusa, accartoccio il biglietto e lo lancio sul tavolino, poi mi decido ad andare a dormire. Riapro il portatile solo per spegnerlo, quando trovo sulla barra di stato l'icona di Skype che lampeggia, segnalandomi l'arrivo di un nuovo messaggio.

Or-ace25: Ancora sveglia?

Or-ace25: Neanche io riesco a dormire.

Or-ace25: Ci sei?

Or-ace25: Dài, lo so che ci sei.

Or-ace25: Non chiudo fino a quando non rispondi.

Or-ace25; Guarda che mi metto a cantare. Giuro che lo faccio!

Or-ace25: Andiamo, Trudy, metti le dita su quella tastiera e scrivi "Ti amo".

Perché non si arrende?

Sto per cliccare direttamente su "chiudi", poi però cambio idea, "metto le dita su quella tastiera" e scrivo:

Trudy_Watts: Horace, va' a farti fottere!

Capitolo 14
Fine della corsa

«Una cosetta tra intimi. Un paio di birre e una fetta di torta».
«Se la torta la offro io, posso restare a casa?».

«Signorina Watts, siamo pronti per chiudere», mi sorprende la Hunt, aprendo la porta senza bussare. Vergognosa, spengo il mio iPad sulla copertina imbarazzante di un erotico, con le gote in fiamme, e le rispondo: «Bene, raccolgo le mie cose e andiamo».

Per chiunque stesse malignando, non stavo assolutamente bighellonando al lavoro. Mi ero semplicemente presa qualche minuto di pausa dopo una giornata estenuante. No, perché oltre la quantità esorbitante di materiale da visionare, mi tocca quotidianamente subire la palese ostilità di tutto il personale, che ammutolisce appena passo, cerca di evitarmi alla macchinetta del caffè e mi lancia occhiatacce diffidenti ogni volta che mi avvicino agli sportelli. *Dulcis in fundo*, oggi avevo anche un mezzo appuntamento con il vecchio direttore, che si è presentato nel mio ufficio verso le undici del mattino, certo che il mio fosse un invito di natura personale. Chiarito che non avremmo chiacchierato dei progressi al violino di suo nipote sorseggiando tè, ho riversato sulla scrivania mezzo archivio, dichiarando aperte le ostilità. Da quel momento ci siamo buttati sui documenti come se non esistesse un domani e abbiamo controllato lo stato dei pagamenti di ogni singola ipoteca concessa, rispolverando vecchie pratiche insolute e discutendo scelte amministrative pregresse che oserei definire "singolari". Non contenta, ho perpetuato il sequestro di persona fino a mezz'ora fa, costringendolo ad aspettare che avessi finito di verificare le credenziali di tutti i correntisti beneficiari di credito e, subito dopo, di aver valutato le richieste di finanziamento ancora al vaglio, scartando (con suo disappunto) bizzarre proposte di sostegno per l'apertura delle più insensate, infruttuose e indecenti attività commerciali che mai uomo abbia potuto immaginare.

Dopo un tour de force di questa portata, desideravo solo fuggire a casa, infilarmi in un pigiama e lasciarmi sommergere da colate di marmellata ai frutti di bosco e invece, al momento dei saluti, mentre ci guardavamo in cagnesco stremati e reciprocamente indispettiti, ecco che mi ha chiesto se volessi partecipare a una piccola festicciola organizzata per il suo pensionamento. Una sorta di franca richiesta di armistizio in terra straniera. Ovviamente non mi sono potuta defilare, conscia di avere ancora bisogno del suo aiuto e della necessità di migliorare i miei rapporti con il personale, così ho scoperto di dover attendere almeno altre sei ore per rivedere i cuscini cervicali vibranti del mio letto. Allora, dico io, vi sembra così assurdo che abbia deciso di sedare i miei istinti omicidi con un po' di lettura d'intrattenimento? Non fate quelle facce da vergini immolate all'altare della castità perché tanto non attacca. Se proprio vogliamo ragionare, iniziate a tirare fuori tutti i vostri tablet e vediamo che avete voi e se potete davvero sparare a zero sui miei gusti in fatto di letture!

Riprendiamo.

Sono le sei.

Rimetto tutto in borsa e lascio la banca, inforcando un paio di occhiali. Non li uso sempre, ma ci sono giorni in cui combattere con le lenti a contatto diventa un rischio che non voglio correre, così opto per qualcosa che posso tranquillamente sfilare a piacimento, seguendo la filosofia di vita "quando non c'è più possibilità di dialogo, lanciagli qualcosa dietro". Vi dirò, non l'avrei mai detto, ma gli spigoli rinforzati in metallo della montatura si sono rivelati utili più spesso di quanto sarebbe lecito supporre.

Aaah… Che brutta giornata.

E così, prima di passare a casa per un cambio veloce, mi fermo in un'enoteca e compro un paio di bottiglie di vino da regalare al signor Bailey. Non ne capisco granché, mi lascio guidare dai prezzi e dal colore delle etichette.

Niente di appariscente.

Niente nomi esotici.

Niente colori da cartoni animati anni Sessanta.

Infilato il pacco in una busta blu notte, applico un biglietto discreto su un angolo scrivendo al centro le mie iniziali, saluto il commesso e m'infilo in macchina. Per la cronaca, adesso ne ho un'altra e spero vivamente che duri più della prima.

«Dove ti ho messo?», brontolo, cercando lo smartphone tra le tasche della borsa. «Ah eccoti!».

Digito una manciata di tasti e resto in ascolto della segreteria, sperando di trovare un messaggio di Catherine che mi ricordi l'indirizzo della festa.

Trudy Watts. In questo momento non sono in casa. Le alternative sono le seguenti:

Sto lavorando, quindi vi sconsiglio vivamente di interrompermi, chiamando sul cellulare.

Sono in ospedale, quindi sarebbe auspicabile che non chiamaste sul cellulare.

Sono morta, quindi risulta decisamente inutile che proviate a contattarmi sul cellulare.

L'alternativa è quella di lasciare un messaggio dopo il *bip*. Uno. Non tremila. Se non vi richiamo al primo, siete davvero sicuri che cambierei idea al quindicesimo?

Biiiiip

Primo messaggio:

Tu non stai bene… Sono Ethan. È passata una ragazza al pub, mi ha lasciato una busta per te. Non ho il tempo di salire. La metto nella mia cassetta della posta.

Secondo messaggio:

Trudy, cara, come va? Sono la mamma. È da un po' che non ci sentiamo. Mi chiedevo se andasse tutto bene. Se magari... Alfred, no. Lascia la cornetta! Lo sai che s'indispone. Pronto, Trudy? Ciao passerottina, io sono quella strana creatura mitologica che abita lo studio. Sai, quella del "Hai pagato le bollette?" e "Leva quelle zampacce dal tavolino". Quello che ti ricordi di chiamare papà solo quando risulta impossibile fingere di non avermi visto. Io e tua madre vorremmo sapere se sei ancora viva, giusto per capire se dobbiamo chiamare le pompe funebri oppure possiamo continuare a sperare che un giorno ti occuperai dei nostri acciacchi, chiudendoci nel più vicino ospizio della città. Se ti preme rivedere il tuo bonsai ancora vivo, ti aspettiamo al compleanno di zia Florence. Presentati con una confezione di profumo e un biglietto d'auguri prestampato alle nove di sera davanti al portone di casa. Assicurati di non essere seguita o ci saranno delle conseguenze!

Con una smorfia di disappunto, allontano la cornetta per comporre il numero dei miei, quando parte l'ultima registrazione.

Terzo messaggio:

Ciao Trudy, sono Horace. Come va? Stai meglio? Non voglio disturbarti, ho chiamato solo per chiederti scusa. Ho sbagliato. Avevo una persona davvero speciale accanto, ma sono stato così stupido da lasciarmela scappare per le mie inutili insicurezze. Non avrei dovuto parlarti in quel modo ieri. Avevi ragione a essere in collera con me. Avrei voluto essere una persona migliore, ma ormai è troppo tardi e ho perso tutto. Non pensavo che si potesse stare così male per qualcuno. Non esco più e lavorare è una tortura. So che non ti interessa, ne hai tutte le ragioni. Sappi solo che ti amo, infinitamente. Se vorrai mai perdonarmi, mi troverai qui ad aspettarti, pronto a fare qualsiasi cosa per renderti felice. Qualsiasi, Trudy...

Allontano il telefonino dal volto e lo lascio cadere tra le gambe, guidando senza più alcuna meta. Supero incroci, fermate, salto uno stop e mi ritrovo in un vicolo cieco, ferma tra due bidoni della spazzatura. Non posso proseguire, qualsiasi cosa ci sia oltre quel muro non mi apparterrà mai. La mia corsa finisce qui.

«Ok… Va tutto… Tutto bene».

Spengo la macchina con le mani che tremano. Tuffo il viso nel volante e per la prima volta da quando tutto questo inferno è cominciato, scoppio a piangere.

Capitolo 15
Intervento inutile

«È mio...».
«È mio...».
«È mio...».
«Potresti sforzarti di sembrare meno affascinante».
«È un dono e una maledizione».

«Lasci che le presenti il sindaco Mason».

«Stuart Mason», ribadisce lui, tendendomi una mano. «Non ho ancora avuto il piacere di vederla alle nostre riunioni», aggiunge, lanciandomi una frecciatina che non posso non cogliere.

Siamo a casa di George Bailey. Una vecchia struttura recintata da begonie, soffocata da tende verde smeraldo e mobili così diversi per stile ed epoca che sembra di essere in un mercatino delle pulci. In linea di massima consumiamo aperitivi tra il camino e un tavolo infiocchettato, parlando del più e del meno. Ci sono tutti: il personale della banca, i cittadini più illustri (medico, farmacista, sindaco, maestri elementari). Non mancano neanche le icone di quartiere: fioraio, vecchio filosofo in pensione, prete. Amici più o meno intimi, più o meno ubriachi, più o meno interessati a qualcosa che non sia il ricco buffet offerto dalla casa.

«Purtroppo sono oberata di lavoro», rispondo. «Non sa quanto vorrei staccare, ma non posso proprio concedermi il lusso di una pausa. Ho troppo a cuore le sorti della filiale». Ma soprattutto, il mio immediato reinserimento nella società civile.

«Certo. Certo. Capisco benissimo», bofonchia lui, frettoloso. «Non le nascondo, però, di continuare a sperare che riesca a trovare il tempo». Sguardo languido. «Vorrei mostrarle la nostra sede», annuisce. «Abbiamo appena restaurato il municipio».

Wow!

«Un lavoro splendido», continua. «Mi prometta che passerà almeno per qualche minuto. Non può proprio perderselo».

Non posso?

«Scelga lei ora e giorno, io sono a sua totale disposizione», si prostra anelante.

Oddio...

«Ehm... Farò in modo di trovare del tempo in questa settimana. Mi lasci solo controllare l'agenda», cedo.

«Magnifico! Magnifico!». Non sta nella pelle. «Pensi che abbiamo fatto venire un'impresa da Edimburgo per gli stucchi. Dei ragazzi davvero in gamba».

«Stuart, caro, non mi presenti?», interviene quella che deduco sia la moglie. Ci raggiunge appoggiando una mano ingioiellata sulla schiena del marito e mi saluta con un sorriso affettuoso, il cui effetto viene smorzato da un rossetto dozzinale e impiastricciato che le trasborda dalle labbra. «Piacere di conoscerla, sono Elenoire. Si trova bene a Turriff?».

Stringo la sua mano annuendo. «È un posto davvero... caratteristico».

«È proprio vero», conferma lei. «Teniamo molto alle nostre tradizioni. E vedrà a settembre!».

«Perché, che succede a settembre?»

«Ci sarà la fiera!», spiega stridula. «Due giorni interamente dedicati alla promozione dei nostri prodotti, accompagnata da spettacoli teatrali, musica, e l'attesissima premiazione del Re e della Regina delle zucche».

«Cosa?», chiedo, certa di non aver capito.

«Il Re e la Regina delle zucche», ripete. «Adorabile! La coppia più rappresentativa della festa viene eletta e incoronata durante l'ultimo spettacolo. Tocca a loro aprire le danze e...».

«Signorina Watts», s'intromette il signor Bailey. «Elenoire, te la rubo solo un secondo». E mi prende per un braccio per portarmi dall'altro lato del salotto.

Ma come, sul più bello? Non scoprirò mai le sorti del Re della zucca! E adesso come farò a dormire?

«È appena arrivato Richard Marshall», mi sussurra lui con tono complice. «Il direttore della RBS», chiarisce, rendendosi conto che non so chi sia. «Non vedeva l'ora di conoscerla. Siamo amici da quando eravamo bambini», racconta, accompagnandomi verso un signore distinto e scheletrico dalla testa canuta.

Dunque è lui il mio potenziale acquirente.

«Signor Marshall, felicissima di conoscerla», sorrido.

«Incantato», risponde lui, elargendo un baciamano di fronte al quale fingo di sciogliermi.

«Che galante». Forse sto esagerando.

«Lo sa? Pensavo di passare a trovarla uno di questi giorni».

Bene, sono interessati!

«Davvero?», gli domando stupita. «La trovo una splendida idea».

«Sperando di non disturbarla», aggiunge, sondando le mie reazioni. «Immagino sia stata presa d'assalto. In posti così tranquilli basta poco a scatenare la curiosità generale».

«Nessun disturbo», lo rassicuro. «Considero la calorosa accoglienza dei suoi concittadini uno degli aspetti più felici del mio trasferimento. Sento già che soffrirò molto quando arriverà il momento di dover tornare in città».

Credibile? Mmm... Un po' forzato, ma sembra non farci caso.

«Sono imperdonabile», ci raggiunge Elenoire con espressione mortificata. «George, siamo tutti pronti, ma non riesco proprio ad aprire il cassetto delle posate. È rimasto incastrato e né io né Catherine riusciamo a sbloccarlo».

«Non preoccuparti, arrivo subito. Potete scusarmi?», chiede a noi due.

«Senza alcun problema. Signorina Watts, perché non ci accomodiamo al tavolo?», propone Richard porgendomi il braccio.

«La trovo un'ottima idea», rispondo io, intuendo dallo suo sguardo che siamo entrambi interessati ad allontanarci da orecchie indiscrete.

In quello stesso istante, però, suona il campanello e restiamo tutti lì, a guardarci, chiedendoci chi manchi ancora all'appello.

«Sono arrivati i dolci», esordisce il padrone di casa con una certa ansia nello sguardo. «Credevo che non ce l'avrebbe mai fatta!».

«George, il cassetto», lo sollecita Elenoire.

Il poveretto non sa che fare: da un lato vorrebbe andare ad aprire, dall'altro risolvere la tragedia in atto, salvandoci da una cena in stile etnico.

Nessuno fa un passo.

Nell'altra stanza non hanno neanche sentito suonare alla porta.

«Vada pure, apro io». Il mio pragmatismo congenito ha la meglio e lo salvo dall'indecisione, offrendomi di occuparmi personalmente del nuovo arrivato.

«Magnifico, cara. Richard, va' pure a sederti accanto a Stuart. Noi ti raggiungiamo subito», si intrufola la signora Mason, tirandosi dietro George. Lui non può far altro che acconsentire e nel giro di due secondi netti mi trovo da sola in compagnia del gatto, che mi fissa spazientito.

«Ok, fammi strada».

Palla di pelo solleva la coda con gesto stizzito e mi precede nell'ingresso, raggiungendo con passo ancheggiante un attaccapanni grondante di cappotti. Il campanello bussa un altro paio di volte, così apro senza neanche chiedere chi sia, prevedendo l'insofferenza del fattorino. Spalanco la porta ripetendo "un attimo" e dietro un'enorme scatola bianca trovo Ethan, che appena mi vede sgrana gli occhi. Probabilmente non si aspettava che fossi qui. Be', direi che siamo in due. Neanche io immaginavo che sarebbe venuto.

«Trudy…», resta a bocca aperta, fisso sullo stupido vestitino rosso che ho deciso di indossare. Non so cosa mi abbia preso. Ero depressa. Il messaggio di Horace è stato devastante. Quando sono tornata a casa non ero in me. Stavo per tirare fuori dei pantaloni neri, poi ho visto in un angolo dell'armadio un vecchio abito di satin che non mettevo da una vita e… Non è che sia cortissimo, no. Arriverà a metà coscia. Non è neanche tanto scollato. Non che ci sia molto da vedere. Forse è il colore. Forse il fatto che sia terribilmente aderente. Forse l'imbottitura del reggiseno. Ho anche messo un cardigan di cotone per smorzare l'effetto, ma a quanto pare…

Andiamo, di' qualcosa!

«Non pensavo ti occupassi anche di catering», decido di spezzare il silenzio, cercando di aiutarlo con i pacchi.

«Ah… Non li preparo io», mi corregge, riprendendosi dallo shock momentaneo con una buffa scrollata del capo. Non so se prenderlo come un complimento. È così incredibile che abbia anch'io le tette? «Sono passato da Penny appena ho staccato al pub», mi racconta, superandomi. «Tranquilla, ce la faccio. Non è pesante». E mi stampa un bacino sulla guancia.

Traditore!

«Mi accompagni in cucina?», continua con tono innocente. «Non so se riesco ad aprire la porta con questo tra le braccia».

«Co… cosa? Ah, sì, certo», balbetto, seguendo la scia di profumo che lascia alle sue spalle.

Oggi è… diverso. Per la prima volta ha lasciato a casa bandane, braccialetti da metallaro impenitente e anfibi consunti.

Sembra quasi una persona normale. Niente completi, no, per carità, ma ha messo una camicia e i jeans non hanno neanche uno strappo in bella mostra. Scommetto che ha fatto qualcosa ai capelli: non sono arruffati come al solito.

«Ethan, sei arrivato finalmente!», lo saluta una delle impiegate dell'ufficio postale, correndogli incontro per abbracciarlo. Imbarazzata, mi faccio da parte e aspetto che smetta di spupazzarselo.

A questo punto la domanda sorge spontanea: resto o me ne vado?

«Ma lascia che ti aiuti. Vieni in cucina, troviamo qualcosa su cui sistemare questi», cinguetta.

«Aspettate». Ci raggiunge la vigilessa. «Vengo anch'io!». E per poco non inciampa nel tappeto.

«Mi aggiungo», si accoda la maestra.

«Se volete vi aiuto con le decorazioni!». Perdiamo anche l'insegnante di piano.

A questo punto, direi che il mio intervento è inutile e spudoratamente non desiderato.

Capitolo 16
Promettenti commercialisti

«Wow!».
«L'ho trovato in saldo».
«Cosa, il tacchino?».
Detesto quando il buffet riscuote più successo di due ore di make-up e un personal shopper.

«Finalmente siamo pronti!», esordisce George, tornando da noi con un vassoio stracolmo tra le mani.

Non è l'unico. Piano piano ci raggiungono tutti e la tavola si riempie di pietanze dai profumi speziati. L'ultimo ad arrivare è il reverendo, che trova posto a capotavola. Terminati i primi scambi di battute, chiede un attimo di raccoglimento per ringraziare il Signore dei tortini di carne della signora Mason e si lancia nella lettura di un salmo, obbligandoci al silenzio per una decina di minuti. Ascoltando distrattamente le sue parole, vago con lo sguardo tra gli ospiti studiandone le espressioni concentrate, fino a quando la mia attenzione non viene attirata da strani movimenti accanto alla credenza. Qualcuno si avvicina in punta di piedi sperando di non disturbare la preghiera. È la maestra elementare, che si fionda sulla prima sedia libera, lisciandosi la gonna con le gote in fiamme. Subito dietro non posso non notare Ethan, che la segue con le mani in tasca, inconsapevole o solo spudoratamente incurante degli effetti che le sue sedute in palestra devono avere sulla produzione di estrogeni delle invitate. È una scena imbarazzante.

Se continuano così si ritroverà mezzo nudo.

Non ho parole.

Tra l'altro, non è per polemizzare, ma non mi sembra affatto intenzionato ad accontentarle. No. Cerca di evitarle sfuggendo tra le sedie e quando una di loro prova ad afferrarlo, con una finta improvvisa si nasconde dietro il sindaco Mason e viene a sedersi proprio... No, dài, proprio accanto a me doveva venire? E quando si accorge che non c'è più spazio, costringe Richard a scalare di un posto, così sfuma anche l'unica occasione di dare un senso a questa serata.

Perché? Perché qualsiasi cosa accada, da qualsiasi parte del mondo, deve sempre concludere la sua corsa nella mia vita?

«Ho una fame da lupi!», mi sussurra a un orecchio, sfregandosi le mani.

«Ssh!», lo zittisco. «Non interrompere il reverendo».

«Ok», mi accontenta allegro, afferrando un panino dal cestino per addentarlo.

«Ma la smetti?», bisbiglio irritata. «Non riesci ad aspettare neanche un minuto?»

«Ho fame!», si giustifica. Io non mi lascio commuovere. Gli strappo di mano il pane e lo nascondo accanto al mio piatto, sfidandolo con lo sguardo a riprovarci.

Reazione?

Non potendo avere il pane passa alla sottoscritta, divorandomi con lo sguardo.

Che mossa infantile.

«Non attacca!», lo freddo, serrando le palpebre.

«Sei insopportabile», battibecca, tirandomi una ciocca di capelli.

«Ahi!».

Lascio la presa indolenzita e lui ne approfitta per sporgersi sul tavolo e riappropriarsi del panino prima che possa fermarlo.

«Mio!», trionfa, masticando a bocca aperta a due millimetri dal mio naso solo per farmi perdere le staffe.

«Giuro che ti strozzo...».

«Ah sì? Fammi un po' vedere!», mi sfida.

«Amen! », ci riportano all'ordine dall'altro lato del tavolo.

«Ehm... Sì», blatero distratta.

«Finalmente!», si accoda.

«Mmm... Che buon odorino», commenta Elenoire annusando l'aria.

«Queste le ha preparate Adeline, sembrano davvero invitanti», le risponde George.

«Assaggia queste, sono freschissime», sento qualcuno, altrove.

«Un po' di vino?»

«Un... Un po' di vino?», ripete la stessa voce.

«Trudy...», riprova e solo allora mi rendo conto che accanto a me c'è ancora Ethan con la bottiglia sollevata che aspetta una mia reazione.

«Uh? Sì, grazie», gli rispondo, porgendogli il bicchiere.

«Ti senti bene?», mi domanda lui, preoccupato.

«Io... Sì, certo», annuisco. «Sono solo molto stanca».

La cena riprende tranquillamente. Mangio un po' di tutto e, tra un bicchiere e l'altro, riesco anche a fare conversazione. Ethan mi racconta un po' di sé, dei suoi studi, della sua passione per la fotografia. Io ricambio ricordando un paio di episodi del periodo universitario e lo lascio letteralmente di stucco, quando rivelo di aver fatto parte di una piccola compagnia teatrale per un paio di stagioni. Se alle nove ero rigida come uno stoccafisso imbalsamato, alle undici, complice un bicchiere di troppo, rido divertita alle battute di George, ascolto storie di caccia e faccio la stupida con il bello della festa. Non vorrei esagerare, ma mi sto quasi divertendo.

«Propongo un altro giro!», esclama il sindaco sollevando una bottiglia. «Signorina Watts, mi faccia compagnia».

«No, per carità», allontano il bicchiere. «Non posso proprio. Inizio ad avere le traveggole».

«Hai solo bisogno di un po' d'aria», suggerisce Ethan. «Ti va di farmi compagnia?», mi propone, tirando fuori un pacchetto di sigarette e un accendino. «Così ti mostro il giardino».

«Io...».

«George... George guarda chi c'è!».

Ci voltiamo un po' tutti per salutare il nuovo arrivato e accanto al camino compare... Toh! Un mio simile.

Sì, non c'è proprio dubbio: completo scuro, cravatta annodata perfettamente, occhiaie, controllo ossessivo del quadrante dell'orologio. È un cittadino! Cosa ci fa qui un cittadino?

Mi sento emozionata come l'ultimo mammut davanti all'ultima mammuttina della specie.

«Adam, che piacere averti qui», lo raggiunge la moglie del sindaco, profondendosi in abbracci, pacche sulla spalla, carezze.

Povero. Mi fa quasi pena.

Non posso non approfittare di quei minuti per osservarlo con attenzione. Vediamo...

Altezza soddisfacente, penso sul metro e settantacinque. Nulla di straordinario, ma io sono uno e settanta, quindi se sto attenta ai tacchi non sono costretta ad abbassarmi per permettergli di salutarmi senza annegare nella mia scollatura. I capelli sono di un biondo ramato, portati corti, inumiditi dal gel. Un bel taglio moderno. Sì, direi che può andare. Fisico asciutto. Belle mani. Molto curate. Sopracciglio forse troppo delineato. Che si depili? Mmm... Non so come prendere quest'ultima informazione. Ci sto ragionando su, quando Elenoire lo accompagna al tavolo e si appresta a presentarci.

«Adam, hai già conosciuto Trudy?»

«Non ancora». Mi tende una mano.

«Trudy, tesoro, lui è Adam, uno dei più promettenti commercialisti di Turriff».

«Ora non esageriamo», reagisce lui imbarazzato.

«Oh, che sciocchezze! Non fare il modesto, tanto non imbrogli nessuno», lo riprende lei, bonaria.

«Per questa volta mi arrendo, ho troppa fame», confessa.

«Allora? Ce l'avete un posticino anche per me?», le domanda, ricambiando quel sorriso con affetto.

A tavola, però, non c'è un angolino libero. Per superare l'inconveniente, George si scosta proponendogli di raggiungerlo a capotavola, ma lui non sembra volersi allontanare troppo. Arraffa la prima sedia libera che trova e gira attorno al tavolo.

«Perdonami, George. Non prenderla sul personale, ma non so quando mi ricapiterà di mettere il naso fuori dall'ufficio e non voglio buttare la mia unica serata libera parlando con te. Ti voglio bene, ma non così tanto», scherza, suscitando l'ilarità generale. «Posso?», chiede a quel punto a Ethan, facendogli intuire di voler infilare la sua sedia tra le nostre. Lui non sembra particolarmente entusiasta. Mi domando se il passo successivo sia sfoderare i coltelli da formaggio per lanciarsi in un duello all'ultimo sangue, ma Ethan non sembra propenso a soluzioni così drastiche. Prima lo studia con un pizzico di insofferenza, poi fa un cenno di assenso e si allontana. Adam, a sua volta, dimostra altrettanta diplomazia. Non si scompone. Anzi, prende con estrema allegria la sua reazione, arrivando a ringraziarlo di cuore. Incurante, se non addirittura sfacciato, gli dà una vigorosa pacca sulla spalla per presentarsi e prova anche a scambiarci quattro chiacchiere, ricevendo in cambio una manciata di monosillabi snocciolati a fatica.

«E così sei di Londra». E da quel momento divento io l'unico interlocutore a cui presti attenzione.

«Ebbene sì», confermo. «Sono momentaneamente in trasferta».

«Quando sei arrivata?»

«Un mesetto fa».

«E ti conosco solo oggi?», mi domanda dispiaciuto.

«Non esco molto».

«Non esce mai!», s'intromette Ethan, versandosi un bicchiere d'acqua.

«E perché?», chiede Adam, esterrefatto.

«Il fatto è che sono...», boccheggio in difficoltà.

«Sociopatica», conclude per me Ethan, sorridendo.

«Non sono affatto sociopatica!».

«Oh, sì che lo sei!», ribatte imperterrito.

«Non preoccuparti, non credo affatto che tu sia sociopatica», mi tranquillizza Adam, più propenso ad accettare la mia versione.

«Allora perché se ne sta sempre rintanata a casa?»

«Ethan, forse non ha ancora conosciuto qualcuno con cui valga la pena uscire», gli risponde al mio posto Adam, prima di guardarmi e aggiungere con espressione allusiva: «Ma le cose cambiano...».

Non dovrei dargli corda, ma non sento parlare di «Financial Times» da troppo tempo per non cogliere la palla al balzo. Non rispondo, non mi pare elegante, ma in compenso sorrido e questo sembra metterlo di ottimo umore. Ciò non vale per Ethan, che mi lancia un'occhiataccia e abbandona la conversazione, preferendo discutere di sport con il reverendo.

Adam si dimostra una compagnia piacevolissima. Passo il resto della serata a curiosare indiscriminatamente nella sua vita e così scopro tre interessanti informazioni: ha un lavoro che lo assorbe completamente, è single e trova i miei occhi irresistibili. Non è forse questo il miglior inizio possibile per un'amicizia?

Ho detto amicizia! Non confabulate tra di voi. Devo forse ricordarvi com'è andata a finire l'ultima volta?

No, per carità, non intendo concedere il bis. Mi limito a scambiare innocenti banalità con qualcuno che nutre i miei stessi interessi dimenticando magicamente dove mi trovo e che ore siano fino a quando non esplode un applauso in onore del festeggiato.

«O mamma, è l'una! Signor Bailey, sono mortificata, ma penso di dover proprio andar via».

«Ma come?», brontola. «Di già?»

«Mi spiace...», mi scuso, mortificata. «Domani devo lavorare».

«Ti do uno strappo?», propone Ethan, scostandosi dal tavolo.

«Ma no, resta pure», lo trattiene sulla sedia Adam. «Si è fatto tardi anche per me, a questo punto l'accompagno io. E poi sono di strada...», asserisce, probabilmente ignorando che io ed Ethan abitiamo nello stesso edificio.

«A dire il vero, sarei venuta in auto», intervengo, sfilando dalla borsa un mazzo di chiavi. Ethan non trattiene una smorfia divertita, ma è costretto a ringoiarla quando Adam sorprende tutti esclamando: «Ma allora è perfetto! Vorrà dire che mi darai un passaggio tu. Pensavo di offrirti una passeggiata al chiaro di luna, sono sprovvisto di macchina fino a lunedì prossimo».

«Adam», lo rimprovera Elenoire. «Non è affatto galante. Che figure mi fai fare?»

«Tranquilla, è solo una tattica», le fa l'occhiolino. «In questo modo sarà costretta ad accettare un invito a cena per consentirmi di rimediare», rivela con espressione complice mentre si allontana verso i cappotti.

Un po' inebetita da quel baccano, raccolgo le mie cose e lo aspetto accanto al tavolo.

«Non sono riuscito a scambiare con lei che poche battute», si rammarica Richard, venendo a salutarmi.

«Davvero...», confermo.

«Avrei voluto chiederle come procede alla Wilbourgh. Non le nascondo di aver seguito con un certo interesse le vicende della filiale. Sembra che se la stia cavando egregiamente».

«Signor Marshall, non ho fatto nulla di straordinario».

«Io non credo. Non credo affatto, tant'è che l'interesse della RBS è stato rinnovato all'ufficio legale della Wilbourgh. È stata certo informata delle nostre intenzioni».

Vorrei rispondere, ma mi accorgo della vicinanza del signor

Bailey e del suo sguardo curioso, così ritengo più opportuno soprassedere.

«Qualcosina... Ma perché non passa da me in ufficio mercoledì? Potremmo chiacchierare con maggiore tranquillità, non trova?».

Coglie al volo. Gli basta guardarsi intorno.

«Mi aspetti per le undici!», borbotta a bassa voce, poi va via dandomi modo di raggiungere Adam all'ingresso.

«Sei stato inghiottito dall'ombrelliera?», scherzo, superando l'anticamera che porta all'ingresso. Passo accanto alle scale, supero il gatto cercando di non inciampare e oltre il suo *miao* risentito, sento quasi per caso un singhiozzo improvviso. Curiosa, torno indietro di qualche passo e sbircio da una porta schiusa, immaginando di essermi sbagliata. Nella stanza però vedo Catherine. Piange nascondendo il naso in un grosso fazzoletto a quadri. Non è sola. Con lei c'è Percy, che prova a consolarla accarezzandole la schiena. Starmene qui a curiosare non è affatto educato, ma non riesco ad andar via. Che sia successo qualcosa di grave?

«Oh, eccola. Signorina Watts, ha dimenticato questa». Mi raggiunge l'ex direttore della filiale, porgendomi la custodia degli occhiali. Segue la direzione del mio sguardo e scorge la stessa scena, che però non sembra sorprenderlo. «Mmm... Brutta storia», mi mormora a un orecchio.

«Signor Bailey, mi dica, cosa le è successo?», chiedo senza farmi troppi scrupoli.

«Una situazione familiare non facile. La madre ammalata ormai da anni, il padre venuto a mancare di recente e adesso la prospettiva di ritrovarsi in mezzo a una strada senza alcun mezzo o conoscenza. Povera signorina Hunt...», sospira.

«Be', ma ha il lavoro in banca e tanti amici pronti a sostenerla».

«Signorina Watts», mi interrompe. «Lei è una cara ragazza. Una donna intelligente e sono certa che tutti l'ammirino molto, ma non è poi così difficile comprendere il motivo della sua venuta a Turriff. L'interesse della RBS è fin troppo manifesto per passare inosservato anche a uno sguardo meno attento del mio». E mi porge una mano, mentre un sorriso spazza via l'espressione adombrata di poco prima. «Ma ora non pensiamoci, mi permette di accompagnarla alla porta?».

Capitolo 17
Semplicemente incantevole

A volte ritornano...
Poi vedono il dobermann e ci ripensano.

«Mi dispiace, ma non credo che l'apertura di un sexy shop per ipovedenti possa essere considerato un investimento in linea con le nostre attuali politiche sulla concessione di finanziamenti», cerco di spiegare, accompagnando un cliente alla porta. Lui non sembra convinto, ma si ritrova spinto fuori dalla banca e a quel punto può solo salutarmi e allontanarsi, riconsiderando l'idea di accettare quel posto da metalmeccanico nell'officina del padre.

Che giornata infernale!

Massaggiandomi le tempie ritorno nel mio studio. Sul monitor illuminato lampeggia la notifica di un'email. Chiudo la porta alle mie spalle e decido di darle un'occhiata.

Oggetto: Comunicazione urgente.

Da: rupert_shaw@icloud.com
A: t.watts@me.com

Ciao Trudy,
come procede a Turriff?
Mi hanno chiamato oggi dalla sede centrale. Vogliono una relazione dettagliata sui progressi di questo mese. Allego di seguito i contatti a cui inviarne una copia.
Prima che me ne dimentichi, la RBS ha comunicato di essere ancora interessata alla vendita. Sono partite le trattative. Tu cerca di chiudere con la storia del bilancio. Ti rivoglio a Londra.
Rupert

Scorro rapidamente il messaggio senza trovare nulla che mi sorprenda, così chiudo, posticipando la mia risposta di qualche ora. Adesso non ho tempo. Il giornale della città mi ha chiesto un'intervista. Ho rimandato finché ho potuto, ma ho esaurito i parenti da far passare a miglior vita e, non ritenendo plausibile un'improvvisa partenza "causa morte del pesce rosso", mi sono arresa e adesso ho circa venti minuti per raggiungere un certo Felix, che non vede l'ora di sentirsi raccontare la storia della mia vita.

Sovrappensiero, irritata e con un fortissimo mal di testa, arraffo foulard e borsa, attraverso il corridoio e mi avvicino all'ingresso per avvisare il personale che sto per andarmene via. Tutto sembra svolgersi normalmente, se non fosse per un brusio insistente che proviene dalla fila al secondo sportello.

«Problemi?», domando a un paio di loro, notando che non c'è nessuno alla scrivania. Dal tre mi risponde Curtis: «Catherine si è allontanata un attimo».

«Direttrice, ci terrei a far presente che sono più di venti minuti che aspetto. Ho lasciato la macchina in doppia fila e devo essere in cantiere entro massimo un'ora», si lamenta un uomo sulla quarantina dagli abiti lisi.

«Mi rendo perfettamente conto. Mi dia solo un minuto», lo tranquillizzo, ritornando sui miei passi.

Non potendo demandare a terzi, cerco personalmente Catherine negli uffici accanto alla porta di ingresso, ma lì nessuno sembra averla vista. Provo a quel punto nel mio studio e in quello accanto, poi mi prende uno strano presentimento e, con una certa agitazione, entro in bagno temendo un improvviso malore.

«Signorina Hunt?».

È proprio lì, accanto al lavandino, che si asciuga il viso con un fazzoletto. Ha le guance inondate di lacrime, gli occhi rossi come angurie e il naso gocciolante. Ripenso alle parole del signor Bailey con una certa inquietudine e si fa spazio in me la consapevolezza di essere responsabile del suo disagio. I sensi di colpa mi schiacciano ma, ahimè, c'è ben poco che io possa fare, se non tormentarmi il pancreas sperando che questo basti a salvare la mia anima dalla dannazione eterna.

«Signorina Hunt», ripeto, questa volta con tono pacato e l'espressione mortificata. «Tutto bene?».

Imbarazzatissima, si affretta a nascondere gli effetti devastanti della sua piccola crisi, rassicurandomi sulle sue condizioni. «Tutto... Tutto bene, sì, certo. Questa maledetta allergia», si giustifica, tentando un sorriso.

«Certo», l'assecondo, prendendo una manciata di fazzoletti dal distributore. «Devono essere i pollini nell'aria. Anche a me creano non pochi disturbi. Perché non si prende qualche giorno di ferie?», le propongo, sperando di esserle d'aiuto.

«Oh, no... Non ce ne sarà bisogno. Torno subito al lavoro, non si preoccupi. Sto... Sto molto meglio», mi garantisce con crescente agitazione. «E poi ha detto che non... Ecco, che se vogliamo fare in modo che la filiale non chiuda dobbiamo impegnarci tutti, no?», mi ricorda.

La recepisco come una coltellata in pieno petto, e ammutolisco all'istante. Lei mi sorride ancora, poi mi scivola davanti e se ne torna alla sua postazione fingendo che non sia accaduto niente. Come ci riesca lo sa solo Dio. Chissà, probabilmente al suo posto avrei fatto altrettanto. Il punto, però, è che io ho una famiglia alle spalle che, se dovessi perdere tutto, sarebbe lì pronta a sostenermi. Ma lei?

La mente si affolla di immagini terrificanti: sua madre morente al centro di un letto in una camera ammobiliata dagli intonaci scrostati; corsie d'ospedale; Catherine che piange sommessa mentre in una cucina vuota prepara una minestra cercando di farsi forza.

Mi prende l'ansia... Cielo, ma ci sarà qualcosa che posso fare?

«Signorina Watts? Signorina Watts, è ancora qui?», mi sorprende, riaprendo la porta. Io, accasciata sul lavello con una mano infilata nei capelli e l'espressione allucinata, le riverso addosso il mio sguardo costernato. Vorrei gridarle "perdonami, sono solo una pedina del sistema", invece le rispondo: «Mi dica...», e credo di risultare anche abbastanza gelida, perché per un attimo trasale.

«Una consegna per lei, signorina Watts. Può venire nel suo studio?».

Solo allora noto uno strano luccichio nel suo sguardo, ma decido di non dar peso alla cosa e mi affretto a uscire. Lasciamo insieme il bagno, proseguiamo lungo il corridoio e ho come la sensazione che mi osservino tutti. Non so davvero se sia solo paranoia, a questo punto. Mi ricontrollo: tailleur a posto, scarpe in ordine. Tasto i capelli e si direbbe che la messa in piega abbia retto. Allora cosa avranno mai da guardare?

Quando raggiungo il mio ufficio, però, trovo la risposta ad attendermi tra le braccia di un fattorino stempiato: un enorme mazzo di rose rosse. Quante saranno? Cento? Lui fatica a tenerle in mano, io fatico a riprendere fiato dopo il colpo. Non mi era davvero mai... No, poi a lavoro...

«Ma è sicuro di non aver sbagliato indirizzo?»

«Lei è la signorina Trudy Watts?», mi domanda, rileggendo la ricevuta.

«Sì, sono io».

«Bene, allora queste sono proprio per lei», conferma, mettendomele tra le braccia.

«Gr... Grazie», borbotto un po' spaesata e, senza riflettere, afferro la maniglia per chiudermi nel mio ufficio, divorata dalla curiosità. Quando sfilo il naso dai fiori, però, mi accorgo di una certa anomalia del contesto. Risollevo lo sguardo e... E li becco tutti accatastati tra i baobab e le petunie, che sbirciano indiscriminatamente nel mio ufficio, probabilmente cercando di scoprire cosa stia succedendo. No, dico proprio tutti. Clienti e dipendenti.

Che facce toste!

«Qualcuno ha bisogno di parlarmi?», chiedo, manifestando una vibrante irritazione. Inarco un sopracciglio a scopo simbolico e ottengo un effetto immediato di redistribuzione dei flussi antropici in direzioni meno inopportune della toppa della mia serratura. I malcapitati, capìta l'antifona si voltano nelle direzioni più improbabili, fingendosi occupatissimi a fare altro. Un paio inciampa. Un altro mi fa cenno di no con il capo e se ne va sventolando un giornale.

Ma dimmi tu se... Ah!

Non ho proprio voglia di discutere, così decido di sorvolare e mi barrico nella stanza, cercando un biglietto nella meravigliosa composizione. Lo trovo proprio al centro, fissato sul gambo di una rosa: un cartoncino bianco in una bustina altrettanto anonima. Non lo apro, praticamente lo viviseziono.

Semplicemente incantevole
Adam

Ecco, questa non me l'aspettavo davvero. Vorrei restare seria. Non... Non gongolare, ma... No. Dannazione, un po' di contegno! "Però...". E inizio a sorridere come un'idiota, facendomi aria con il cartoncino.

Oddio, sto regredendo allo stato adolescenziale.

«Signorina Watts, hanno chiamato adesso dal giornale, è in ritardo...», torna a disturbare Catherine, tenendo un cordless accanto all'orecchio. Colta in flagranza di reato, m'indispongo irrimediabilmente e finisco con l'aggredirla ingiustamente, un po' come faccio sempre più o meno da... Da quando la conosco.

«Che domande! Non lo vede che sto andando?».

Lei si fa piccola, microscopica e i miei sensi di colpa ritornano a perseguitarmi. Ma possibile che non riesca mai a combinarne una giusta?

Uff... Promesso, domani cercherò di farmi perdonare. Giuro! Ma non adesso. No. Ora ho troppa fretta!

Capitolo 18
Me in versione grizzly

«Ho visto cose che voi umani...».
«Navi da combattimento in fiamme al largo dei bastioni di Orione?»
«Peggio».
«Raggi B balenare nel buio vicino alle porte di Tannhäuser?»
«Peggio».
«Ce l'hai il wireless?»
«No».
«È tempo di morire!».

Quando torno a casa sono le otto passate.

Sono metaforicamente e letteralmente a pezzi.

Apro sfilando una busta gialla da sotto la porta e ne controllo il contenuto mentre barcollo verso il divano, seminando tutto ciò che ho addosso lungo il tragitto con totale e rinnovata noncuranza.

A nome del comitato cittadino di Turriff, le ricordo che la prossima riunione si terrà venerdì pomeriggio alle 18:00 presso la canonica.
Spero riesca a essere dei nostri.
Il sindaco

«Ma questo è stalking!».

Accartoccio il biglietto e lo lancio oltre il tavolo, poi mi lascio cadere a peso morto tra i cuscini e resto catatonica a osservare il soffitto, mentre i miei muscoli riprendono spasmodicamente vita in un susseguirsi di strani e sinistri scricchiolii della spina dorsale. Recupero ciò che resta di me solo un'ora dopo. Il tempo di una doccia, di infilare il pigiama e mi trascino in cucina per prepararmi qualcosa da sgranocchiare.

Apro il frigo: vuoto.

Apro il forno: vuoto.

Apro la credenza: vuoto, vuoto... Ma quello è tonno?

Annuso e... no, scaduto.

Apro di nuovo la credenza: vuoto, polvere, detersivi, piatti, CEREALI!

Sì, possiamo accontentarci.

Riempio una ciotola di riso soffiato, prendo un cucchiaio e mi avvio al tavolo. Sistemo tutto un po' come viene: bottiglia d'acqua, bicchiere, piatto e un tovagliolo. Solo a quel punto metto qualcosa di comodo e vado a prendere la mia appendice.

Aspettando che il sistema operativo si avvii, mando giù un paio di bocconi. Quando intravedo il mio desktop clicco con il mouse sull'icona di internet e mi preparo mentalmente a una lunghissima sessione di Facebook barra Twitter barra Youtube barra Skype.

«Un momento, che succede?».

Provo un paio di volte, ma la pagina di Google tarda a comparire sul monitor. Cerco risposte vagando nella finestra delle connessioni di rete, ma non trovo spiegazioni plausibili. Apro tutto. Ogni cartella disponibile. Ogni programma esistente sul mio computer ma... Ma niente!

Presa dal panico, spengo e riaccendo. Riavvio. Riavvio di nuovo. Ancora nulla!

Possibile che si sia fuso il computer?

Sull'icona della connessione, a quel punto, spunta un bel punto esclamativo che mi mette in allarme.

Oddio... Oddio... Oddio, ora che faccio?

No, ragioniamo: il modem si trova al piano di sotto, da Ethan. La sua macchina era parcheggiata nel viale, quindi è in casa. Deve essere il giorno di chiusura del pub.

Sicuramente lui saprà che cosa fare e questa considerazione mi dà la spinta giusta per fiondarmi fuori di casa, senza neanche cambiarmi. Dopo essermi catapultata giù per le scale, saltello in ciabatte fino alla porta, mi aggrappo al campanello e inizio a suonare a ripetizione fino a quando non sento il rumore dei suoi passi.

«Un attimo! Sto arrivando...», lo sento brontolare dal corridoio. «Ma si può sapere cosa succede?».

Apre la porta probabilmente pensando a un incidente automobilistico, all'invasione aliena, alla morte di Lady Gaga e invece si trova me in versione grizzly.

«Non c'è linea...», comunico con voce tetra.

«Mmm... Ok».

«Forse non ti è chiaro: non c'è linea!».

Il suo sguardo segue i contorni del mio corpo, soffermandosi su ogni bottone del pigiama. Risale solo quando raggiunge le ciabattine rosa da coniglio e si sofferma sugli occhiali, poi sui capelli, di nuovo sugli occhiali e infine sulle labbra schiuse e tremanti.

«Tu, creatura demoniaca, cosa hai fatto di Trudy Watts? Trudy, riesci a sentirmi? Vuoi che chiami un esorcista?»

«Ethan, siamo senza internet!», inizio a strillare.

«Sì, ho capito», torna serio.

«E te ne stai lì senza far niente? Vuoi provare a riavviare il modem?», gli suggerisco impaziente.

«Non credo servirebbe a qualcosa. Avevano detto che ci sarebbero stati problemi di connessione. Stanno facendo dei controlli, ma dovrebbe durare un paio di giorni al massimo».

«Due giorni? Ma stiamo scherzando?», sbraito. «Ma è inconcepibile! Non posso stare senza internet per due giorni. Mi spieghi adesso come faccio? Chiama qualcuno! Insomma, non startene lì impalato!».

«Trudy, spiegami, chi vuoi che chiami?»

«Potremmo provare con la polizia...», ragiono.

«Ci sono!». E sbatte un palmo sulla fronte.

Dio, ti ringrazio.

Rincuorata, sospiro rumorosamente chiudendo gli occhi e aspetto che mi comunichi la soluzione ai miei problemi.

«Sai adesso che faccio?».

Pendo dalle sue labbra.

«Chiamo il sindaco e gli chiedo di attivare il Bat-segnale!».

Il... Il Bat-segnale...

«E io che ti do anche retta!», e mi copro il viso con entrambe le mani.

Lui non resiste più e scoppia a ridere. «Oh... Andiamo, era divertente», prova a sdrammatizzare, quando si rende conto che sono ancora lì a incenerirlo con lo sguardo.

«Un vero spasso», ribatto sarcastica.

«Vedrai che per domani sarà a posto. Perché non ne approfitti per staccare un attimo?»

«Io stavo già staccando», puntualizzo. «E adesso non so più cosa accidenti fare. Sono in mezzo al nulla, circondata dalla campagna più desolata, in uno squallido villaggio di uno sperduto angolo della Scozia, abitato per lo più da pecore! Non c'è un fottutissimo cinema, non c'è un teatro, non c'è un dannatissimo centro commerciale. Il centro benessere più vicino è nello stato confinante. Me lo spieghi come faccio ad arrivare a domani?».

Resta ad ascoltare pazientemente i miei sfoghi mantenendo un sorriso irritante. Quando finalmente si accorge che sto per esplodere, si gratta il naso con indolenza e tira fuori la proposta del secolo: «Senti, perché non entri un po'? Non ho ancora cenato. Potremmo mangiare qualcosa insieme, ascoltare un po' di musica, parlare...». Il tutto mi viene servito su vallate sterminate di addominali scolpiti, incorniciate da vette prominenti in prossimità dei pettorali con due laghi celesti piazzati proprio tra naso e sopracciglia.

Si può detestare qualcuno senza alcuna ragione apparente? Sì, ne ho la conferma non appena mi accorgo che tutta la mia frustrazione gli è scivolata addosso senza lasciare alcuna traccia del suo passaggio. Non so neanche io perché, ma sento un prurito irrefrenabile alle dita e la voglia incontenibile di saltargli al collo e strangolarlo. Dopo avergli lanciato dietro epiteti che non ritengo necessario ripetere, lo pianto in asso e mi avvio verso casa. Lui mi rincorre in giardino, mi cattura a tradimento accanto alla buca delle lettere e, minimamente colpito dai miei strilli, mi carica in spalle e mi porta dentro chiudendo la porta con un calcio.

«Mettimi immediatamente giù!», lo minaccio, aggrappata alla sua maglietta. «Ethan, non è affatto divertente. Ho detto di rimettermi giù!».

«Mi dispiace. Sei appena stata rapita, rassegnati».

«Ethan, io ti denuncio!».

«Splendido, così avrai modo di conoscere mio zio Frank. Fa il poliziotto…».

Supera la cucina, raggiunge il salotto e mi deposita sul divano.

«Hai finito con gli improperi?»

«No!».

«Non eri così reticente con quell'idiota di Adam».

«Non è affatto un idiota», lo difendo.

Non sembra convinto, ma non ribatte. Resta a ciondolarsi tra le mie gambe con espressione pensosa.

«E ora che fai?», gli domando io spazientita.

«Il fatto è che non ho mai rapito nessuno. Credi che dovrei legarti con una corda?», mi fa tutto serio.

«La pianti?», gli tiro una cuscinata, prendendolo in pieno viso.

«Ahi! Mi hai fatto male…», si lamenta massaggiandosi il naso.

«Lascia che te lo dica: come rapitore fai veramente pena».

Non più sul piede di guerra, mi lascio andare sullo schienale, sfilo le ciabatte e incrocio le gambe sospirando.

Non ci voleva proprio la storia di internet.

La mia vita è già un disastro senza bisogno di privarmi di quel po' di socializzazione che mi è rimasta. Cosa farò per due giorni?

«La smetti di comportarti come se ti avessero appena diagnosticato una malattia allo stadio terminale?», mi rimbecca, sedendosi accanto a me.

«Guarda che sei tu quello anormale, non io! Sembra che la cosa non ti sfiori affatto».

«Perché io preferisco parlare dal vivo con la gente, non scriverle da un computer e, francamente, trovo che dovresti provarci anche tu. Potrebbe addirittura piacerti».

«E con chi dovrei parlare? Sono lontana anni luce dalla civiltà. Non c'è nessuno nel raggio di miglia», mi difendo.

«Come sarebbe a dire? Non sarà una metropoli, ma ci sono più di cinquemila abitanti. Possibile che tu non abbia conosciuto nessuno con cui fare amicizia?»

«Ethan, ma tu mi ci vedi a ragionare di giardinaggio con la moglie del sindaco? Andiamo, dài...».

«Perché no? Che male c'è?»

«Ma nulla, solo che non mi interessa. Non sono il tipo».

«Però mi sembravi a tuo agio l'altra sera alla festa di George».

«Cercavo solo di essere educata», mi difendo come se mi avesse accusato di essere un'assassina. Ethan sorride della mia reazione, poi mi accarezza il viso e mi mormora: «Non sei affatto male quando provi a essere educata».

«Ecco, mi chiedevo quando sarebbe accaduto. Ethan, so perfettamente a cosa miri, ma non la otterrai».

«Mi dispiace deludere le tue aspettative, ma con quello addosso non riusciresti a risvegliare i miei bassi istinti neanche esibendoti in una danza tribale della fertilità», ammette, appoggiando una mano sul mio ginocchio. «Allora? Posso tentarti con un bicchiere di vino e due bistecche?»

«Sei assolutamente certo di trovarmi sessualmente ripugnante?», sondo, scrutandolo con sguardo indagatore.

«Te lo giuro!». E si porta una mano sul petto.

«Mmm… Ok, vada per le bistecche».

«Benissimo! Tovaglioli e posate sono in quel cassetto. Tu apparecchia, io penso a cucinare».

Capitolo 19
Meditazione yoga

«L'affare s'ingrossa!».
«Abbiamo già due mal sottili e un colpo al cuore, si metta in fila come tutti gli altri».

«E così apro la porta e me lo ritrovo nella posizione del fenicottero in amore, che ulula alla luna dimenandosi tra le cosce di una rifugiata nordafricana».

Terminato il mio racconto, mi stiracchio esausta tra le pieghe del divano. Ethan approfitta di quella pausa per sparecchiare.

«Che pezzo di merda!», commenta, raccogliendo un paio di piatti sporchi dal tavolo.

«Detto da te...».

«Che vorresti insinuare?»

«Be', non mi sembri uno particolarmente attratto dalla monogamia».

«Io però non illudo nessuno. E poi non è vero...», aggiunge, infastidito dai miei ultimi commenti.

«Non vorrai dirmi di essere in cerca dell'anima gemella?»

«Non la metterei proprio in questi termini, ma ciò non ti autorizza a dare per scontato che non ami le relazioni stabili», precisa, recuperando i bicchieri ormai vuoti.

«Vorrei ricordarti che abito al piano di sopra. Assisto quotidianamente al viavai di estrogeni in giardino», lo metto alle strette, mentre l'osservo piegare la tovaglia. «A proposito...», esclamo, ripensando alla settimana appena trascorsa. «Cos'è successo a Biscottino? E quell'altra? Come si chiamava?».

Non sembra volermi dare corda. Sfugge il mio sguardo e si finge fin troppo impegnato a rassettare per risultare naturale, ma quando sbaglio nome per la terza volta sbuffa e mi corregge: «Allie... Si chiama Allie!».

«Giusto: Allie! Che fine ha fatto? Non la vedo più in giro. Neanche l'altra e nemmeno quella brunetta con quell'irritante barboncino».

«Tupak! Ahah... Sì, dava sui nervi anche a me», ammette ridacchiando, mentre cerca di riportare tutto in cucina.

«Ma vuoi una mano?»

«No, tranquilla... Tanto ho fatto».

«Ok...».

Mi lascia in compagnia di un vecchio pezzo dei Guns N'Roses. Non mi hanno mai fatto impazzire, ma questo non è male, direi addirittura distensivo. Sento scivolare via la tensione dell'ennesima giornata di merda e mi accoccolo nell'angolino tra schienale e bracciolo, chiudendo per un attimo gli occhi. La musica mi avvolge, così come il silenzio della strada, come l'odore della cena che ancora aleggia nella stanza. Un insolito stato di quiete mi riempie lo stomaco, filtra i miei pensieri e mi ritrovo con la mente sgombra a godere di quello che mi offre la vita in quel momento, come la morbidezza del cuscino che strofino sulla guancia, il profumo del bagnoschiuma che sento ancora sui vestiti, la consapevolezza che domani è domenica e posso restare sveglia fino a tardi. Alla deriva, cullata dall'euforia del vino, non mi rendo neanche conto di non essere più sola. Mi accorgo di Ethan solo quando sento la sua mano infilarsi tra le mie ginocchia per sollevarle. Si siede accanto a me, poggiando le mie gambe sulle sue come se fosse la cosa più naturale del mondo e mi osserva tranquillo, senza disturbarmi. Quando apro gli occhi, mi accorgo di essergli così vicina che d'istinto provo a scostarmi.

«Ferma...». Appoggia una mano tra le pieghe del mio pigiama senza smettere di guardarmi. «Piaciuta la cena?»

«Non era affatto male», ammetto.

«Stanca?»

«A dire il vero no, ma questo è davvero un periodaccio».

«Lo immagino», sussurra comprensivo. «Come procede al lavoro? George mi ha accennato qualcosa».

«Stai glissando?»

«Su cosa?»

«Cambi argomento».

«Non mi pare».

«E Biscottino?».

Non risponde.

«Qui gatta ci cova... Che ne hai fatto dei cadaveri? Confessa!».

«Se te lo dicessi, poi dovrei ucciderti», mi risponde con espressione seria, risalendo con una mano sulla mia gamba per accarezzarla dolcemente.

«Andiamo...». Mi spazientisco. «Guarda che a me puoi dirlo. E poi non vale, io ti ho raccontato la storia di Horace».

«Ma non c'è niente da dire», si mette sulla difensiva. «Ci siamo frequentati per un po', poi è finita. Tutto qui».

«Con tutte? E non hai trovato neanche una sostituta? No... Guarda, non ci casco. Andiamo, sputa il rospo!», gli pungolo una gamba con la punta del piede.

Scoppia a ridere, ma non cede.

«No... No, non dirmelo», inizio a mugugnare in estasi. «Ti hanno beccato e ti hanno scaricato in massa?».

Ritorna il silenzio.

«Ho indovinato?».

Niente.

«Allora ho indovinato! Lo sapevo che prima o poi ci avresti lasciato le penne. E dimmi, com'è stato? Ti hanno preso a sberle o si sono limitate a piantarti in asso con dignità e decoro?»

«Ma cosa ti sei messa in testa? Non sono stato scaricato da nessuna e non c'era nulla da scoprire. Non stavo con nessuna delle tre, quindi non hanno alcun motivo per prendersela», chiarisce, ferito nell'orgoglio.

«Ok, va bene, ti credo». E tutto sommato è vero. Ho visto come lo guardano e non credo proprio che avrebbero mollato l'osso così facilmente. «Ma se non ti hanno scaricato loro, allora le hai scaricate tu e per cosa? Per ritrovarti a mangiare patate surgelate con me alle undici di sera?»

«Mi spieghi a te che cosa importa della mia vita sentimentale?», mi domanda, riprendendo ad accarezzarmi distrattamente il ginocchio.

«Nulla. Era solo così, per parlare... E poi un po' mi dispiace», ammetto. «Avevo iniziato ad appassionarmi alla trama. Adesso chi mi terrà compagnia mentre lavoro?»

«Ma non stacchi mai?»

«Non posso. Ho delle scadenze...». Avvilita, infilo le mani tra i capelli. Devo fargli davvero pena, perché mi ritrovo raggomitolata tra le sue braccia prima ancora di aver notato il gesto con cui mi attira a sé.

«Ethan non... Non dovremmo», provo a ribellarmi, puntando le mani sul suo torace. Lui non si lascia scoraggiare e, senza fare alcuno sforzo, riesce a farmi stendere su di lui.

«Vieni qui...», mi mormora a un orecchio, premendo le sue labbra tra i miei capelli e la sua voce riesce a spazzare via ogni preoccupazione. Tra quelle braccia forti mi sento fragile, eppure al sicuro come non mi era mai capitato prima.

«Di' un po'», riprende non appena mi arrendo alla sua vicinanza. «È messa così male la Wilbourgh? George mi ha detto che mancano un bel po' di soldi».

«La situazione non è poi così critica», gli racconto, «ma resta un bel buco da coprire. La tensione al lavoro aumenta di giorno in giorno. Oggi ho dovuto affrontare un gruppo di cittadini in preda all'isterismo. Se non rientrerà almeno parte della liquidità, l'unica alternativa è di provvedere al recupero coattivo dei crediti. Prova a immaginare cosa succederà quando proporremo la vendita degli immobili dati in garanzia: davanti al mio ufficio si radunerà mezza città e vorranno tutti vedermi morta», mi sfogo, tirando fuori tutte le mie preoccupazioni.

«Dovevi prevederlo. È tutta gente onesta, che cerca di andare avanti come può. Non è affatto facile. Non se hai una famiglia da mantenere, figli, mutuo...».

«Credi che non ci arrivi? Il punto è che non posso farci nulla. Se non faccio quadrare i conti chiuderanno la sede».

«E pensi di riuscirci?»

«Me lo auguro. Per ora sembra andare tutto come dovrebbe, ma siamo ancora all'inizio...».

Riflette un po' non aggiungendo altro, poi mi chiede: «Quanto tempo hai ancora?»

«Circa quattro mesi e mezzo».

«E dopo cosa farai? Conti di tornare a Londra?»

«Sì, senza ombra di dubbio. Non hanno alcun interesse a trattenermi qui e io posso garantirti che non avrei mai accettato questo incarico se non fossi stata più che sicura di poter tornare a casa».

«Ancora quattro mesi...».

«E mezzo», lo correggo. «A che pensi?», gli domando, notando che è sovrappensiero.

«Nulla, facevo due conti».

«Tipo?».

Non risponde subito. Si prende un po' di tempo per pensarci su. «Ethan?», provo a farlo sbottonare e lui mormora: «È che ho buttato via un mese per costringerti a cenare con me. Mi chiedevo quanto tempo servirà ancora per rubarti un bacio».

«Ah... Ehm... Io...». E la sua bocca si poggia morbida tra le mie labbra. «Ethan non... Non posso, io...». Lo allontano agitata. «Io davvero non... È tardi. Devo tornare su. Domani devo svegliarmi ho... Ho tanto lavoro da...». Mi tiro su farfugliando scuse e inciampo nel tavolino mentre cerco di guadagnare l'uscita. Ethan non fa nulla per impedirmelo, non subito. Mi osserva turbato, forse non riuscendo a giustificarsi il mio repentino dietrofront. Decide di intervenire solo quando sono ormai sulla soglia, pronta a sgattaiolare su per le scale in cerca di rifugio.

«Trudy, aspetta… Non andare via».

I nostri sguardi s'incontrano e un improvviso languore si impossessa di me rallentando le mie reazioni. Tutta la fretta che avevo di scappare via svanisce e mi ritrovo a desiderare nel profondo che mi riporti dentro. Deve pensarla più o meno allo stesso modo, lo intuisco dal modo in cui mi guarda, ma non aspetto di scoprire se ho ragione. Lo saluto imbarazzata e vado via, costringendomi a non tornare indietro neanche quando gli sento mormorare il mio nome per l'ultima volta.

Fuga… Fuga… Fuga…

Ripercorro il giardino certa di aver fatto la cosa giusta, mi chiudo la porta alle spalle convinta di aver fatto una cazzata apocalittica.

Non sarei dovuta andar via.

Non volevo andare via.

Cosa diavolo ci faccio qui?

Non è qui che dovrei essere, è lì, su quel divano, a gridare tutte le lettere dell'alfabeto in aramaico!

Ok, non sono io che parlo, sono i miei ormoni scombussolati.

Mi siedo sul bordo del tavolo e mi concentro sui miei esercizi di respirazione sperando basti a recuperare un po' di buon senso, quando sento bussare alla porta.

«Oddio, è salito…», e mando collettivamente a farsi friggere il Karma, la dottrina, la ponderazione e la meditazione yoga per correre ad aprire, pronta a tuffarmi tra le sue braccia.

«Trudy…».

«Ho… Horace?».

Capitolo 20
Fa l'avvocato

«Indovina chi sono!».
«Mark? Paul? Luke? George? Thomas? Richard? Alfred?
Sam? Frodo?»
«Pessimismo e fastidio».

«Horace, che ci fai qui?»

«Sai quante mattonelle ci sono nel mio corridoio?»

«Eh?»

«Trentadue. E sai quanto tempo ci vuole per superarle?».

È impazzito.

«Ventisette secondi. Sai quanti passi ci vogliono per raggiungere il mio ufficio dall'uscita della metro? Duecentoventisette. Sai quanto impiego io a farli tutti?»

«Horace...».

«Dodici minuti e trenta. Dodici e quarantadue se c'è folla. Hai mai contato i gradini che devi salire per arrivare al mio appartamento?»

«Ecco cosa avevo dimenticato di fare prima di partire!».

«Ottantatré, Trudy. E ci vogliono tre minuti e ventuno secondi per farli a passo svelto. Adesso dimmi, hai idea di quante ore servano per ridipingere centocinquanta metri quadrati di superficie? Dodici ore».

«Hai ritinteggiato casa?»

«E quante ore sono necessarie per compiere otto giri del parco di domenica mattina?»

«Vedo che ti sei tenuto impegnato...».

«Due ore e quarantacinque minuti».

«Le stesse che impiego io per trovare parcheggio accanto alla palestra».

«Chiedimi perché lo so».

«Horace…».

«Chiedimi perché lo so, Trudy!».

«Perché lo sai?»

«Perché li ho percorsi. Perché quel tempo l'ho vissuto, mi è scivolato tra le dita. Ogni cosa, anche la più stupida, la più comune ha bisogno del suo tempo per verificarsi. Ora, chiedimi quante ore sono trascorse prima che mi accorgessi che sei l'unica persona con la quale vorrei passare il resto della mia vita».

Non reagisco più. Le lacrime mi formano un nodo in gola e non riesco a emettere nemmeno una sillaba. Trattengo un singhiozzo e mi volto altrove. Nel frattempo nascondo la bocca dietro a una mano, sbattendo forte le palpebre per non mettermi a piangere.

«Ti prego, Trudy, chiedimelo».

«Quanto tempo… Quante ore, Horace?», riesco a domandargli con la voce che trema.

Lui mi prende entrambi i polsi e con i suoi occhi immersi nei miei mi sussurra: «Nessuna, amore mio. Nessuna, perché ho capito che saresti stata l'unica appena ti ho visto. Perché mi hai sorriso e ho deciso che quelli sarebbero stati gli ultimi occhi che avrei guardato ogni sera prima di addormentarmi per il resto della mia vita».

…e il tempo smette di scorrere, il cuore di battere.

«Trudy», sento la sua voce che mi chiama. Sembra così lontana eppure lui è proprio lì, accanto a me. Allora sono io a essere altrove, persa chissà dove, e finalmente ritrovo la sua voce che mi guida tra le ombre e mi riporta da lui, al sicuro tra i miei ricordi. «Trudy», la sento ancora. «Trudy, sono solo un uomo con tutte le sue imperfezioni e i suoi torti e ti sto supplicando di amarmi, malgrado tutto, perché altrimenti di me non resterà nulla».

Adesso me lo spiegate voi come faccio a lasciarlo sulla porta?

Semplice: non posso. L'unica cosa sensata da fare è buttargli le braccia al collo.

Raggiungiamo la mia camera senza mai smettere di baciarci. Le sue mani mi cercano, mi catturano, mi stringono con forza. La sua bocca mi divora lentamente, togliendomi il respiro. Quando urtiamo il letto mi solleva tra le braccia e mi distende tra le lenzuola, sfilandomi il pigiama con le sue mani grandi. Io continuo ad abbracciarlo, nascondendo il viso sul suo collo. Ho voglia di piangere, di ridere, di fare l'amore. Sono finalmente tornata a casa. Ora non ho più paura. Non mi sento più sola. Posso affrontare tutto, anche Turriff.

«Non voglio perderti. Non voglio perderti mai più, amore mio».

La sua voce mi solletica la pelle. Il suo sguardo cerca il mio e in quel momento lo sento entrare dentro di me.

L'incubo è finito. Siamo tornati insieme e insieme affronteremo anche questo, come abbiamo sempre fatto.

I nostri corpi restano legati così per ore, cercandosi a vicenda, e le prime luci del mattino ci sorprendono ancora nudi, abbracciati come se nulla avesse mai turbato il nostro rapporto.

Il primo a svegliarsi è lui. Mi lascia a letto per farsi una doccia veloce. Io resto ancora un po' sprofondata tra i cuscini, poi lo raggiungo in cucina. Ha preparato il caffè e sta cercando qualcosa da mangiare tra le mensole.

«Ma non fai mai la spesa?»

«Non ho molto tempo. Se ho fame c'è una tavola calda a un paio di isolati da qui, altrimenti c'è un forno accanto alla banca che prepara dei biscotti davvero buoni. Vuoi scendere a fare colazione?».

Controlla l'ora. «No, fra un'ora al massimo devo ripartire. Mangerò qualcosa in aeroporto», decide, stringendomi.

«Non puoi trattenerti neanche un giorno?». Resto delusa dalla sua fuga improvvisa.

«Purtroppo no», sospira, notando il mio repentino cambio d'umore. «Lunedì ho una causa in tribunale e non ho ancora preparato nulla».

«Capisco». Cerco di dimostrarmi comprensiva, ma non è assolutamente facile. Non come al solito. In circostanze normali lo avrei accettato, ma oggi... Dopo tutto quello che abbiamo passato...

«Trudy, mi dispiace tantissimo», inizia a giustificarsi. «Se potessi manderei tutto al diavolo, ma si tratta di una causa importante».

Non lo è sempre?

«Horace, figurati. Non è un problema», minimizzo sforzandomi di apparire normale. «Al tuo posto farei lo stesso e poi non puoi certo presentarti in tribunale impreparato. Facciamo così: finisci il tuo caffè, io vado a vestirmi. Ti accompagno in aeroporto, che ne dici?»

«Perfetto», acconsente, accarezzandomi una guancia. «Ma tu, piuttosto, quando pensi di tornare?»

«Ah... Credo a breve», gli rispondo, avviandomi in camera. «Sto aspettando gli esiti di una trattativa. Appena avranno raggiunto un accordo, sarò libera».

«Che genere di accordo?», mi domanda seguendomi. Si appoggia alla parete di schiena, sorseggiando il suo caffè. Ha rimesso i vestiti del giorno prima: un completo grigio, cravatta blu. Un po' stropicciato, ma come sempre elegante. A differenza di ieri è tornato sicuro, sereno. Mi studia tranquillo, riflettendo sulle mie parole con attenzione professionale. Non sembra più preoccupato dalle mie possibili reazioni. È come se avesse dato per scontato che si sia risolto tutto e... E la cosa mi irrita. Sono certa di volerlo nuovamente nella mia vita, ma non mi aspettavo che riuscisse a superare la nostra crisi e il nostro riavvicinamento così facilmente. Forse sono solo arrabbiata perché se ne va via. Non può fare altrimenti, lo so e so anche di dimostrarmi infantile, ma porca miseria!

Inizio a sbattere con violenza i cuscini. Rifare il letto non è mai stata una mia grande passione, ma in questo momento mi impedisce di esplodere in commenti inopportuni. È tutto già così precario. A cosa mi porterebbe un'altra discussione in cui parto già sapendo di avere torto?

«Trudy?»

«Cosa?»

«Non mi... Non mi hai più risposto», mi fa notare, manifestando una certa perplessità.

«Scusa, ero sovrappensiero. Nulla», minimizzo. «Sembra che vogliano acquisire la nostra filiale».

«Interessante... Di che gruppo si tratta?»

«Horace, perdonami, ma non posso proprio dirti altro. Non allo stato attuale». Chiudo il discorso, scegliendo un completo amaranto dall'armadio per portarmelo in bagno.

«Ok», mormora con un gesto che denota indifferenza. «Non è un problema. Chiedevo così, per parlare. Sai, stavo pensando di presentarmi per le prossime elezioni...», mi rivela con tono distratto, lo stesso che avrebbe potuto usare per avvisarmi di aver comprato il dentifricio. A quella confessione, io mi blocco a metà strada e lo guardo con gli occhi sbarrati.

«Stai... Stai scherzando? Quando... Quando l'hai deciso?»

«Mah... Da poco. Ho ricevuto una proposta interessante da Peter. Te lo ricordi Peter?»

«Il cognato di Melanie?»

«Sì, proprio lui. Con la questione di Selam...». E si interrompe, conscio dell'errore.

Selam è il nome della rifugiata che ha difeso a spada tratta e brache calate tra il salotto e lo studio.

«Va' avanti», gli suggerisco con sguardo intimidatorio.

«Era un caso importante. Diritti umani, emarginazione... Lo sai, alla gente piacciono queste cose e con tutta la pubblicità che mi hanno fatto i mass media non era da scartare l'idea di tentare una campagna politica».

«Ma a te interessa o ti stanno mettendo sotto pressione?».

Gira attorno al letto e mi raggiunge. Sento le sue braccia cingermi i fianchi e il suo mento poggiarsi sulla spalla. «Stai scherzando? Hai idea di che significherebbe per la mia carriera?».

Mi fa voltare.

Mi bacia.

«Cosa significherebbe per noi?».

No, cosa significherebbe? Non lo so davvero.

«Trudy, parla con Rupert. Fatti mandare via da questo buco. Se vogliono davvero comprarsi la filiale non ha più senso che resti. Possono mandare qualcun altro a firmare scartoffie».

Altro bacio.

«Preferirei averti al mio fianco in questo momento. Senti, ho parecchie conoscenze. Che ne dici se faccio un paio di telefonate e...».

«Non ce ne sarà bisogno», lo interrompo, sapendo cosa sta per propormi. Fino a oggi non ho mai dovuto ringraziare nessuno per la mia carriera e ne sono sempre andata fiera. «Sono certa di riuscire a sbrigarmela da sola e poi non manca molto. Vedrai, sarò di ritorno tra un mese al massimo, e senza scomodare nessuno».

«Ma sì, come vuoi, però parla con Rupert. Magari può farti rientrare prima e mandare un sostituto».

«Gli scriverò oggi pomeriggio», mi arrendo. «Ora vado a prepararmi o perderai l'aereo».

Faccio una doccia e mi ritrovo stretta in un magnifico completo con pantaloni a tre quarti, comprato in saldo in un outlet fuori città l'estate scorsa. Mi guardo allo specchio soddisfatta, sistemo i capelli dietro le orecchie e lo raggiungo in salotto.

«Chiamo un taxi?», chiede lui mentre scendiamo le scale.

«Siamo a Turriff, Horace. Qui non ci sono i taxi», gli svelo, senza riuscire a trattenere una smorfia.

«Stai scherzando?». Abbassa il telefonino, incredulo.

«Temo di no». Sospiro. «Mi spieghi come sei arrivato ieri?»

«C'era un autobus. Era l'ultimo. Ho preso quello». E guarda il quadrante. «Ma non ho controllato se c'erano corse in mattinata».

Lo punisco, illudendolo di essere vittima dell'inefficienza di periferia. Ma la mia perfidia non è sufficiente a dargli il colpo di grazia, così gli rispondo: «Non fa nulla. Ho affittato una macchina. È qui, accanto al garage».

Un Horace di un colorito molto meno preoccupante accoglie la notizia e mi fa cenno di avviarci. Mi arrendo all'idea di vederlo andare via e attraverso con lui il giardino senza più dire nulla. Tengo i miei pensieri per me, così come la mia delusione. Raggiungiamo l'auto accanto allo steccato in silenzio e lì incrociamo Ethan, che raccoglie il giornale dal vialetto. Indossa i pantaloni di una tuta, un paio di infradito e neanche l'ombra di una maglietta. Ha i capelli arruffati, la barba appena accennata e gli occhi gonfi di sonno, ma resta di una bellezza da mozzare il fiato. Io annaspo.

«Buongiorno», mi saluta con le sopracciglia aggrottate, passando in rassegna me e Horace, probabilmente chiedendosi chi sia.

«Oh, buongiorno», lo saluta cordiale il mio ex... Attuale... L'altro!

«Ehm... Ciao Ethan».

Faccio un passo verso la macchina cercando disperatamente di evitare i saluti, ma né lui né Horace intendono seguirmi. Restano l'uno piazzato davanti all'altro e aspettano che li presenti.

«Non conosci ancora il mio padrone di casa?», mi arrendo sconfitta, tornando sui miei passi. «Horace, lui è Ethan.

È uno dei gestori del pub che vedi in fondo al viale. Ethan», continuo rivolgendomi ai quadricipiti più delineati che natura abbia mai generato. «Lui è Horace. Il mio... Un mio... caro... Fa l'avvocato».

Horace gli stringe la mano con vigore. Ethan risponde a malapena. Grufola. Ecco. Lui grufola una sorta di "piacere" e torna a fissarmi con uno sguardo che incenerisce.

«Amore, è tardissimo. Dobbiamo proprio scappare», mi ricorda Horace, dandomi un bacio a tradimento in un chiaro atto di demarcazione del territorio. L'altro esemplare maschio accetta i limiti imposti e se ne torna a casa senza neanche rispondere al mio "ciao". Lo spettacolo termina, partono i titoli di coda e con i nostri ringraziamenti ai telespettatori lasciamo Discovery Channel e ci tuffiamo in macchina, direzione aeroporto.

Ritorno quando ormai è già sera, stanca di tutte quelle ore di macchina e avvilita, tanto avvilita per la partenza di Horace. Durante il viaggio di andata abbiamo parlato un po' della nostra situazione. Di quello che avremmo fatto al mio ritorno. Mi ha ridato l'anello di fidanzamento e abbiamo deciso di riprendere tutto da dove lo avevamo lasciato con una sola differenza: questa volta il matrimonio lo organizzo da sola. Su questo sono stata inamovibile: non intendo vedere né sua madre né Violet fino al giorno delle nozze. Credevo se la sarebbe presa, invece è scoppiato a ridere e ha acconsentito.

Si prospetta un matrimonio sereno.

Capitolo 21
Riflessioni inopportune

«E continuo a sostenere che lei dovrebbe...».
«Blablablablablabla... Non ti sentoooo!».
«Molto maturo, davvero!».

«Pronto? Karen, mi senti? No... Non ho campo», urlo disperatamente al telefono, mentre parcheggio davanti alla banca. «Cosa? No. Non ho ancora ricevuto una proposta. Sì, sì, me l'ha detto. Gli ho mandato un'email ieri pomeriggio. Sì, lo so. Speravo solo si potesse fare qualcosa. Oggi dovrebbe passare Richard Marshall in ufficio. Potrei riuscire a farmi dire a che punto sono».

La retromarcia mi distrugge. Cinque secondi di manovre e sembro reduce da uno scontro armato. Contrariata dalle manie di protagonismo del cambio, arretro fino a quando sbatto sul cofano della Mini che mi sta dietro. Torno in avanti e completo l'opera urtando il paraurti di una Ford.

«Cazzo!».

«Problemi?», mi chiede Karen.

«No, nulla», sbuffo infastidita, sistemando il telefonino sull'orecchio. Sono due giorni che provo a rintracciare Rupert senza riuscirci. In parte dipende dal sovraccarico di straordinari che si è ritrovato a dover gestire durante la mia assenza. Non hanno mandato nessuno a sostituirmi e pare che da qualche settimana il primo "vaffanculo" del giorno lo dedichi alla sottoscritta, passando accanto al mio ufficio vuoto. Se da un lato questo mi lascia presupporre che sarà felicissimo di accogliere la mia richiesta di rientro immediato, dall'altro mi fa venire i brividi al solo pensiero di quante potrà dirmene quando mi avrà finalmente tra le mani.

«Ora ti devo lasciare. Sono arrivata», saluto sbrigativa. Le ho chiesto di tenere gli occhi aperti e di informarmi in caso di novità, ma non può fare più di tanto. L'unico che può intervenire in questo momento è Rupert, quindi mi tocca attendere. «Allora mi fai sapere? Sì, tu prova a sondare. Digli che lo richiamo appena ho finito con Richard, ok?». E aspetto che abbia riattaccato per rimettere il cellulare in borsa. Con uno sguardo rapido ma significativo, controllo il cielo che, come spesso avviene da queste parti, promette pioggia, con conseguente umidità latente e attacchi di sinusite improvvisi. La notizia non mi sconvolge, ma certo non mi fa fare i salti di gioia. Sono terribilmente meteoropatica e tutti quei nuvoloni in lontananza finiscono sempre col farmi dire o fare cose di cui mezz'ora dopo mi pento, non tanto perché credo di aver sbagliato, ma perché genero reazioni a catena di cui farei volentieri a meno.

Sbuffando, elenco maledizioni a caso e scendo dall'auto, girandole intorno. Sgomito tra i passanti furiosa, ma decisa a guadagnare la meta anche a costo di fare una strage.

«Buongiorno!».

«Ma lei non ha niente di meglio da fare?», ribatto caustica al passante che ha provato a salutarmi, incrociandomi accanto all'idrante. Impegnata a inveirgli contro, sbatto inavvertitamente su Ethan, che se ne stava a braccia conserte accanto allo sportello trangugiando un hot-dog.

«Ma ti rendi conto che sono le otto del mattino?», lo riprendo, disgustata.

«Avevo bisogno di proteine», farfuglia a bocca piena, guardando il parafango da ogni possibile angolazione.

«Si può sapere che fai?»

«Ti rendi conto che sei riuscita a fare due incidenti in meno di un minuto e a uscirne totalmente indenne?».

Ah, ecco! Non è impazzito, sta solo cercando di rovinarmi la giornata.

«Da quanto mi stavi fissando?»

«È stato uno spettacolo raccapricciante. Mi sono immedesimato nel proprietario della Ford e, ti giuro, c'è stato un momento in cui per poco non mi sono messo a piangere», confessa, abbassandosi per controllare uno dei fanali della mia macchina. «Neanche un segno…».

«Ethan, ho fretta». Mi metto a battere un piede a terra. «Ti sposti?».

Lui si risolleva pigramente, mi lancia un'occhiataccia buttandosi in bocca l'ultimo morso grondante di ketchup e mi si piazza davanti con l'aria belligerante.

«C'è altro?»

«Sì». Secco.

Dovrei proprio smetterla di fare domande di cui non voglio conoscere la risposta.

«Mi aspettano…». Provo a superarlo, ma mi sbarra la strada e si china sul mio naso con lo sguardo minaccioso.

«Trudy…».

«Ethan, mi rendo conto che a quest'ora hai sempre ben poco da fare, ma non vale per tutti».

«Non ci provare. Tanto non mi schiodo fino a quando non mi dici che ci faceva Horace a casa tua ieri sera e, soprattutto, perché ci è rimasto fino a stamattina!».

«Dubito che la cosa ti riguardi», mi impunto, ma quando solleva il sopracciglio perdo quota e farfuglio: «È passato per discutere».

La spiegazione non sembra bastargli.

«La situazione è complessa. Il mio rapporto con Horace si è sempre basato sulla fiducia e sul rispetto reciproco. Se conoscessi tutta la storia, probabilmente comprenderesti il motivo del mio gesto».

E adesso cosa ho detto di così sbagliato? Perché mi guarda a quel modo?

«Non credo che la mia versione dei fatti possa in alcun modo subire radicali variazioni di contenuto», avverto. «Neanche se ti avvicini con l'espressione da cucciolo di avvoltoio all'ora della pappa», aggiungo appena noto un certo intento intimidatorio nella sua moderata, ma inarrestabile avanzata.

«Sono tornata con lui», ammetto annaspando. Tutta quella vicinanza mi toglie l'ossigeno.

Appena confesso, si allontana immediatamente e si passa una mano tra i capelli. Non so bene il perché, ma inizio a sentirmi terribilmente colpevole. Lo so, è da pazzi. Non ho fatto nulla, ma i sensi di colpa mi divorano.

«Era... Era distrutto», inizio a giustificarlo. «Non potevo non... Siamo stati insieme per sei anni. Avevamo una marea di progetti. Tutti possono sbagliare», arranco.

«Io non ci arrivo proprio...».

«Ethan, guarda che tu non lo conosci. Horace non avrebbe mai...».

«Non avrebbe? Trudy, stai scherzando? Guarda che l'ha fatto!».

Il suo sguardo sprezzante mi ferisce profondamente. Ha il potere di farmi sentire una nullità e la reazione a questa scoperta è immediata: rabbia. Rabbia ribollente e incontenibile.

«Mi spieghi perché sto qui a discuterne con te? Mi fai capire che ruolo hai tu nella mia vita per pretendere di avere voce in capitolo?», lo aggredisco, trattenendomi a stento dal mettermi a strillare. No, non sarebbe proprio da me. Non arriverei mai a tanto, ma... Ma quasi, quasi...

Riprendo fiato e lo guardo, in attesa di una reazione.

Non mi risponde. Non aggiunge altro.

Non può più. Non dopo quello che gli ho detto.

Approfitto della sua resa per andarmene. In questo momento sono troppo vulnerabile per affrontare una discussione. Non riesco neanche a contenere le mie reazioni e questo non può avvenire. Non posso assolutamente permetterlo.

Gli passo accanto senza più guardarlo, mischiandomi tra i

passanti. L'ingresso della banca lo raggiungo a passo svelto e solo quando riesco a entrare mi accorgo di avere le ginocchia che tremano e le guance che scottano.

Imbarazzata, copro il volto con entrambe le mani, ma nessuno attorno a me sembra notarmi. Come possono accorgersi di me, quando il bancomat non vuole saperne di rilasciare la ricevuta, i fondi pensionistici offrono percentuali di interessi irrisorie, l'ultima rata della macchina rischia di compromettere le già precarie condizioni di salute della nonna?

Riflessioni inopportune a quest'ora del mattino, Trudy Watts. Non sarebbe meglio discutere delle offerte del mese sulla maglieria intima commestibile?

«Signorina Watts, c'è il signor Marshall nel suo ufficio», mi accoglie Catherine. «Faccio portare un caffè per entrambi?»

«Sì. Gli dica pure che sono arrivata. Mi fermo un attimo in bagno e sono subito da lui», mormoro senza neanche guardarla e mi avvio verso la porta della toilette tastando i capelli.

Richard lascia il mio ufficio alle dieci e trenta del mattino. Due ore e mezzo a discutere di cifre, di conti. Fingendo che siano quattro chiacchiere tra amici. Sta palesemente sondando il terreno e io faccio finta di non averlo capito. Spero solo che serva a velocizzare i tempi.

La tensione mi distrugge. Tornerò mai a casa? Intendo scoprirlo all'istante.

«Pronto? Sono Trudy Watts». Mi presento, sollevando la cornetta che poggio tra spalla e orecchio per poter avere le mani libere di raccogliere l'agenda dalla scrivania e iniziare a sfogliarla. «È possibile parlare con Rupert Shaw? Gli dica che è urgente…», e mi lascia in attesa.

«Ehi», esclama lui dopo qualche minuto. «Finalmente ti fai viva!».

«Io? Sono due giorni che provo a parlarti».

«È un brutto momento ed è tutta colpa tua», parte in quarta.

«Ok, *mea culpa* ma, credimi, non me la passo meglio di te».

«Te lo meriti! Allora, quali nuove? Karen mi ha detto che il direttore della RBS sarebbe passato in mattinata».

«È appena uscito. Mi ha dato appuntamento per mercoledì», leggo tra le pagine dell'agenda. «Si è dimostrato incredibilmente gentile».

«Vorrà ficcanasare in giro».

«L'avevo pensato anche io. Come va l'acquisizione?», gli chiedo trattenendo l'ansia.

«Per ora in stallo. Non conosco i dettagli, ma la loro offerta non è stata un granché».

«Siamo solo all'inizio. È più che naturale che partano così bassi», lo avviso, aprendo la casella di posta.

«Già...». Sbadiglia.

«Senti, ma c'è ancora bisogno di me a Turriff? Nel senso che...». Prendo tempo. «Quello che si poteva fare, bene o male, è stato fatto. Non mi possono sostituire con qualcun altro?»

«E cosa credi che stia cercando di ottenere da quando sei partita?», esplode con un'imprecazione. «Il punto è che non vogliono cedere a quel prezzo e per il momento prendono tempo. Dannazione! Mi servi a Londra, Trudy», ringhia esasperato. «Facciamo così, appena ci sono novità mandami un messaggio. Io faccio un paio di telefonate e vedo cosa riesco a ottenere. Ok? Tu non demordere. Tieni duro!».

«Sì, certo...», mugugno, massaggiando la fronte avvilita.

«Ma come diavolo ti è venuta un'idea del genere? No, tu devi spiegarmi come ti è saltato in mente di accettare quella proposta», perde la calma.

«Un... Una storia lunga, Rupert. Magari quando torno te la racconto», sospiro. «Bussano alla porta», mormoro. «Ci risentiamo in questi giorni?»

«Bene», cede con voce stanca. «Buon lavoro».

«Anche a te», lo saluto e riattacco. «Avanti».

«Buongiorno signorina Watts. Posso?»

«Prego, signor Mills. Entri pure».

Il ragazzo, seppur titubante, si avvicina alla scrivania reggendo alcuni fascicoli tra le mani. Ha l'aria allampanata e la camicia stropicciata. Si guarda intorno, sembra non sapere da che parte cominciare.

«Perché non si siede?», suggerisco pratica. Lui accoglie la mia proposta con un sorriso appena accennato e viene ad accomodarsi su una delle due poltrone dall'altro lato della scrivania, stringendo le sue cartelline tra le braccia.

«Di che voleva parlarmi?», accavallo le gambe, preparandomi ad ascoltarlo.

«Signorina Watts, abbiamo visto entrare il signor Marshall e…».

«E…?»

«Ecco, a nome un po' di tutti, noi iniziavamo a chiederci quale fosse la situazione, ora che sono passati due mesi dal suo arrivo e…».

«E…?», ripeto, questa volta con un pizzico di insofferenza. Vorrei che arrivasse al sodo. Questi giri di parole precipitano su un campo minato da ritardi, ansie, pessime notizie e battibecchi stradali. Non il migliore dei terreni in cui piantare rogne.

«E… Vede, considerando le notevoli differenze di gestione rispetto a prima, i nostri straordinari che, per carità, abbiamo accettato tutti… Non mi permetterei mai di… Ma…».

«Signor Mills», intervengo prima che questa si trasformi in una seduta psicanalitica. «Riesce a formulare una domanda di senso compiuto?»

«Io? Io… Sì, posso… Subito… In pratica…».

Che ho fatto di male?

Io odio i lunedì. Non reggo il mondo il lunedì. Non che con il resto della settimana mi senta troppo in sintonia… Ecco, io non amo il mondo, tutt'al più lo tollero, ma di lunedì…

«Signor Mills, ho un mucchio di lavoro da fare», faccio presente.

«Vorremmo solo sapere se stiamo ancora rischiando il nostro posto di lavoro, signorina Watts. Tutto qui», riesce ad ammettere. «Abbiamo visto il signor Marshall e...».

«E vi siete allarmati. Questo posso capirlo», continuo per lui. «Signor Mills, la situazione è ancora potenzialmente instabile. Non così grave come al mio arrivo, ma può immaginare quanto sia difficile ripristinare un dissesto finanziario in poco meno di sessanta giorni».

Dovrei tranquillizzarlo, ma non ne ho voglia. Ormai non ha più senso. Meglio prepararli al peggio. Non da subito, no, magari solo qualche accenno.

«Sì, ma... Non c'è nessun miglioramento?»

«Per il momento non sostanziale. Abbiamo fatto il possibile, recuperato lì dove si poteva recuperare, ma la strada è ancora lunga e si dovrà aspettare parecchio per conoscere gli esiti delle nuove strategie».

«Lei però aveva garantito che con il suo intervento...».

«Signor Mills, io non sono la strega Morgana e neanche un folletto barbuto dotato di poteri magici. Non posso far apparire conigli nei cappelli. Per il momento stiamo riemergendo lentamente dal baratro, vediamo come procede», lo liquido.

«E se non dovesse andare? Cosa accadrà? La filiale verrà ceduta?»

«Non è da escludere», ammetto.

A quelle parole sbianca. Con una mano si stropiccia una guancia, con l'altra si aggrappa ai fascicoli mentre mi fissa con gli occhi sbarrati e lo sguardo di un prigioniero prossimo all'esecuzione capitale.

Io non sono mai stata brava in queste cose. Non dovrei essere io a occuparmi della questione. No. Ci vorrebbe qualcuno meno intollerante e con più tatto. Molto, ma molto più tatto di me. Perché io non sono cattiva, lo giuro. Sono semplicemente una persona pragmatica. E sono abituata a gestire diversamente l'emotività. Appunto. Io sono diversamente emotiva. No, oddio no, così suona male. Però non sono una strega che gode nel veder soffrire la gente. No. Non è vero. Sono un po' rigida, magari introversa, ma non sono affatto indifferente a quello che sta accadendo. Ma tanto lo so che lo pensate anche voi. Ecco. Starete dicendo: "Guarda quella stronza! Sta mettendo in mezzo a una strada tutte quelle famiglie senza farsi il minimo scrupolo". E invece non è affatto così. Sto malissimo, ma cosa accidenti dovrei fare, sentiamo? E forse cambierebbe qualcosa se invece di restarmene da questo lato della scrivana corressi incontro al signor Mills, supplicandolo di perdonarmi?

«Mi... Mi dica una cosa», riprende dopo qualche secondo di sconcerto. «Se dovesse esserci un cambio di gestione, le nostre posizioni verrebbero tutelate?».

Ecco, Trudy, adesso di' di sì e rimandalo a lavoro. Dillo. Andiamo... Dillo, accidenti! Ma almeno annuisci...

Non ci riesco, inutile. Resto a fissarlo immobile e lui, che stupido non è, fa presto a fare due più due.

«Capisco...».

Questa è l'unica reazione. Sistema le sue maledette cartelline. Si alza. Mi fa un piccolo segno di saluto e si avvia alla porta. E io? E io faccio una cosa che non credo di aver mai ritenuto possibile in un ambiente di lavoro: mi sollevo dalla sedia, sbatto le mani sulla scrivania e grido: «Pensa che sia semplice? Non sono stata io a creare questa situazione. Non ho sperperato io i fondi della filiale. È stato il vecchio direttore che vi ha ridotto in queste condizioni, non certo la sottoscritta, ma per voi lui resta un santo mentre io passo per il mostro a sei teste! Crede davvero che non abbia alcuna intenzione di aiutarvi?».

Lui apre la porta, scuote il capo avvilito e mi fa: «Ma non ci sta nemmeno provando».

Capitolo 22
Mary Angela Cox

«Ma non avevi detto di essere al lavoro?»
«Infatti. Sì. Infatti».
.«E quand'è che sei passato dal servizio sociale al servizio in camera?».

E anche questa settimana è finita.

Venerdì sera, ore diciotto e tre minuti. Una data da ricordare. Il momento storico in cui Trudy Watts si riappropria della sua esistenza.

Prendo fiato, chiudo gli occhi e premo invio. In quel momento parte un'email indirizzata a Rupert con allegata una relazione degli ultimi progressi. Mi risponde poco dopo che inoltrerà tutto in sede, sperando che basti a permettergli di proporre un mio rientro immediato.

A questo punto inizia il conto alla rovescia.

Non ho più molto da fare in ufficio, e comunque mi manca la giusta concentrazione, così recupero la borsa, infilo una giacca e mi avvio verso la porta. Oltre a me c'è solo Adele, che mi saluta riordinando le ultime cose. Viene quasi tutti i giorni, quando chiudiamo. Sistema i bagni, spolvera gli archivi. Non parla mai, ma non ce n'è bisogno. Lo so, mi odia. Per colpa mia non sa più di che colore sia il tramonto, ma la cosa per sua sfortuna non scalfisce minimamente il mio senso del dovere. Affatto in pena, ricambio con un sorriso smagliante e mi avvio all'edicola. Da qualche settimana ho preso, anzi, ripreso l'abitudine di leggere il giornale. Non c'è cosa che mi rilassi di più, ho notato. Mi stendo in salotto in compagnia di una bella tazza di tè e mi godo il resoconto giornaliero di Affari esteri e Cronaca nera in tuta e calzini di spugna. Quest'ultimo raccapricciante dettaglio, però, lo tengo per me. Se qualcuno bussa accidentalmente alla porta, corro in camera e metto un accappatoio, fingendo di essere appena uscita dalla doccia. È un nuovo lato della mia poliedrica personalità a cui non mi sono ancora abituata. Questo lassismo preserale, intendo. Non so spiegarmelo e non riesco neanche a godermelo appieno, perché ho sempre il terrore che succeda qualcosa e io sia costretta a correre fuori di casa conciata in quel modo, ma non riesco più a farne a meno, così combatto tra le mie due nature senza decidermi a sceglierne una in via definitiva.

«Buonasera, signorina Watts. Il solito?»

«Grazie mille, sì», confermo all'edicolante, sorridendo.

Lui mi passa una copia da sotto al bancone e aggiunge: «Sapevo che sarebbe venuta e l'ho tenuta qui per lei. Il signor Morrison mi aveva chiesto se me ne era rimasta ancora qualcuna, ma io ho detto di no», mi confida, strizzandomi l'occhio.

«Ha fatto benissimo!», gli bisbiglio, avvicinandomi con espressione complice. «Il signor Morrison può vedersi la TV», e gli passo una banconota, iniziando a spulciare i titoli in grassetto. Mi attira un articolo che sembra fare particolare scalpore, perché occupa quasi metà della prima pagina. È la storia di un'ereditiera, a quanto pare in contrasto con il parentado che, non so ancora bene il perché, minaccia di citarla in giudizio per chiederne l'interdizione.

«Brutta storia», commenta qualcuno alle mie spalle. «Orribile quando devi difenderti dalla tua stessa famiglia». Sollevo lo sguardo incuriosita e scopro Adam accanto all'edicola, che paga una rivista sportiva.

«Ma tu guarda chi si vede», lo saluto allegra. «Credevo che ti fossi dato alla macchia».

«Oberato di lavoro come al solito. Anche tu sei sparita. Speravo di beccarti all'ultima riunione del comitato cittadino, ma non c'eri», e si avvicina per darmi un bacio sulla guancia. «Come ci riesci?», mi sussurra a un orecchio.

«A... A fare cosa?», chiedo io, momentaneamente disorientata.

«A essere così bella dopo una giornata di lavoro», risponde con un sorriso che da solo vale tre o quattro settimane di corteggiamento serrato.

«Credo sia merito del fondotinta a lunga durata. Uno dei migliori investimenti della mia vita», scherzo.

«Saresti meravigliosa anche senza», ribatte lui, indicandomi una macchina parcheggiata a pochi passi. «Posso offrirti un passaggio? Se non ricordo male, ho un piccolo debito da saldare».

«Accetterei volentieri, ma sono venuta in auto. È parcheggiata proprio di fronte alla banca». Gli indico la strada dispiaciuta.

«Signorina Watts, sta per caso cercando di evitarmi?», mi accusa con tono scherzoso.

«Assolutamente no», garantisco.

«Farò finta di crederti per questa volta».

«Bene. Mi fa piacere». E mi allontano di qualche passo. «Allora a presto», lo saluto, tendendogli una mano. Lui si avvicina, la prende tra le sue e, piuttosto che stringerla, l'accarezza con la punta delle dita chiudendola tra i palmi. «Mi farebbe davvero piacere».

«Ehm...», balbetto, mentre sento una strana fitta all'anulare dell'altra mano. Quella che tengo nascosta dietro la schiena più o meno da quando l'ho visto.

«Trudy, ti andrebbe di uscire con me una di queste sere?».

Prevedibile.

«Purtroppo sono già impegnata, Adam. Mi avrebbe fatto molto piacere ma...».

Penosa.

«Oh... Credevo fossi libera», farfuglia un po' confuso.

«E lo ero», confermo un po' agitata. «Ma poi c'è stato un improvviso dietrofront e...».

«Ok, non serve che tu aggiunga altro», mi toglie dall'imbarazzo, lasciandomi la mano. «Torno al mio posto».

Encomiabile.

«Scusami ancora. Mi... Mi dispiace...».

«Ma no... No, davvero. Buona serata, Trudy», mi augura andando via e io, un po' a malincuore, mi avvio verso l'auto.

Meritevolmente frustrata.

In macchina chiamo Horace, così, per ricordarmi gli aspetti positivi della mia attuale situazione sentimentale e posso garantirvi di trovarne davvero pochi. Non può concedermi che pochi secondi, cosa che si è ripetuta un po' per tutta la settimana. Da quando ha deciso di darsi alla politica è ancora più impegnato di prima. Mi assicura che è solo una questione di giorni, senza considerare che presto io sarò lì con lui e potrò seguirlo nei suoi spostamenti. Ricordargli che anche io ho un lavoro a tempo pieno non sembra smorzare il suo entusiasmo.

«Trudy, scusami amore, devo proprio attaccare. Mi aspettano al Texture per una cena di lavoro. Dobbiamo discutere alcuni dettagli della campagna elettorale», mi comunica frettoloso. «Ti richiamo appena torno, va bene?»

«Certo. A dopo allora», chiudo demoralizzata, ma mentre ripongo il telefono nella borsa riprende a squillare. È lui. Cosa avrà dimenticato?

«Horace...».

«Ti amo da impazzire e, se fossi lì, ti avrei già strappato le mutandine».

«Tu sei completamente pazzo!», scoppio a ridere.

«È tutta colpa tua», mi accusa allegro. «Tieni il telefonino acceso, appena torno voglio elencarti tutto quello che ti farò domenica».

«Quale domenica?»

«Questa domenica».

«Ma vieni qui?», cerco di capire, speranzosa.

«A dopo! Ora devo andare», attacca, lasciandomi sul più bello.

Disgraziato!

Raggiungo casa continuando a ripensare alla telefonata e non riesco a smettere di ridere, neanche quando mi trovo l'ennesima busta gialla sotto alla porta. Ho preso a cestinarle senza neanche più leggerle, tanto so già che c'è scritto: il comitato, la riunione, non può mancare, il sindaco anelante e arrivederci alla prossima settimana.

Apro, butto tutto e mi preparo un bel caffè con aggiunta di panna montata spray, acquisto di cui vado orgogliosissima. Il divano non può bastare, no. Stasera voglio proprio eccedere, così m'infilo dei pinocchietti di cotone, una t-shirt e salgo sul letto, portando il giornale con me. Voglio proprio leggere l'articolo su quell'ereditiera.

Sfoglio un paio di pagine e m'immergo nella triste storia di Mary Angela Cox, vedova di uno dei più importanti imprenditori della Scozia. Suo marito, Daniel Cox, è morto da quasi otto anni, lasciandole un patrimonio considerevole e decine di proprietà sparse per il mondo. I suoi tre figli, di cui non vengono specificate le occupazioni, stanchi delle sue scelte azzardate e di reiterate e inspiegabili perdite di forti somme di denaro, hanno deciso di ricorrere al tribunale. Sarebbero disposti a scendere a patti solo se la donna, da sempre battagliera e indipendente, decidesse di affidarsi a un consulente per la gestione del suo patrimonio. I più maligni credono che la loro unica preoccupazione sia l'eredità. Neanche qualche mese fa si erano visti costretti a intervenire per impedirle di sposare un ragazzo di poco più di trent'anni, palesemente interessato a ben altro che alla sua rinomata bravura nella preparazione del budino alla vaniglia. Mary però non si dà per vinta. Continua a sostenere di essere perfettamente in grado di gestire la sua vita e le sue ricchezze, ma non ha voluto rilasciare alcuna dichiarazione sulle nozze sfumate e sulle motivazioni dietro a un gesto così singolare, rifiutandosi di incontrare la stampa. Questa, comunque, non è l'unica défaillance di cui viene accusata. Pare che la goccia che abbia fatto traboccare il vaso sia stata la vendita all'asta di alcuni dei più preziosi gioielli della sua collezione. Il ricavato, che ammonterebbe a quasi due milioni di sterline, è stato donato in beneficienza. Intestatari di tale lascito, una nota associazione umanitaria che lavora in Africa da più di vent'anni e alcuni importanti enti di ricerca. Gli adorabili figli, nipotame annesso e connesso, alla notizia non hanno certo fatto i salti di gioia e hanno chiamato il miglior avvocato della nazione, preparandosi a difendere fino all'ultimo penny anche con i denti.

Oltre allo shock per la notizia, sbandierata ai quattro venti senza il minimo pudore, resta l'amarezza di chi, in questo caso Angela Cox, fino a oggi non ha mai fatto mancare nulla alla sua famiglia e, va ricordato, si è sempre contraddistinta per la sua generosità. A prescindere dal torto e dalla ragione, a detta di molti, se non di tutti, i discendenti della Cox avrebbero dovuto mantenere privata una questione così delicata. Sbandierare ai quattro venti gli eventuali, ma non dimostrati, problemi mentali dell'anziana vedova è sembrato un atto di una viltà sorprendente.

Sto per leggere l'ultima frase, quando suona il telefono di casa. Non vorrei proprio lasciare, ma non posso non rispondere. Potrebbe essere Horace, ormai incapace di contenere l'impellente bisogno di scandalizzarmi a telefono e non vorrei davvero perdermi lo spettacolo.

«Pronto?»

«Ciao Trudy, sono Karen. Disturbo?»

«Oh... No, dimmi. Tutto bene?»

«Sono appena tornata a casa. Oggi è stata una giornata infernale e il peggio è che non è ancora finita!».

«Che devi fare?»

«È il compleanno di papà. Lo portiamo a cena fuori», mi racconta sbadigliando.

«Allora auguri anche da parte mia».

«Glielo dirò. Gli farà piacere. Ha sempre avuto un debole per te».

«Perché ha buon gusto», asserisco con una punta di orgoglio.

«Ah... Dannazione. Arrivo, arrivo!», urla nella cornetta. «Scusa, Trudy, è arrivato mio fratello e sta facendo un baccano terribile con il clacson. Devo scappare».

«Ok, allora vai...».

«No, aspetta, ti avevo chiamato per una notizia importante. Voleva dartela Rupert, ma non ho resistito».

Mi parte un battito.

«Karen, ti prego, non tenermi sulle spine».

«Ha chiamato la sede centrale. Dopo aver letto la tua relazione, c'è stata una videoconferenza con la RBS e pare che la Wilbourgh sia riuscita a strappare un prezzo più alto. Non chiedermi quanto, non so niente, ma hanno deciso che da questo momento può sostituirti qualcun altro fin quando non avranno venduto», mi comunica senza indugi.

«E questo significa che...» mormoro con un filo di voce.

«Che puoi tornare, Trudy! Massimo una settimana e sei di nuovo a Londra», strilla nella cornetta.

«Sono... Sono a Londra... Oddio... Sono a Londra...», inizio a ripetere in evidente stato confusionale.

«Esatto! Sei felice?». E si sente subito che non sta nella pelle.

«Io... Sì... Sì... Sono...».

«Ho detto che arrivo!», torna a latrare al fratello, perdendosi i miei ultimi balbettii. «Che palle, devo proprio andare. Senti, ti chiamo domani. Ora proprio non posso restare. Se continua così chiameranno la polizia».

«Non preoccuparti. Va' e divertiti. Certo. Ci sentiamo domani. Allora ancora auguri. Ciao», la saluto attaccando.

Torno... Torno a Londra.

Mi lascio cadere a peso morto tra i cuscini, ancora incredula.

Ecco, adesso sì che posso affermare in tutta coscienza di essere felice, perché se solo ricordassi le parole, giuro che mi metterei a cantare *I Feel Good,* usando il telefono come un microfono.

Non posso tenere questa notizia per me. So che non dovrei disturbarlo, ma sono sicura che, data l'importanza della comunicazione, Horace potrà dedicarmi qualche minuto. Rintraccio il numero in rubrica e resto in attesa, ma parte la segreteria.

«No! Ha spento il telefono».

Non mi arrendo. Ho deciso che devo dirglielo e non voglio aspettare un secondo di più. Cerco su internet il numero del Texture, immaginando che possano raggiungerlo al tavolo e chiedergli di venire un attimo a telefono. Mi risponde una signorina dallo strano accento e devo ammettere di rimanere stupita, non tanto dal pessimo inglese, quanto dal silenzio che sento in sottofondo. Sono le otto di sera, un ristorante a quell'ora non dovrebbe essere un po' più... frequentato?

«Buonasera, sono la signorina Watts. Volevo chiederle la cortesia di passarmi l'avvocato Hooper. Purtroppo ha il telefonino spento e... si tratta di una comunicazione urgente. Ma... Ma scusi, non è il Texture? Cosa? Chiuso? Come sarebbe a dire chiuso? Due settimane? Ah... No, devo aver capito male io. Mi scusi ancora», mormoro riattaccando.

Il Texture è chiuso da circa due settimane per lavori di ristrutturazione. Riapriranno tra un mese e sono stata cordialmente invitata all'inaugurazione.

Compongo il numero dell'ufficio di Horace, mi risponde il suo socio con voce annoiata.

«Qui studio legale Hooper & Hardy, con chi parlo?»

«Buonasera, chiamo dalla lavanderia "Butterfly". Siamo in orario di chiusura e il signor Hooper non è ancora passato a ritirare il completo grigio che ci aveva chiesto di smacchiare. Non riusciamo a rintracciarlo, potrebbe gentilmente fornirmi un recapito al quale contattarlo?», improvviso, stringendomi il naso con due dita per non farmi riconoscere.

«Oh... Sì, mi aveva detto che avrebbe spento il telefonino.

Può trovarlo a questo indirizzo», e mi detta un numero fisso che non riconosco.

«Grazie mille», lo saluto riattaccando.

Rileggo non so quante volte la fila di numeri segnati a matita su un angolo del giornale. Passa almeno un quarto d'ora prima che mi decida a chiamare. Dopo un paio di squilli, finalmente rispondono. È la voce di una donna dall'accento straniero, che mi chiede chi sia e cosa desideri.

Chi sono?

Questa è facile: un'idiota.

Cosa desidero è un po' più difficile a dirsi. Non so. Forse una fetta di Foresta Nera, così, tanto per iniziare, poi un pony. Ho sempre desiderato averne uno. E poi? Non so... Una pistola. Una di quelle belle pistole che si vedono nei film, con quella specie di rotella di lato in cui s'infilano i proiettili.

Non mi dispiacerebbe una pistola.

«Buonasera, sono della lavanderia Butterfly», ripeto la scenetta, aggiungendo una spiegazione sommaria su come ho avuto il suo numero.

«Aspetti un attimo. Amore...», la sento gridare. Poco dopo risponde una voce che riconosco subito. «Amore», continua lei. «C'è la lavanderia. Hai dimenticato qualcosa?».

Lui le fa capire di non avere idea di cosa stia parlando, così tra una battuta e l'altra le spiego di aver fatto confusione e riesco ad attaccare senza che nessuno dei due scopra cosa sia realmente accaduto.

Lasciato cadere il telefono, guardo il solitario che spicca sul mio anulare. Lo rigiro tra le dita per un po', poi lo sfilo e lo poggio sul comodino.

Direi che il giornale non può bastare stasera. No. Ci vuole qualcosa di forte.

Ho già fatto il bucato?

Capitolo 23
Perdo quota e aspetto lo "splat"

«Cosa è successo alla lavatrice?»
«Abbiamo avuto una piccola discussione costruttiva».
«Prima o dopo il passaggio di un troll assetato di sangue?».

Scendo in cantina portandomi dietro una pesante cesta di panni sporchi. Ho rimesso il tailleur di stamattina anche perché, siamo seri, non sarei mai uscita di casa in tuta. No. E mi sono anche truccata. Non che immagini di incontrare qualcuno tra qui e lo scantinato, ma non esco mai di casa senza aver passato almeno un po' di cipria. Ormai è un'abitudine. Ma se l'aspetto esteriore risulta impeccabile, il substrato emotivo naviga in acque torbide.

Affaticata dai ragionamenti, mi districo tra considerazioni differenti. La prima che riesco a formulare, lasciando l'appartamento, è di natura psicologica.

Quale?

Sono calma.

Mi sarei aspettata una reazione meno composta. Sul serio. Pensavo di mettermi a piangere o di avere una crisi isterica e invece eccomi qui, tranquilla, a riempire la lavatrice come se niente fosse. Certo, sto male. Ma interiorizzo con discrezione e innato buon gusto. Sapete una cosa? Sono fiera di me. Questo è il modo giusto di affrontare la situazione. A che pro farsi prendere dal panico? Non posso cambiare il passato, posso solo accantonarlo e fare tesoro delle mie esperienze per il futuro. Così, tutto sommato soddisfatta, passo svelta attraverso il giardino e, trovata la porticina del seminterrato, apro e scendo velocemente.

Cosa può esserci di più distensivo di un paio d'ore trascorse a occuparsi di normali faccende domestiche? Abbandonarsi alla quotidianità, rifiutando la casualità, tutto sommato dannosa per la pelle e l'equilibrio psicofisico.

Tiro fuori l'aria, emetto ansia e anidride carbonica e mi metto a cercare l'interruttore, pronta a tuffarmi nel prelavaggio. Il seminterrato, però, è un ambiente umido e mal illuminato anche se accendi tutte le luci, pertanto sto ben attenta a dove metto i piedi. La lavatrice, intanto, mi attende dall'altro lato della stanza, accanto a un mobiletto stracolmo di detersivi. La raggiungo in punta di piedi, infilo tutto nel cestello, chiudo e scelgo l'ammorbidente, unendolo a un misurino di sapone delicato. Quando richiudo lo sportellino, aziono un paio di pulsanti e aspetto che si metta in funzione per tornarmene di sopra, pronta a riaffrontare la vita con rinnovato ottimismo. Purtroppo, però, non accade nulla. Esitante, riapro lo sportellino, verifico di aver inserito tutto correttamente, richiudo e ripeto l'intera operazione. Scelta tasti ecc., ma niente anche stavolta. Allora apro il cestello, cerco di capire se si è chiuso male, lo sbatto un paio di volte e accendo.

Si ostina a non collaborare.

Arnese dispotico!

«Ok, dunque, cosa c'è che non va? Che vogliamo fare? Rimanere qui tutta la notte?».

Riapro lo sportello, lo richiudo, riapro l'oblò, richiudo anche quello. Do anche una spintarella e sistemo le manopole della temperatura. A quel punto accendo e...

«No, allora, capiamoci. Non intendo tollerare questo atteggiamento. Il tuo compito è lavare, il mio è assicurarti una buona manutenzione. Io ho rispettato i patti. Ieri ti ho anche lavata con la candeggina. Ora tocca a te. Su... Senza fare storie».

Riprovo altre venti volte. Almeno venti, ne sono sicura, ma è tutto inutile. Esasperata, inizio con le parolacce, poi con le botte di fianco, poi con i calci e giù con i cazzotti, ma niente, niente, niente. È più ostinata di un mulo. Non c'è verso di farla ragionare. Ha deciso di rovinarmi la vita, lei e tutti gli altri! Ognuno con le proprie pretese, ognuno con le proprie stupide scuse, incuranti degli effetti delle proprie azioni. Indifferenti. Indegni. Inutili. Incapaci.

«Insomma, cazzo, parti, brutta stronza che non sei altro!», le sto gridando contro, quando mi sento afferrare per la vita da due braccia così forti da riuscire a sollevarmi da terra e allontanarmi da quell'arnese infernale prima che uno dei due finisca in ospedale.

«Lasciami... Lasciami subito!», urlo scalciando.

«Trudy... Trudy, fermati!», mi ordina una voce decisa, che lì per lì non riconosco. Vengo rimessa giù, ma le due mani che mi bloccano le braccia restano lì a impedirmi ogni movimento.

Schiacciata sul suo petto, mi accorgo di avere il cuore che batte a una velocità impressionante. Spaventata, provo ancora a liberarmi dalla presa, ottenendo l'effetto opposto: mi ritrovo ancora più stretta a lui, che prova a calmarmi usando lo stesso tono autoritario di poco prima: «Trudy, ora basta. Calmati».

Appena sento il suo viso strofinarsi involontariamente tra i miei capelli, riconosco il suo profumo. È Ethan. Già... Chi altri poteva essere?

«Levami le mani di dosso!», mi divincolo, provando a sfuggirgli.

«Prima riprendi a respirare regolarmente, poi mi spieghi perché stavi cercando di distruggere la lavatrice e forse, se trovo le tue motivazioni convincenti, ti lascio andare».

«Ethan...».

«Allora?», continua senza darmi retta. «Sto aspettando, Trudy».

«Non parte! Sono due ore che cerco di azionarla e non parte. Le ho provate tutte», gli spiego con il respiro affannato, «ma non vuole saperne di partire. Lo fa apposta, capisci?».

Con una mano mi afferra i polsi, li porta dietro la schiena e li tiene stretti; con l'altra, chinandosi appena, raccoglie un filo e me lo fa dondolare davanti agli occhi.

Dannazione! La spina era...

«Era staccata, Trudy. Era semplicemente staccata la presa».

Le forze mi abbandonano e non riesco più a guardarlo negli occhi. Si rende conto del mio graduale cambio d'umore e si decide a lasciarmi andare, mentre fa cadere la spina a terra con noncuranza.

«Trudy...», mi sussurra, prendendomi il mento tra le mani. «Cosa è successo?», e si mette davanti a me, cercando di costringermi a sollevare lo sguardo.

«No», mugugno contrariata, sfuggendogli.

«Trudy...».

«Lasciami. Non...».

«Trudy, guardami!». Le sue dita s'infilano tra i miei capelli e mi attirano verso di lui. Non mi consente più di scappare, esige una risposta, e quando i nostri occhi si incontrano, i suoi s'incupiscono e i miei si riempiono di lacrime.

«Era con lei», mi sfugge tra le labbra. «Era con quella donna», singhiozzo, poco prima di scoppiare a piangere.

Non devo aggiungere altro, non ce n'è bisogno.

Mi lascia sfogare, prendendomi in braccio per riportarmi su, fuori dallo scantinato, senza chiedermi null'altro.

Non guardo dove andiamo, capisco di essere a casa sua solo quando mi sistema sul bordo di un letto che non ho mai visto prima. Le lenzuola sono blu notte. Le accarezzo con la punta delle dita, mentre mi asciugo le lacrime con il dorso di una mano. Lui si allontana e ritorna poco dopo con un fazzoletto di carta che usa per tamponarmi le guance.

«Faccio da sola», protesto con la voce ancora rotta dal pianto.

«Ssh!», mi zittisce. Sentirlo così premuroso distrugge la tranquillità che credevo di aver raggiunto e le lacrime riprendono a inondarmi il viso, lasciando colare tutto il mascara sulle guance. «Ma tu guarda in che stato ti ha ridotto».

«Credo di essermi ridotta così da sola», ammetto tra un singhiozzo e l'altro ed è vero. È tutta colpa mia. Non dovevo permettergli di rientrare nella mia vita. Non così, come se nulla fosse mai accaduto.

Ethan resta inginocchiato sul tappeto tra le mie gambe, con gli occhi colmi di tristezza. Purtroppo non accenno a calmarmi, così si siede sul letto e mi prende tra le braccia, spingendomi sul materasso con il peso del suo corpo. Ci ritroviamo stesi l'uno accanto all'altra. La mia schiena premuta sul suo torace, le sue braccia che racchiudono le mie e le sue labbra sul mio collo. Cullata dal suo corpo e dalla sua voce roca, chiudo gli occhi mentre un nuovo calore spazza via ciò che resta del dolore. Inconsapevolmente, mi lascio andare tra le sue dita, che ripercorrono la morbida stoffa di una camicetta bianca per insinuarsi tra le pieghe di una gonna amaranto. Afferra i bordi con delicatezza per sollevarli, scoprendomi gradualmente e quando raggiunge i fianchi, lascia la stoffa e si infila tra le mie cosce, tirandomi verso di sé con carezze sempre più intime, più esigenti. Mi faccio guidare dalle sue mani che lentamente mi spogliano, fin quando i miei abiti si raccolgono sul pavimento. Mi offro così alle sue labbra, che risalgono la mia schiena, si soffermano languide sui contorni del mio mento e infine mi catturano in un bacio di un'intensità disarmante, in grado di cancellare ogni ricordo.

Quando mi fa stendere sotto di sé, sento il suo corpo strofinarsi sulla mia schiena, le sue mani stringermi i seni e il suo sesso scivolarmi dentro con prepotenza. Si spinge dentro di me senza controllo e io reagisco assecondandone ogni movimento. Passiamo tutta la notte così, cercandoci a vicenda con l'unico scopo di annullarci, di annegare nell'altro e sempre così, stretti l'uno all'altra, crolliamo tra i cuscini, addormentandoci.

Mi risveglio all'alba e solo allora mi rendo conto di cosa ho fatto, di quanto sia stata incosciente. Ethan si accorge della mia assenza e si mette seduto, stropicciandosi gli occhi. Mi osserva mentre, silenziosa, mi rivesto e mi preparo ad andare via.

«Resta...».

«No, torno su», mormoro senza guardarlo.

«Perché?», e si solleva, raggiungendomi.

Vederlo completamente nudo, ammetto, fa vacillare notevolmente la mia risolutezza, ma cerco di non darlo a vedere.

«Torna a letto, è ancora presto», mi sussurra, accarezzandomi una guancia.

«Ethan», lo respingo, allontanandomi di un passo. «Non complichiamo ulteriormente la situazione».

«Più di così?», mi domanda incredulo.

«Appunto!».

«Mi spieghi a che serve scappare?»

«Non sto scappando», mi difendo. «Sto solo anticipando quello che comunque sarebbe accaduto tra un paio d'ore».

«E cosa ne sai di che sarebbe successo tra un paio d'ore?», protesta visibilmente contrariato.

«Stai scherzando?»

«No. Affatto».

«Ethan, ascolta, non voglio mettermi a frignare sparando cazzate tipo "Non so come sia potuto accadere" o "È stato uno sbaglio" o, peggio ancora, "Devo aver bevuto troppo, non ero in me!". No, ero sconvolta e, a modo tuo, mi sei stato accanto. Non ce l'ho con te, non ce l'ho con me stessa. È successo perché doveva accadere. Tutto sommato è stato anche piacevole».

«"Tutto sommato"», ripete scettico. «A me non...».

«Risparmiami le battute da osteria. Ok, guarda, lo ammetto da sola. Sei stato incredibile. Non avevo mai visto nulla del genere neanche in drogheria. Contento?».

Non è più contrariato, è decisamente furente, ma non gli do

modo di mettersi a sbraitare, perché vorrei proprio cercare di arrivare al punto prima che sia ora di pranzo.

«Ethan, è stato bellissimo. Credimi. Sono sincera, ma il punto non è questo. Il punto è che bisogna prenderlo per quello che è».

«E cosa sarebbe?», chiede con aria di sfida.

Ma perché non si riveste! Non ha freddo?

Guardo in basso.

No, non ha freddo.

«Be', lo sai! Una cosa da una notte e via», specifico.

«E chi l'ha detto?»

«Senti, io non ho proprio tempo per queste stronzate. Non voglio essere il tuo ripiego settimanale».

«Non ti ho mai chiesto di diventarlo!».

«E allora cosa? Sentiamo. Ti sei innamorato di me?», lo metto alle strette.

Non mi risponde.

«Sei per caso in cerca di una storia seria e duratura?»

«Ma non puoi passare dalla storia di una sera al matrimonio. È improponibile!», protesta.

«Ma noi non siamo neanche la via di mezzo, Ethan. Io sono appena uscita da una relazione di sei anni. Tu sogni di diventare un giurato di miss Maglietta Bagnata, mi spieghi perché stiamo ancora qui a parlarne?»

«Non voglio che il nostro rapporto si rovini solo perché...».

«Ethan, ma quale rapporto?», cerco di riportarlo sul pianeta Terra.

«Non ne ho la più pallida idea, va bene?», ammette, sfinito dalla discussione. «Ma non voglio che inizi a evitarmi. Non voglio non poterti più parlare e, se devo essere sincero, non mi dispiacerebbe affatto poter uscire con te ogni tanto, anche solo per fare due chiacchiere. Ti sembra così assurdo?»

«No», convengo. «E a me sta bene, ma adesso ho bisogno di

una doccia e di due confezioni di antidolorifico. Torna pure a dormire, posso cavarmela da sola».

Lo abbandono e mi defilo, reggendo la giacca tra le mani. Prima di andare via, però, sento di dover fare qualcosa. Così non posso davvero lasciarlo. Torno indietro e lo trovo con la testa tra le mani, seduto ai piedi del letto. Solleva il capo accorgendosi della mia presenza e resta a guardarmi con le sopracciglia aggrottate, chiedendosi cosa voglia ancora.

«Senti, io... Grazie», bofonchio, un po' brusca. «A prescindere da tutto, grazie. Ieri ero...», dondolo il capo. «Be', hai capito», e me ne vado richiudendo nuovamente, questa volta con un tonfo.

Il weekend lo passo in una sorta di catalessi vegetativa, trascinandomi tra bagno e cucina solo in caso di estrema necessità. Arrivo al lavoro il lunedì più o meno nelle stesse condizioni e trascorro buona parte della mattinata a fissare il monitor del PC senza dire o fare molto. L'unica differenza tra me e una medusa sta nell'acconciatura.

Ripenso. Rimugino. Rielaboro.

L'unico risultato di questo estenuante frullato di neuroni è scoprire di aver perso integralmente il controllo della mia vita. Non riesco più a gestire la mia carriera, le mie emozioni, i miei rapporti sentimentali. Perdo quota e attendo lo *splat* finale.

«Pronto?», sollevo la cornetta isterica. «Chi? Oh, Rupert...».

"Cos'altro sarà successo?", mi domando in preda al mio sprizzante entusiasmo. Intanto apro internet e vago tra le offerte pubblicitarie. Rupert, dall'altro lato, mi parla della proposta della RBS. Io credo di non poterne più, questo in generale. E senza neanche ascoltarlo, mi metto a spulciare il blog del giornale di Turriff, scoprendo finalmente a cosa è dovuto quell'insolito gonfiore delle labbra della signora Harvey. Che bagascia!

«Trudy, hai capito?»

«Mmm... No, scusa, potresti ripetere?»

«Ma cos'hai? Mi sembri un po' distratta».

«No, no... C'è un po' di casino in ufficio. Nulla di preoccupante. Ti prego, continua».

Sbuffa.

«Dicevo, ho discusso a lungo della questione e alla fine siamo riusciti a trovare un accordo. Manderanno a Turriff un sostituto momentaneo, puoi rientrare da mercoledì prossimo».

Uh... Karen l'aveva detto. Mi era totalmente passato di mente.

«Allora? Non sei contenta? Non dici niente?».

E così si ritorna a casa. Non è magnifico?

«Considera che ci sarà un bel po' di lavoro ad aspettarti. Si sono aggiunte due o tre cosette di cui vorrei parlarti. Se non hai niente di meglio da fare, potresti iniziare a spulciarti i bilanci di due o tre società che...».

Già... Ritorno alla mia vecchia vita. Gli amici, che non vedo mai; la famiglia che non vedo mai; il mio ragazzo che vede un'altra... Yuppi!

«Poi ci sarebbe Robert. Ti ho già parlato della proposta di Robert?».

Risalgo la homepage del giornale e mi ritrovo a fissare la copertina dell'ultima uscita. Anche oggi parlano dell'ereditiera. Il parentado ha tirato fuori l'artiglieria pesante. Pare abbiano chiesto la consulenza di uno psicologo. Che carogne!

Leggo sommariamente l'articolo, mentre un'idea balzana si fa spazio nella mia mente. Rileggo. Leggo una terza volta con maggiore attenzione, dopodiché inizio a spulciare l'archivio in cerca di novità. Convengono tutti nell'affermare che i figli di Mary Angela Cox sono disposti a rinunciare alle accuse qualora la madre decida di fare affidamento a un consulente per la gestione del patrimonio. Lo hanno ribadito in molteplici occasioni. È la scusa che usano come scudo contro le basse insinuazioni della stampa. Un modo come un altro per far capire di non essere affatto i biechi opportunisti che in realtà sono. Si tratta di un bel bocconcino davvero e chi, meglio di una banca, potrebbe occuparsi del piano d'investimenti di un patrimonio così sostanzioso?

Cerco qualcosa a riguardo e... Mmm... Beni, fondi, matrimonio... No. No. Non qui. Devo vedere in un'altra pagina. Proviamo nelle notizie della settimana scorsa.

«E così potremmo valutare l'alternativa e lanciarci nel mercato azionistico del settore tessile, non trovi? Trudy... Trudy? Mi stai ascoltando?»

«Certo! Mercato azionistico», ripeto a caso le ultime parole che gli ho sentito pronunciare. «E quindi?», fingo di aver seguito, mentre invece non ho occhi che per il quotidiano online che sto leggendo.

«Ecco, e come ti stavo dicendo...», riprende Rupert, lanciandosi nelle sue allucinanti teorie da investimenti alternativi.

Come immaginavo.

Secondo il giornalista Tom Bates, le indiscrezioni sulla delicata situazione familiare della Cox hanno scatenato gli animi. Banche, cooperative, associazioni e semplici privati si sono presentati a casa della vedova con le proposte più bizzarre, sperando di farle firmare un contratto. La donna ha resistito finché ha potuto, dopodiché si è barricata in casa e da allora, per sfuggire ai continui assalti di consulenti e rappresentanti legali di questo o di quell'altro gruppo bancario, ha ridotto drasticamente la sua vita sociale e mantiene il massimo riserbo sui suoi spostamenti. Gli stessi parenti lamentano di riscontrare non poche difficoltà per entrare in contatto con lei.

Sento che sto per fare una cazzata.

«Quindi, ricapitolando, per te va bene lunedì, invece di mercoledì? Te l'ho detto, sarebbe più semplice, soprattutto se intendi partecipare alla riunione con Roger».

«Lunedì? Cosa? Cosa devo fare lunedì?», chiedo a ripetizione, non avendo la minima idea di cosa si stia parlando.

«Rientrare a Londra, Trudy!».

«Non posso tornare lunedì».

«Bene, allora torna mercoledì, ma cerca di documentarti prima di incontrare il gruppo della "Uk Magazine"».

«Rupert, mi dispiace, ma non credo di farcela per mercoledì».

«Come sarebbe?»

«Senti, qui c'è una mezza questione in ballo e credo di aver appena trovato un modo per evitare di dover vendere la filiale, ma ho bisogno di tempo. Chiama in sede, avvertili tu. Chiedi solo di aspettare i sei mesi previsti dal contratto. Per allora ti garantisco che, anche qualora non dovessi riuscire a far quadrare i conti, avranno sulla scrivania un assegno a cinque zeri firmato Richard Marshall».

«Inizio a chiedermi se siano gli effetti degli effluvi del concime sintetico».

«Rupert, sono seria».

«Sì, come vuoi», bofonchia. «Fa' come ti pare. Resta lì a brucare trifoglio, ma se mi saltano le coronarie è solo colpa tua, sappilo. Lascio tre figli senza padre!», cerca di farsi commiserare.

«Rupert… Tu non ne hai di figli», gli ricordo. «Ora ti lascio, sono occupata».

«Come vuoi», si arrende.

«A presto», lo saluto, ma prima di attaccare sento il mio nome e torno alla cornetta.

«Trudy, dimmi un po'…», mormora pensieroso. «Non è che inizia a piacerti?».

A piacermi? Ma cosa, Turriff? Questo buco pulcioso dimenticato da Nostro Signore?

«Non diciamo sciocchezze». E gli attacco il telefono in faccia.

Ok.

Primo passo fatto.

Ora?

Faccio un paio di telefonate e riesco a ottenere l'indirizzo della tenuta di Mary Angela Cox. Lo appunto su un foglio di carta, lo piego e lo infilo nel portafogli. È una pazzia, lo so, ma se dovessi riuscire dove gli altri hanno fallito, significherebbe portare nelle nostre casse, permettetemi il termine tecnico, una carrettata di contanti. E con tutta quella liquidità, un pizzico di fortuna e due o tre investimenti mirati posso non solo mantenere aperta la filiale, ma rinnovare i contratti di tutti gli impiegati. Ho pochissime possibilità, ma vale la pena tentare.

Esco dalla porta con le sinapsi in fermento, poi però mi ricordo di un'ultima sciocchezzuola rimasta in sospeso.

«Avvio manovra di annientamento!».

Ritorno sui miei passi, mi siedo, apro la mia casella di posta elettronica e scrivo quanto segue:

Oggetto: Ultime notizie

Da: t.watts@me.com
A: Horace_H45@icloud.com

Caro Horace,
lo so, avrei dovuto parlartene personalmente, ma in questo momento sono presissima dal lavoro. Importanti questioni da risolvere. Transazioni. Fatturati. Questioni con cui non voglio tediarti. Resta però l'urgenza di parlarti di una situazione che mi sta davvero a cuore. Horace, credimi, sono mortificata. Non so come possa essere accaduto. Io spero sinceramente di non ferirti. So quanto tu sia legato a me, ho avuto modo di sperimentare personalmente in questi giorni la forza del tuo attaccamento e, ti assicuro, tutto vorrei fuorché farti del male, ma non posso tacere. No. La coscienza mi impone di essere sincera. Horace, non voglio dilungarmi, quindi sarò diretta: ieri notte ti ho tradito con il gestore del pub che hai avuto modo di conoscere nel mio giardino. Inizialmente non volevo, ma è stato impossibile resistergli. Lui è così... Ma l'hai visto, sono certa che tu abbia capito perfettamente a cosa mi riferisco. E poi è talmente dotato. Una forza della natura, pensa che all'inizio credevo di avere le allucinazioni, ma poi ho... come dire? Tastato con mano e ti assicuro che...

Ti dico, lo abbiamo fatto in tutte le posizioni possibili. Mi ha posseduta ininterrottamente per ore, sfidando ogni legge fisica, chimica e taumaturgica. Non avevo mai gridato tanto. Ho riscoperto una parte della mia femminilità che non era mai riuscita a venire a galla. Non che voglia fartene una colpa, no, assolutamente. Sei sempre stato un caro ragazzo, ma non possiamo certo ignorare i tuoi limiti. Non è colpa tua. È il confronto impari che ti mette in una condizione di svantaggio. Uno svantaggio incolmabile, fidati. E poi, diciamocelo, un po' di palestra male non ti farebbe. Comunque, tornando alla questione, mi sono innamorata. Perdutamente. Follemente. Spero tu possa fartene una ragione, sono certa che prima o poi troverai qualcuno con la tua stessa passione per il porridge, la domenica in pigiama e le pantofole infeltrite. Io ti auguro ogni bene e confido che un giorno ci si possa incontrare per fare quattro chiacchiere, in nome dei vecchi tempi andati.

Con affetto e stima,

Trudy

P.S. Sarebbe opportuno che tu cancellassi tutti i miei contatti ed evitassi accuratamente di tornare. Ethan è per metà irlandese e non ama essere contraddetto.

P.P.S. Lo sai quante mattonelle ci sono dalla sua porta alla camera da letto? Ventotto! E sai perché lo so? Perché non c'è mattonella sulla quale non abbiamo fatto sesso sfrenato.

Chiudo con un sorriso a trentadue denti e mi avvio all'uscita, approfittando di quei minuti di libertà per fare una telefonata.

«Pronto? Adam? Ciao sono Trudy, sei ancora libero per quella cena?».

Capitolo 24
Io e King Kong

«Vada al diavolo!».
«Buongiorno anche a lei».

Seguendo le indicazioni di un benzinaio, mi perdo. Seguendo quelle di un passante, giro in tondo un paio di volte. Grazie al cielo, però, incrocio un bambino in bicicletta. Mi spilla dieci sterline, ma finalmente riesco a raggiungere l'imponente muraglia cinese costruita attorno alla tenuta della famiglia Cox.

Davanti al cancello trovo due agenti.

Dalle espressioni arcigne, intuisco di avere ben poche possibilità di varcare quella soglia, ma ciò non basta a farmi demordere.

Parcheggio all'ombra, accanto a un gruppetto di alberi, e mi metto a pensare a un piano. Non so perché, ma ho il vago sentore che tutto quel filo spinato sia stato messo lì per quelli come me, quindi dubito di poter spifferare subito le mie reali intenzioni. No, se voglio riuscire a superare i due energumeni in abito scuro, devo inventare una scusa plausibile.

In cerca d'ispirazione, apro la borsa e trovo una di quelle dannatissime buste gialle che mi infilano sempre sotto la porta. Innervosita, la tiro fuori e mi preparo ad accartocciarla, quando il timbro in bella vista e l'intestazione in grassetto mi fanno momentaneamente cambiare idea. Fiduciosa, sistemo il mio completo prugna, prendo la borsa e mi avvicino con passo sicuro al portone, rivolgendomi al più vicino.

«Buongiorno, il mio nome è Trudy Watts, sto cercando la signora Cox. È in casa?», tasto il terreno.

«Ha un appuntamento?», mi chiede uno dei due.

«No. Sono qui per consegnarle una lettera a nome del comitato cittadino», ed estraggo il mio asso nella manica con baldanzosa disinvoltura.

Lui prende la busta, la rigira tra le mani e cerca consiglio nel collega, che si avvicina studiandomi con espressione minacciosa.

Non si fida.

Non ha l'aria di uno che si fidi.

Sorrido amabile sperando che basti, poi resto a guardarli mentre confabulano dubbiosi. Non sanno come comportarsi, non devono aver ricevuto direttive in tal senso.

«Se si potesse accelerare...», faccio notare la mia impazienza.

Il tizio più sveglio fa un cenno a entrambi e si allontana, tirando fuori un telefonino. Rimaniamo io e King Kong.

«Non è una splendida giornata?»

«Mmm...», dimostra subito di non essere particolarmente interessato a fare conversazione.

Be', direi che non mi resta che controllare la tenuta dello smalto fin quando non vedo ritornare il suo collega, con una soluzione al nostro momentaneo stallo. Ha appena parlato con la Cox, che gli ha suggerito di farsi lasciare la busta. Penserà lui a portarla dentro.

«Mi dispiace», protesto. «Non posso proprio. Ho l'assoluta urgenza di discutere con la signora. L'impianto fognario cittadino ha subìto gravi danni a seguito di un guasto e questa è una tra le zone a rischio. Data la situazione, mi è stato esplicitamente richiesto di non demandare a terzi. Ne va della sua stessa incolumità!», la butto sul tragico. Il tizio di poco prima storce il muso, ma si allontana ancora in compagnia del suo telefonino e, quando ritorna, per quanto non gradisca l'epilogo, mi fa cenno di entrare.

Non ci credo: ce l'ho fatta! Non pensavo sarebbe stato così facile.

E poi non venite a dirmi che non ho ragione. Il tailleur. Tailleur e chignon aprono qualsiasi porta.

Mentre festeggio, il cancello si apre cigolando su un viale alberato che attraversa un giardino curatissimo. Saluto con aria trionfale i due gorilla e lo imbocco, sperando che la tenuta non sia troppo distante. Ho almeno dieci centimetri di tacco e nessuna pratica di corsa campestre su ciottolato. Per fortuna, però, superato un gruppo di aiuole, intravedo l'ingresso di una villa a tre piani dalla facciata in stile vittoriano. Davanti al portone aperto, trovo una donna sulla settantina dall'espressione arcigna. Mi aspetta sul primo gradino di una modesta rampa di scale con le braccia conserte. Ha i capelli raccolti sulla nuca, un abito austero e un paio di occhi azzurro artico dall'espressione battagliera. Più bassa di me di qualche centimetro, di corporatura robusta ma affatto sovrappeso, segue ogni mio gesto con evidente circospezione. Quando la mia mano tocca la ringhiera, interrompe la mia eventuale avanzata con un'osservazione che mette subito in chiaro che è nel pieno possesso delle sue facoltà mentali.

Tremo per l'avvocato che dovrà interrogarla in tribunale.

«Signorina Watts, non ricordavo che facesse parte del comitato, né che l'attuale regolamentazione sulle notifiche di malfunzionamenti del sistema idrico fosse di competenza di un'associazione nata per esigenze di natura ludica».

«Ehm...».

«Chiarito che non è spinta da nobile altruismo, può spiegarmi cosa accidenti vuole?», chiude con estrema grazia.

Forza e coraggio, Trudy!

«Signora Cox, ha ragione e le chiedo scusa per lo stupido pretesto», ammetto subito. «Temevo che se le avessi accennato da subito le mie intenzioni, non avrebbe voluto più ascoltarmi e questo sarebbe stato davvero un peccato, forse più per lei che per me».

«Davvero sorprendente, signorina Watts: supera le mie

guardie sotto falsa identità, s'intrufola nella mia proprietà scatenando inutili allarmismi e ha la capacità di liquidare il tutto come se avesse fatto tutto ciò solo per impedirmi di nuocermi con le mie stesse mani. Adesso mi dica, si aspetta forse che la ringrazi?», chiede sarcastica.

«Non ce ne sarà bisogno», rispondo con espressione sicura. «Mi bastano solo pochi minuti del suo tempo».

«Signorina, alla mia età si tende a elargire anche pochi istanti con estrema riluttanza. Adesso torni pure da dove è venuta e saluti la Wilbourgh & Trench da parte mia», mi consiglia caldamente, dimostrando di sapere già chi sono e per chi lavoro.

«Aspetti un attimo!», provo a fermarla prima che sparisca dietro la porta, raggiungendola davanti alla soglia. Con le mani trattengo la maniglia, impedendole di chiudere. Lo so, non è molto ortodosso, ma non ho alternative. «Signora Cox, io capisco il suo stato d'animo, ma quello che ho da dirle potrebbe davvero cambiare la vita di molte persone, la sua compresa. Cosa le costa ascoltare la mia proposta? Se non dovesse interessarle, allora può sempre dirmi di no e io le assicuro che da quel momento non la disturberò più!».

«Bene, si risparmi la fatica: NO!». E mi sbatte la porta in faccia.

«Ma...».

Cazzo!

Ok, piano alternativo?

Dal viale sento i passi pesanti delle due guardie. Impiegano meno di un minuto a raggiungermi e meno di tre a buttarmi fuori, ordinandomi di non farmi più vedere nei dintorni.

Direi che come inizio non è stato dei migliori.

Non potendo fare altro, mi rimetto in macchina e me ne torno in ufficio.

Delusa?

No, no... Magari solo un pochino. Però non mi arrendo. Deve esserci un modo per convincerla e, se proprio non dovesse esistere, allora la costringerò alla resa, sfinendola con la mia insistenza.

Animata dai peggiori propositi, torno in banca. Vorrei occuparmi della Cox, ma la trovo assediata dalla RBS. L'immagine che ho al mio ingresso è più o meno quella di un campo di battaglia dove gli unici superstiti cedono la propria dignità davanti al nemico trionfante. A consegnare le chiavi del castello è il signor Ward, da cui mi faccio sostituire quando mi assento per qualche ragione. Se ne sta sconsolato accanto agli sportelli e risponde con tono assente alle mille domande di Richard Marshall, che non si fa alcuno scrupolo a ficcare il naso in affari che non lo riguardano, comportandosi da padrone.

Una vera fortuna che sia passato da un pezzo l'orario di chiusura al pubblico, altrimenti questa sarebbe stata un'esecuzione in pubblica piazza.

«Non ricordavo di aver fissato alcuna riunione per oggi pomeriggio», esordisco, avanzando con atteggiamento risoluto. La mia fermezza sembra suscitare l'attenzione generale molto più del delizioso soprabito che ho messo stamattina, il che è decisamente disdicevole.

Interrompo i farfugliamenti del mio dipendente, pretendendo una risposta diretta dall'intruso.

«Signorina Watts, aspettavo giusto lei».

«Non si direbbe», manifesto apertamente la mia perplessità. Ha appena invaso il mio territorio. Nessuno invade il mio territorio. Mai.

Sorride, ma sento di aver incrinato lievemente la sua sicurezza.

«Nulla di rilevante, non si preoccupi. Stavo solo chiedendo qualche aggiornamento al signor Ward», e gli ripassa un fascicolo, che intercetto prima che arrivi a destinazione, sfogliandolo.

«Signor Marshall, questi non mi sembrano documenti di cui

lei possa richiedere visione», torno a fissarlo con un sopracciglio inarcato.

«Normalmente no, ha ragione», si affretta ad aggiungere. «Ma data la situazione...».

«Cosa mi sono persa?»

«Be', l'acquisizione è cosa fatta. Indiscrezioni da fonti affidabilissime mi hanno confermato che lei ha ricevuto l'approvazione per la chiusura della nostra trattativa. Ormai è solo una questione di giorni... Attendere mi sembrava un'inutile formalità», spiega come se fosse ovvio.

Adesso tutto acquista un senso.

«Bene. Ora, se permette, vorrei iniziare a familiarizzare con l'ambiente. Lei continui pure, non le daremo alcun disturbo. Signor Ward...», continua.

L'altro accorre timoroso, pronto a soddisfarne ogni richiesta.

«Signr Ward, torni pure nel suo ufficio. Non abbiamo più bisogno della sua collaborazione», mi intrometto. Il poverino resta interdetto, alternando lo sguardo tra noi due. «Le ho detto che può andare», ribadisco, sforzandomi di sembrare gentile quando preferirei spaccare cocchi urlando inni bellici.

A quel punto è costretto ad ascoltarmi, sono ancora io la direttrice. Si allontana, ma non sento la porta chiudersi alle mie spalle, il che significa che c'è un orecchio teso poco più in là che non vede l'ora di scoprire come va a finire.

«Signor Marshall», riprendo affabile. «Io non so davvero di che fonti stia parlando, ma le consiglio caldamente di rivalutarne l'affidabilità, perché allo stato attuale la Wilbourgh & Trench non ha ancora deciso se prendere o meno in considerazione la vostra gentilissima proposta. I sei mesi del mio mandato non sono scaduti ed è mio compito tentare il possibile, prima di arrendermi a una cessione della filiale. Per il momento questo ufficio non è in vendita e spero non debba esserlo mai. Ovviamente non posso prevedere il futuro e mi auguro, qualora fosse necessario, di poter considerare la vostra offerta ancora valida, ma fino ad allora la pregherei di farmi visita durante l'orario di apertura al pubblico o, se non è possibile, solo previo appuntamento», scandisco, mentre mi sposto verso il corridoio che porta al mio ufficio. «Gradirei, inoltre, di non dovermi trovare ancora nella condizione di riprendere un mio dipendente per averle permesso di consultare materiale riservato. Cosa che, le ricordo, almeno fino a stamattina era illegale», e il mio tono non cede spazio ad alcuna replica. «Ora, se permette, ho del lavoro da sbrigare. Signorina Hunt, potrebbe accompagnare il signor Marshall alla porta?»

«Subito, signorina Watts», risponde pronta e, con un sorriso a trentadue denti, fa qualche passo verso Richard che però, fuori di sé per l'affronto, si rimette il cappello in testa con un gesto sgraziato e va via brontolando: «Non si preoccupi, posso cavarmela anche da solo!».

Appena si chiude la porta, tutti gli occhi si puntano su di me.

Fremono.

Scalpitano.

A stento trattengono la loro palese agitazione.

Uff... Dovrò dare qualche spiegazione, altrimenti non mi lasceranno mai andare.

«Per il momento non posso assicurarvi nulla, ma potrei aver trovato un modo per sopperire alle scempiaggini commesse dal vostro precedente direttore».

«Questo vuol dire che...», azzarda Curtis.

«Allora...», si accoda Kora.

«Quindi...», sussurra scaramantico Benny.

«Signori!», tuono prima che questa si trasformi nella tifoseria di un campo di calcio. «Siamo in orario lavorativo, pretendo che torniate tutti alle vostre postazioni o dovrò ricorrere a una sanzione amministrativa», concludo con espressione glaciale.

Ammutoliscono.
Iniziano ad annuire convulsamente.
Io mi godo la loro fuga immediata e, finalmente sola, mi concedo un sorrisetto compiaciuto.

Capitolo 25
È tornata Allie

«Io lo trovo adorabile».
«Io lo trovo e lo ammazzo».

«Buongiorno, sono la signorina Watts, posso parlare con la signora Cox?»

«Mi dispiace, la signora Cox non è in casa».

«Ah… Quando posso trovarla?»

«Mai!».

Click.

«Pronto? Pronto? Parlo con la signora Cox?»

«Sì, chi è?»

«Signora Cox, sono Trudy Watts, si ricorda?».

Click.

«Pronto?»

«Buonasera, è l'ufficio recupero crediti, potrei parlare con la signora Cox?»

«Adesso gliela passo».

«Mary Cox, con chi parlo?»

«Buonasera signora Cox, sono Trudy Wa…».

Click.

«Signora Cox?»

«Cos…? Ehm, no entiendo. Signora uscita. Io solo domestica».

«Signora Cox, riconosco la sua voce».

Click.

«Pront...».
Click.

Lo ammetto, inizio a sentirmi sfiduciata. È più di una settimana che provo a parlare con la Cox, ma non vuole in alcun modo rispondermi. Purtroppo non posso mollare, non dopo aver letteralmente cacciato dalla banca Richard Marshall.

No, non è solo questo. La verità è che non voglio ammettere la sconfitta davanti ai dipendenti della Wilbourgh. Molto peggio: non voglio deluderli.

Non mi sto affezionando. Non ho adottato una cucciolata di labrador. No. Però avverto il cambiamento e in parte mi condiziona. Il clima si è fatto disteso, a sprazzi allegro. Hanno smesso di cospirare, di evitarmi accuratamente e nessuno ha più avuto crisi di pianto in bagno. Un po' per questo, un po' perché inizio a sentirmi responsabile delle conseguenze delle mie scelte, fatto sta che adesso risulta difficile mantenere un certo distacco.

Ogni tanto passano a salutarmi, sorridono, cercano di scambiare quattro chiacchiere e io faccio quasi sempre scena muta, combattuta tra l'esigenza di rimanere sulle mie e la preoccupazione di risultare odiosa o semplicemente maleducata. Che poi, quando mai è stato un problema? Bah...

Rimetto a posto alcune cartelline, infilo la borsa ed esco dall'ufficio. Stasera vedo Adam. Purtroppo il suo lavoro è continuo e sfibrante, esattamente come il mio, così abbiamo deciso di far slittare l'orario dell'appuntamento dalla cena al dopo cena. Il comune ha organizzato una serata di cinema all'aperto nel parco. Proietteranno un vecchio classico, vendendo zucchero filato e noccioline in chioschetti sparsi qua e là tra i cespugli. Non è propriamente il mio genere, ma l'ho trovata una piacevole alternativa al classico drink, soprattutto data la carenza di locali nelle vicinanze.

Passo a casa per un cambio veloce. Da quanto mi ha spiegato non ci sono panchine o sedie. Ognuno si porta un plaid da casa e si assiste allo spettacolo standosene rannicchiati tra zanzare e formiche… Ok, direi di scartare il vestitino attillato di raso!

Scavo un po' nell'armadio, alla fine mi arrendo all'inevitabile e scelgo dei jeans chiari (gli unici che possieda), un top blu e un'incrociatina azzurra di cotone. I capelli li lascio mossi sulle spalle e, dovendo sopperire alle carenze di un abbigliamento così casual, metto un ombretto perlato e una passata di gloss rosa chiaro. Tutto sommato non sono così male. No. Direi passabile. Ora, logica vorrebbe che mettessi un paio di comode scarpe da ginnastica, ma questo sarebbe davvero troppo, così infilo un bel paio di décolleté blu scuro e amen.

«Mmm… È ancora presto», valuto, sbirciando l'ora. «Forse ho tempo per un panino veloce», decido all'ultimo minuto, mandando un messaggio ad Adam per avvisarlo di passare a prendermi da Ethan.

Quando arrivo trovo la solita bolgia serale. Chiasso al bancone, chiasso anche ai tavoli, TV sparata a tutto volume sulla partita di turno e briciole di patatine sparse sul pavimento. Non so davvero perché continuo a venirci…

«Buonasera, Trudy cara», mi saluta Allie.

Ma tu guarda chi si rivede!

«Buonasera, Allie cara», ironizzo, senza che lei ne abbia il minimo sospetto. «Dove posso sedermi?»

«Vieni qui. Si è liberato un tavolo accanto al biliardo», e mi accompagna dondolando il suo fondoschiena, a stento coperto da un paio di shorts rossi.

Mi siedo e ordino senza neanche guardare il menu. Non ha senso, prendo sempre le stesse cose. L'unica a non essersene accorta è lei.

Resto da sola per un po' sfogliando una rivista elettronica sul mio tablet in compagnia di una birra chiara, fino a quando non mi poggiano un hamburger fumante davanti agli occhi, accompagnato da purea di patate.

«Oh, graz... Ehm, ciao Ethan, non... Non dovresti essere dietro al bancone?».

Una settimana che lo evito. Lo sappiamo entrambi. Non mi sento in colpa, non mi vergogno per quello che è accaduto, ma appena lo vedo cambio automaticamente direzione.

«Posso sedermi?», e si siede. Allora che accidenti lo chiede a fare?

«Prego», mi abbandono al superfluo.

«Come va?», mi domanda, spingendo davanti a sé un secondo piatto molto simile al mio, se non fosse per le colate di formaggio fuso.

«Mmm... Non un granché», ammetto, iniziando a mangiare. Lui apre il panino e ci spreme dentro quattro bustine di senape. Una cosa disgustosa.

«Ma no... Anche il ketchup no!», protesto, quando scorgo quella misera polpettina di carne alla griglia lanciare l'ultimo SOS prima di affogare in una marea di salse diverse e variopinte.

«Ti fai i cazzi tuoi?». Come sempre è di una gentilezza imbarazzante.

Quello che amo degli scozzesi è la capacità di inserire vezzeggiativi romantici in ogni loro affermazione.

Mi rimetto a mangiare, ma conservo la stessa espressione disgustata di poco prima.

«Problemi con Horace?», riprende a curiosare, azzannando quell'obbrobrio ipercalorico.

«No, non si è fatto più sentire».

«Come mai?», chiede, mentre pulisce dall'angolo della bocca uno spruzzo di senape.

Quanto vorrei farlo al suo posto...

«Trudy?», richiama la mia attenzione.

«Ah... Ehm... Sì, credo di essere riuscita a fargli capire di non essere più interessata a un certo tipo di rapporto», gli racconto, assaggiando la purea con aria colpevole.

Lui non fa commenti. Continua a rovistare tranquillo nel piatto, spostando la sua attenzione sulle patatine fritte. Con quelle si mantiene leggero: le inonda solo di salsa piccante. Ma perché i maschi possono mangiare come pterodattili senza sentirsi male?

«Tu, invece?», cerco di distrarmi.

«Solite cose...».

«Sì, avevo notato».

Inarca un sopracciglio.

«È tornata Allie. Immagino non solo al pub...», accenno con una punta di fastidio nella voce che non riesco proprio a trattenere.

Ethan scrolla le spalle disinteressato e si rimette a ruminare insalata come se nulla fosse, così faccio altrettanto e lo mando interiormente al diavolo. Se vuole stare zitto bene, non chiedo di meglio!

«Come va al lavoro?», prova a fare conversazione, dopo quasi un quarto d'ora di assoluto mutismo. Delle nostre consumazioni è rimasto ben poco. Io ho lasciato quasi tutta la purea, lui inzuppa le ultime patatine negli avanzi di formaggio al centro del piatto. Da notare che non solleva lo sguardo dagli avanzi più o meno da quando gli ho chiesto di Allie.

«Problematico», rispondo incrociando le braccia.

«Come mai?»

«Ti interessa davvero?»

«Se non mi interessasse non te l'avrei chiesto», ed ecco che finalmente alza gli occhi e mi fissa con aria irritata.

«Ok, vuoi la verità?», sbotto. «Sono a un punto morto. Non ho abbastanza tempo per recuperare le perdite accumulate dal signor Bailey, la filiale verrà venduta e molto probabilmente nessuno dei dipendenti riuscirà a conservare il suo posto di lavoro. L'unica possibilità che avevamo per venirne fuori finge di essere morta di overdose da semolino pur di non parlarmi».

«Di chi parli?», mi domanda incuriosito.

«Tanto non la conosci».

«Trudy, non c'è nessuno che non conosca a Turriff».

«Ah... Si chiama Mary Angela Cox. Abita in una tenuta a qualche chilometro dal paese».

«Mary? La vedova di Daniel?»

«Esatto», sbuffo.

«Perché vuoi parlarle?», insiste.

Di norma non dovrei spifferare informazioni riservate in giro, ma arrivati a questo punto posso tranquillamente permettermi un'eccezione alla regola. Dubito che la situazione possa migliorare senza l'intervento divino.

«'Fanculo!», impreco, aggredendo la purea per sedare il nervosismo. «Ma possibile che non abbiate dolci?»

«Mi rispondi?»

«Una cosa inconcepibile. Perfino quella bettola dietro alla stazione ha sempre degli orribili muffin ricoperti di polvere», mi lamento, cercando residui di zucchero tra le incrostazioni dell'intonaco.

«Trudy...», minaccia spazientito.

«Uff...». Crollo sullo schienale della panca. «Cosa vuoi che ti dica ancora? Non vuole vedermi, non vuole sentirmi, non vuole saperne nulla né di me né della Wilbourgh e, detto tra noi, non le do tutti i torti. Quello che la pazza bisbetica dalla testa dura non capisce è che se continua a evitare di affrontare il problema, si ritroverà in una casa di cura per anziani nel giro di un paio di mesi».

«Che ne sai?»

«Guarda che li leggo i giornali», mi inalbero. «Con tutte le assurde spese fatte in questi ultimi mesi rischia di perdere la causa, soprattutto perché continua a non voler spiegare il motivo di quello stupido matrimonio. Io le ho parlato, Ethan, quella donna sta benissimo. Sono sicura che ci sia sotto un motivo ben diverso da quello suggerito dai giornali. Non mi sembra proprio una in cerca di toy boy».

«La situazione è molto più complessa di quanto immagini», si rabbuia.

«La conosci?», sbarro gli occhi.

«Non molto. Solo quello che mi ha detto lei, ma non ama parlare della sua vita».

«Ma tu e lei vi frequentate?», poi mi correggo, «nel senso, vi conoscete bene?»

«Non così bene. Ogni tanto vado a darle una mano con il giardino. Altre volte l'aiuto a riparare qualcosa che non funziona più. È sempre stata gentile con la mia famiglia, mi fa piacere. I figli non vanno mai a trovarla. I nipoti neppure. È molto sola», mi confida, rigirando una bustina di sale tra le dita.

«Be', qualunque sia il problema, prima o poi, che lo voglia o no, dovrà affrontarlo».

«E tu vorresti aiutarla?», reagisce incredulo.

«In realtà no, ma quello che ho in mente le risparmierebbe una causa quinquennale dall'esito incerto».

«E allora perché non vuole saperne?»

«Perché è terribilmente diffidente e, non sapendo a chi può credere, preferisce evitare tutti».

Sorride.

«Che c'è?», gli domando aggrottando le sopracciglia.

«No, nulla. Mi ricorda terribilmente qualcuno che conosco». E mi schiocca un bacino sulla punta del naso, avvicinandosi di soppiatto.

«Ah... Ah... Ah...», simulo una risata a scoppio ritardato. «Dimenticavo la tua innata vena comica».

«Senti», si fa serio, «io non lo so cosa hai in mente, ma se puoi davvero aiutare tutta quella gente... In genere non esce mai, ma la mattina alle cinque va quasi sempre dal marito.

È stato sepolto nel cimitero comunale di Turriff, anche se la famiglia era di origini tedesche. Probabilmente non servirà a nulla, ma almeno riuscirai ad avvicinarla. Va' sempre da sola. Almeno non rischi di essere allontanata da Alfred e Rick».

«Ethan, non so davvero cosa dire. Io...», inizio a farfugliare.

«Grazie. Si dice "grazie". Lo so che per te è dannatamente difficile, ma con un po' di esercizio...». Comprensivo, mi prende una mano tra le sue. Non sembra più così nervoso come prima, no. Non riesce proprio a tenere il muso ed è una malattia contagiosissima, perché scoppio a ridere anch'io.

«Santo cielo, Trudy, stai socializzando?», mi prende in giro. «Sicura di sentirti bene? Vuoi che chiami l'ambulanza?»

«Stupido!».

«*Roar*... Lo sai che mi eccito quando mi insulti», continua a scherzare, beccandosi un tovagliolo accartocciato in pieno viso.

«Se non la smetti subito inizio a risponderti e sai meglio di me quanto poco ti convenga».

«Ma no, non trattenerti. Sono proprio curioso di sentire cosa hai da dire!».

«Io...», provo a ribattere, ma in quel momento arriva Adam e la conversazione subisce un brusco arresto.

«Scusami, sono terribilmente in ritardo», si giustifica, avvicinandosi per potermi salutare con un bacio.

Credo abbia deciso di saltare un paio di passaggi. Non avremmo dovuto arrivare al momento "intimità" solo dopo essere giunti davanti al portone di casa mia?

«Ethan!». E saluta anche lui, che fatica notevolmente a rispondere. «Come va? Non mi aspettavo di trovare anche te. È qui che lavori o sei passato per mangiare qualcosa?».

Ethan continua a non rispondere. Lo sta letteralmente incenerendo con lo sguardo.

«Ethan caro, ti chiamano al bancone», ci raggiunge Allie, che dimostra un incredibile tempismo.

«Vengo», bofonchia, prima di alzarsi. «Vuoi qualcosa?», gli domanda, sforzandosi di mantenere un briciolo di civiltà.

«No, grazie. Io e Trudy andiamo, altrimenti perderemo il film».

«Allora sarà meglio che vi affrettiate», gli suggerisce, passandogli accanto senza smettere di fissarlo come se si trovasse davanti a una piccola pulce fastidiosa.

«Ethan, aspetta... Devo pagare», mi ricordo in ritardo.

«Faccio io», propone Adam, sfilando il portafogli.

«Non ce n'è bisogno, offre la casa», zittisce entrambi Ethan e sparisce dietro al bancone.

Non ho neanche il tempo di salutarlo.

«Andiamo?», propone Adam con premura.

Annuisco e lo seguo verso la porta.

«Oh, Trudy cara, già vai via?». Mi raggiunge Allie.

«Ehm... Sì, abbiamo deciso di vedere un film al parco».

«Che carini!», trilla, stordendoci con i suoi acuti. «È così romantico... E poi, con tutti quegli alberi, non dovrete star sempre lì a preoccuparvi che vi veda qualcuno», se ne esce con infinito candore.

CRASH!

«O santo cielo!», urla, voltandosi verso il bancone. «Ethan, ma come hai fatto a far cadere tutti quei bicchieri?».

Capitolo 26
Triste, ma imprescindibile realtà

«Mi sta forse pedinando?»
«Assolutamente no! Sono venuta a trovare mio nonno Bernard».
«Lì c'è scritto Walter».
«Esatto, mio nonno Walter, detto Bernard».

Ma dico io, proprio alle cinque del mattino doveva venire a trovare il marito?

Sono a pezzi. Non riesco a tenere le palpebre aperte. Guido alla cieca con il naso infilato nel volante e un rivolo di bava che mi cola sulla guancia.

Raggiungo il cimitero cittadino da viva solo perché non incrocio curve e l'unico a farmi compagnia è il moscerino che ho spiaccicato sul parabrezza.

Quando trovo un angolino dove lasciare l'auto, scendo e chiedo all'usciere di indicarmi la tomba di Daniel Cox. Impiego un po' per individuarla e, come aveva predetto Ethan, la trovo lì, la mia tortura giornaliera, che sistema un mazzo di garofani rossi in un vaso verde bottiglia. Mi avvicino soffiando rumorosamente il naso in un fazzoletto. Non so se sia colpa dell'umidità o di tutti quei fiori lasciati lì a seminare pollini, ma ho perso l'uso del setto nasale. Il casino che faccio rimbomba in quel silenzio sacrale un po' come un tuono in piena notte, ma lei non sembra minimamente disturbata dal baccano. Continua le sue operazioni con una precisione maniacale: pulisce attentamente il bordo del contenitore, taglia i gambi affinché siano tutti della stessa lunghezza, spolvera la foto del marito defunto e raccoglie ogni scarto con attenzione, sistemandoli in una busta di plastica accovacciata sull'erba.

«Signora Cox», la saluto timidamente, infilando le mani in un paio di pantaloni neri.

«Signorina Watts», ricambia senza sollevare lo sguardo da terra. Deve aver riconosciuto la mia voce.

Strano, mi aspettavo che sarebbe scappata urlando, invece sembra solo annoiata.

«Viene qui tutti i giorni?», le domando, guardandomi intorno.

«Quando il tempo lo consente».

«Perché?», provo prendendola larga.

«Perché questo era mio marito, signorina Watts, ma dubito che lei possa capire», conclude scettica. «La vostra generazione si pasce nella totale assenza di morale o etica».

La osservo raccogliere resti di foglie qualche passo indietro per non disturbarla, ma sembra affaticata dalla posizione, così mi chino per aiutarla.

«Lasci, faccio io», propongo, prendendole la busta di mano. Lei si fa da parte e pulisce le mani battendole tra loro. Quando le restituisco la busta ormai colma, non sapendo dove voglia buttarla, mi concede il primo sguardo.

«Bene, la ringrazio signorina Watts. Buona giornata».

«Signora Cox, aspetti un attimo, vorrei darle una cosa», le comunico prima che vada via. Certa di aver catturato la sua attenzione, sfilo un plico dalla borsa e glielo passo, sperando che lo accetti. A differenza di quanto immaginassi, non me lo lancia dietro. Potrebbe essere considerato un piccolo successo, se solo lo prendesse. Il punto è che non fa assolutamente nulla. Non muove un muscolo, ma lo guarda da lontano come se le stessi mostrando un insetto peloso o uno di quei lombrichi viscidi coperti di bava. Ora, perché mi sia venuto proprio questo esempio in mente, viste le scarse conoscenze che ho del prodotto, solo Dio può saperlo. «Signora Cox, la prego, gli dia un'occhiata», passo alle suppliche. «Lo so che non ne può più di questa storia, ma un giorno dovrà decidersi e farsi seguire da un bravo consulente e dubito fortemente che qualcuno sia disposto a offrirle condizioni così ragionevoli».

«Questo non dimostra affatto le sue buone intenzioni, signorina Watts, ma solo la sua disperazione», acida.

«Può darsi, ma perché non approfittarne?», cambio tattica.

«Perché, a differenza sua, io ho dei principi. Ora, se permette...», ma non le consento di allontanarsi, cercando il suo gomito con una mano. «Cosa fa?», s'inalbera subito, per quanto il mio gesto sia stato così delicato da risultare quasi vano. «Mi tolga subito le mani di dosso!».

«Signora Cox, sia ragionevole...», provo per l'ennesima volta.

«Ragionevole? Ragionevole?», inizia a infuriarsi. «Lei sarebbe ragionevole al mio posto, signorina Watts? Lei riuscirebbe davvero a tollerare il continuo intromettersi di estranei nella sua vita? La totale assenza di decoro di gentaglia che, per pochi spiccioli, è disposta a rovinare l'onore di una famiglia pubblicando oscenità del tutto infondate? Lei...». Si avvicina altera. «Lei accetterebbe di doversi nascondere persino quando vuol far visita ai resti di suo marito, pur di non venire assalita da venditori ambulanti incapaci di comprendere quando sia il caso di smetterla?»

«No, io non credo che riuscirei a reggere uno stress simile, eppure...».

«Eppure basta! Sono stanca. Stufa. Sparisca immediatamente. Lei è solo una mentecatta, esattamente come tutti gli altri che prima di lei hanno provato a rifilarmi i loro ignobili raggiri!».

Eh no! A tutto c'è un limite e io sono Scorpione ascendente Leone e vi assicuro che ho soglie di tolleranza molto, ma molto, molto basse.

«Adesso direi che stiamo davvero esagerando. Lei non può permettersi di insultarmi in questo modo. Non glielo consento».

«Molto meglio, allora se ne vada!».

«Come vuole, ha vinto!», sbotto allargando le braccia. «Ma sappia che presto la trascineranno in tribunale con il beneplacito della sua famiglia, che non vede l'ora di mettere le mani sui suoi soldi. L'unico modo che aveva di evitare di finire sulle prime pagine di tutti i giornali della nazione era quello di trovare qualcuno che l'aiutasse a sviluppare un buon piano di investimenti del suo patrimonio personale, ma a quanto pare preferisce diventare la marionetta dei media, piuttosto di ammettere di aver fatto una sciocchezza nascondendo la testa sotto la sabbia».

«E mi faccia capire», si avvicina rossa in volto. «Lei sarebbe l'unica a potermi salvare dal disonore?»

«No, non sono affatto l'unica, ma io, a differenza di tutti gli altri, non ho alcun secondo fine e sono disposta a scendere a compromessi perché il mio unico scopo è quello di salvare il posto a sei impiegati. Persone che lei probabilmente conosce da una vita e che senza il suo intervento tra un paio di mesi si ritroveranno in mezzo a una strada», le urlo contro, lasciandola interdetta. Quando mi accorgo di aver esagerato riprendo fiato, modero i toni e, con un filo di voce, le mormoro: «Mi creda, Mary, a me la cosa è del tutto indifferente perché, qualsiasi cosa accada, io tra due mesi me ne tornerò comunque a Londra e Turriff diventerà uno dei tanti ricordi a cui cercherò di non pensare». Lascio il plico sulla tomba del marito e la guardo un'ultima volta. Sembra colpita. Ferita nell'orgoglio. Eppure non ribatte. Resta altera a osservarmi, in quel suo completino verde mela che sa d'altri tempi.

«Gli dia uno sguardo, signora Cox. Non le sto chiedendo di dirmi di sì, ma gli dia uno sguardo. Non butti la sua vita in pasto agli avvoltoi solo per una questione d'orgoglio. Con me non ha niente da dimostrare. Serviamo l'una all'altra. Lo vede? Non c'è alcuna menzogna. Solo la triste, ma imprescindibile realtà».

E non l'ho più sentita.

Da quel giorno al cimitero è tornata a eclissarsi nella sua tenuta, protetta da un numero sempre crescente di guardie.

Il boom mediatico, com'era prevedibile, è scoppiato e ora produce a pieno regime scoop vergognosi. La macchina, una volta avviata, non è più soggetta ad alcun controllo. Bisogna solo aspettare che abbia esaurito ogni risorsa e che si plachi, svanendo naturalmente. Non risparmia nessuno: se all'inizio solo Mary veniva assediata dalla stampa, adesso non c'è membro o conoscente dei Cox che non abbia trovato il suo angolino in un rotocalco, in un settimanale, anche di quelli più scalcinati.

Osservo dispiaciuta l'ennesimo attacco perpetuato ai danni dell'anziana ereditiera dalla mia scrivania, sbattendo con gesto nervoso un quotidiano tra le mille scartoffie che affollano il ripiano. Mi metto a ragionare, perdendomi con lo sguardo oltre i vetri opachi delle finestre. Sovrappensiero, sussulto quando la porta si apre su Catherine, che in punta di piedi avanza di qualche passo chiedendomi se sia libera.

«Dimmi pure».

«Ci sarebbe una visita per lei. Posso far entrare?».

Controllo l'ora: le quattro. Non aspettavo nessuno a quest'ora.

«Di chi si tratta?»

«Di me...». E nella stanza entra proprio lei, Mary Angela Cox, stringendo il manico di una borsetta lucida tra le dita.

Indossa un completino giallo canarino, un cappellino coordinato e s'intuisce subito quanto si senta profondamente a disagio.

«Catherine, puoi andare. Signora Cox, prego, si accomodi», la invito, indicandole una sedia. «Posso offrirle qualcosa?»

«Non ce ne sarà bisogno. La mia non è una visita di cortesia», chiarisce da subito.

Catherine va via e restiamo sole. Ciò sembra metterla in parte a suo agio, perché decide di venirsi a sedere, accogliendo la mia proposta.

Non so neanche io da dove iniziare, ma prende immediatamente la parola, togliendomi dall'impiccio.

«Verrò subito al sodo. Intendo prendere in considerazione la sua proposta».

Oddio...

«Ottimo», le rispondo, sforzandomi di restarmene buona buona al mio posto, come se la cosa non mi interessasse.

«Ma pretendo di poter verificare personalmente qualsiasi tipo di investimento vogliate effettuare con i miei soldi. Non intendo sovvenzionare attività in netto contrasto con i miei principi morali».

«Per me va bene», garantisco. «Se vuole, potremmo vederci domani e preparare insieme un contratto, stilando una lista di società in cui sarebbe disposta a impiegare i suoi fondi, che ne dice?».

Tentenna, ma poco dopo mi ritrovo a scrivere sull'agenda: ore dieci, appuntamento con la strega.

Signori e signore, ce l'ho appena fatta!

Mary se ne va poco dopo, io mando un'email a Rupert, poi prendo il telefonino e chiamo Adam. Ieri è stato davvero carino. Ho passato una serata splendida. La cena, la passeggiata al chiaro di luna, la conversazione sempre brillante, allegra. Non sono innamorata, non potrei mai esserlo dopo quello che mi è successo, ma adesso non è di questo che ho bisogno. Ho solo voglia di distrarmi un po' e non avrei potuto trovare compagnia migliore perché, a differenza di altri di cui non voglio neanche fare il nome, con Adam condivido mille interessi, obiettivi, stile di vita. Siamo in completa sintonia. Ascoltiamo la stessa musica, leggiamo gli stessi libri. Oddio, magari non proprio tutti i generi. Alcuni, ecco... Ma questo è un dettaglio irrilevante!

Cosa stavo dicendo?
Ah! Già, Adam…
«Pronto?», mi risponde dall'altro lato della cornetta.
«Sei libero stasera?», vado dritta al punto.
«Pensa che stavo per chiamarti e chiederti la stessa cosa».
«Alle otto?»
«Passo a prenderti a casa».
«Ok…».
«Trudy?»
«Dimmi».
«Che possibilità ci sono che indossi qualcosa di terribilmente sexy?»
«Notevoli».
«A dopo».

Capitolo 27
Non è come credi

«No, adesso fammi capire, perché gli hai detto che ho cambiato sesso e vivo in Australia con un ballerino cubano?»
«Deve essere stato un lapsus».

«Buongiorno!»

«Ah... Ehm... Buon... Buongiorno».

Credo che non mi abituerò mai.

Ti passano accanto, magari ti hanno visto una volta in un bar oppure erano in fila dietro di te alle poste, e si sentono in dovere di salutarti, mentre tu dall'altro lato non hai la più pallida idea di chi siano e stai lì a torturarti cercando di ricordare, chiedendoti se sia poi così normale soffrire di demenza senile a ventotto anni.

No. Non mi abituerò mai, ma oggi ho un buon motivo per sorvolare sulla mia intolleranza alle cortesie di vicinato, così supero il cancelletto di casa ricambiando quel saluto al meglio delle mie possibilità: un sorrisetto striminzito, gesti goffi e fuga immediata nel viale.

Ho fatto un po' tardi rispetto al previsto, ma per fortuna non sono la sola. Non vedo la macchina di Adam, ciò mi dà una quindicina di minuti per prepararmi. Passo accanto alla porta di Ethan e giro intorno alla villa per raggiungere, come ogni sera, il mio appartamento. A differenza delle altre sere, però, lo trovo accanto alle scale, che cerca di sistemare la ringhiera armato di martello e chiodini.

«Si è rotta?», gli domando avvicinandomi.

«Ho portato su il televisore. Devo averla urtata inavvertitamente», mi risponde senza guardarmi.

«L'hanno aggiustato?»

«Sì, te l'ho sistemato in salotto, ma puoi spostarlo senza problemi: non pesa granché».

Non mi fido. Per Ethan qualsiasi cosa "non pesa granché".

«Ok», rispondo per non ammettere così spudoratamente i miei limiti e mi avvio per le scale, lasciandolo al suo lavoro.

A che ora sarò arrivata? Le otto? Otto e venti? Be', alle dieci sono pronta da più di un'ora e di Adam neanche l'ombra. Non voglio sembrare insistente, ma è un ritardo sufficiente a garantirmi il diritto di una telefonatina riepilogativa: ciao, sono io, ti ricordi? Quella che ti aspetta con un vestitino di seta e mutandine "pronto strappo" sul divano. Che fine hai fatto?

Compongo il numero e aspetto che finalmente mi risponda, ma nulla. Partono gli squilli, ma vanno a vuoto.

Che sia successo qualcosa?

Nel dubbio, scendo sperando di trovare Ethan. Il martedì non va mai al pub, ma da un po' sono ripresi i rendez-vous notturni con Cosce di pollo e Biscottino, quindi potrebbe essere occupato o, in alternativa, momentaneamente irreperibile.

Busso con convinzione e, per mia fortuna, viene ad aprire velocemente. Ha ancora addosso i jeans logori di prima e la maglietta a mezze maniche dei Led Zeppelin, ma non indossa più le scarpe. Forse stava andando a fare una doccia.

«Disturbo?», chiedo titubante.

«Non ancora, dimmi», risponde sul freddino andante.

«Senti, non è che hai visto Adam? Dovevamo uscire insieme, ma non è più passato e non riesco a rintracciarlo. Magari è venuto, non mi ha trovato ed è andato via», ipotizzo.

«Adam? Ah... Sì», scrolla il capo. «L'ho incrociato per caso quando sono tornato».

«Oh... E non ti ha detto nulla?»

«Credo abbia accennato qualcosa su un impegno urgente, ma avevo altro da fare e non gli ho dato retta».

Non sembra intenzionato a continuare la nostra conversazione: incrocia le braccia con atteggiamento ostile e se ne torna dentro, urlando: «Chiudi la porta!».

Non penserà davvero di cavarsela così?

Lo seguo in salotto con i nervi a fior di pelle, dimenticando per un attimo le buone maniere e, quando riesco a placcarlo tra il corridoio e il bagno, gli intimo di restare esattamente dov'è.

«Trudy, devo darmi una ripulita. A meno che tu non voglia essere trascinata sotto la doccia, spostati». Accompagna la minaccia poggiando entrambe le mani sul muro e mi intrappola tra lui e la parete con gli occhi sgranati e la netta sensazione che stia per metterla in pratica.

«Se pensi che questi modi da bullo mi facciano cadere tra le tue braccia, sei completamente fuori strada», reagisco con le ginocchia ridotte a una purea di patate.

Sbuffa contrariato, ma si allontana.

«Allora, te ne vai?».

Come si arrende in fretta!

«Mi dici che diavolo hai? Si può sapere cosa ti ho fatto?».

Non risponde.

«Guarda, neanche io fremo dalla voglia di discutere con te. Vorrei solo capire cosa è successo. Che genere d'impegno? Ha forse detto che sarebbe ripassato?», provo a domandare. «Insomma, ti avrà pur lasciato un messaggio per me!», reagisco esasperata dal suo totale disinteresse.

«Non ha lasciato alcun messaggio. Ha solo detto di avere da fare, poi è andato via. Immagino volesse annullare l'appuntamento».

«E perché non me l'hai detto quando mi hai visto?»

«Deve essermi passato di mente».

«Ti è passato di mente?», ripeto, sempre più alterata.

«Trudy, non sono il tuo assistente personale. La prossima volta usate il telefono!».

«Ok, scusa... Hai ragione». Non posso dargli torto. Non è un suo problema e Adam avrebbe fatto bene a chiamare. «Me ne torno su. Magari riesco a rintracciarlo», bofonchio, lasciando il corridoio. «Certo che... Che cavolo, almeno una telefonata poteva farla quell'altro!», brontolo, raggiungendo l'ingresso.

Non mi segue, non mi saluta, io nemmeno. Chiudo la porta e vado via, ripercorrendo il viale. Quando torno nel mio salotto riprendo il telefono e provo per l'ennesima e ultima volta a rintracciare il mio inafferrabile accompagnatore, che risponde con voce visibilmente alterata dall'imbarazzo.

«Adam, scusa», esordisco, «ma non ti è venuto in mente di avvisarmi? Mi spieghi perché devo scoprire da Ethan che il nostro appuntamento è saltato?»

«In realtà avevo pensato di lasciarti un messaggio in segreteria, ma non... Non l'hai lasciata accesa e...».

«Ma si tratta di lavoro? Non... Non è che magari sei a una cena o qualcosa di simile e non puoi parlare?», mi viene il dubbio.

«Sì, cioè, una mezza cosa...».

«Adam, tutto bene?».

C'è qualcosa che non va. Non so davvero spiegarmi cosa, ma la sua evasività non mi convince.

Restiamo entrambi in silenzio per un paio di minuti, poi l'imbarazzo si trasforma in reticenza e la reticenza in maleducazione e per poco non mi attacca il telefono in faccia, pescando scuse improbabili. Ci manca solo che si metta a gracchiare con la bocca, fingendo di non avere campo.

«Guarda, ora devo proprio andare. Mi... Mi dispiace, ma...».

«Ok, non fa nulla. Se hai da fare non è un problema».

«Comunque ci sentiamo, ok?»

«Quando vuoi. Il mio numero lo sai».

«Purtroppo in questo periodo sarò un po' impegnato, ma appena mi libero...».

Odio quando insultano la mia intelligenza. Se si fosse limitato ad attaccare gliel'avrei perdonata, ma così lede indiscriminatamente la mia dignità e non posso più non intervenire.

«Ok, Adam, cosa è successo? Hai un'età per certe cose e, ti assicuro, non mi strapperò i capelli se mi dai buca. Come te e meglio di te ce ne sono migliaia, come me ne dubito, ma conto sulle tue politiche di adattamento alla fauna locale. Sentiti pure libero di esprimerti senza temere eventuali ripercussioni».

«Trudy, tu mi piaci davvero, ma... Io non credo di essere pronto per un rapporto di questo tipo. Dovevamo semplicemente divertirci un po', tutto qui. Il lavoro mi prende molto, non ho proprio il tempo per una relazione seria».

«Adam, chi ha mai parlato di relazioni serie?»

«Ma lo sai certe cose come vanno a finire. Nelle tue condizioni, poi...».

«Condizioni?», sbianco. «Quali condizioni?»

«Il bambino, il divorzio. Io lo so che non deve essere facile e non pensare che ce l'abbia con te. Capisco che tu abbia preferito non dirmi nulla».

«Adam, io non so di cosa tu stia parlando!».

«Senti, hai detto che volevi la verità. Be', sono stato sincero. Ora però cerchiamo di non farne una questione di stato. Sono sicuro che riuscirai a rifarti una vita. Te lo auguro davvero di cuore. Sei una donna in gamba».

«Che nobiltà d'animo! Sono davvero commossa».

Potrei spiegargli ogni cosa, ma il fatto è che in questo momento non me ne frega assolutamente nulla. L'unica cosa a cui riesco a pensare è quel farabutto, doppiogiochista, bugiardo, immaturo che abita al piano di sotto. Chiudo senza neanche ascoltare cosa blatera Adam dall'altro lato della cornetta e inizio a camminare rabbiosa, valutando le alternative che mi offre l'armamentario a disposizione in cucina.

Coltello da pane seghettato? No... Odio il sangue.

Frullatore? Troppo horror B-movie.

Mmm... Ricettario di cucina cinese? Insufficiente. Apriscatole, cavatappi, vasetto di marmellata? Insomma, ci sarà pur qualcosa che posso scagliargli contro, certa di mandarlo in ospedale per i prossimi due o tre mesi?

«Aaah! Per questa volta mi accontenterò delle mani», e con questa ultima considerazione sbatto la porta di casa e mi dirigo con passo marziale dal mio invadente coinquilino, pronta a fargli passare il più orribile quarto d'ora della sua malaugurata esistenza.

Busso.

Ribusso.

Non provarci, cocco!

Busso ancora e mi apre.

«Biscottino, c'è una donna alla porta», miagola una rossa chilometrica dalla circonferenza toracica imbarazzante e l'espressione vacua, inesistente, perfettamente abbinata alle due labbra rosso rubino che si protendono verso di me in un broncetto infastidito.

Biscottino... Ehm, volevo dire Ethan, arriva poco dopo. Sbircio in salotto e lo vedo arrancare in prossimità del divano con solo un paio di jeans addosso, tra l'altro neanche chiusi. Fatica un po' a ricomporsi. Sembra stravolto. Non deve essere stato facile cercare di staccarle il reggiseno di dosso, considero con un'occhiatina al décolleté della simpatica ragazza che mi osserva in mutandine di pizzo e camicia da uomo.

A questo punto, un'altra persona rimanderebbe il problema di uno o due giorni, ma dato che in questo momento sono tutto fuorché ragionevole, decido per un approccio meno riservato.

«Tu... Tu sei uno stronzo!», inizio a bisbigliare, cambiando immediatamente espressione. Spingo via la ragazza ed entro, raggiungendolo con passi rapidi ed espressione torva. «Tu sei un grandissimo stronzo!», urlo. «Chi è quella?». E gli indico la tizia ancora all'ingresso. «Ti ho chiesto di dirmi chi è quella!», alzo ancora di più il tono di voce.

Lui sgrana gli occhi, incapace di reagire, poi mi chiede stralunato: «Trudy, che stai dicendo?»

«Io? Io? Cosa sto dicendo io?», proseguo, gesticolando indemoniata. «Mi avevi giurato che non sarebbe più successo e invece basta andarmene per un paio di giorni e ti ritrovo con un'altra nel nostro salone».

«Ethan... Di cosa parla?», chiede con candore l'angelo alle mie spalle. «Che succede?»

«Non sta succedendo proprio nulla!», sentenzia lui livido, ma prima che possa aggiungere altro riprendo la sceneggiata, incurante dei suoi sguardi intimidatori.

«Tu dici? A me non pare proprio! Allora, chi è questa volta? A che numero siamo questa settimana? Non ti bastava la ragazza che ti aiuta al pub?»

«Hai avuto una storia con Allie?», la sento gridare, poco prima di ritrovarmela accanto pronta a saltargli alla giugulare.

«Io non...».

«Con Allie, con Barbara, con Margaret, con Terry», invento. «E come si chiamava la tipa del cane?», mi scosto, per tornare verso di lei con le mani abbandonate lungo i fianchi e l'espressione rassegnata. «Purtroppo ho difficoltà a ricordare tutti i nomi», mi giustifico.

«Lo sapevo! Lo sapevo! Ecco perché non volevi che venissi a trovarti al lavoro».

«Caroline, aspetta...». Ma è troppo tardi. Biscottino non sembra voler sentire ragioni.

«Aspettare? Sono mesi che ti aspetto. Mesi che spero che tu decida di fare sul serio. Mesi che ti permetto di trattarmi come uno zerbino».

«Che ignobile doppiogiochista!», mi aggiungo per spirito di solidarietà, dondolando il capo disgustata.

«Caroline, non è come credi. Dammi solo il tempo di...».

«E mentre io aspettavo, tu te la facevi con quella troia di Allie!». E *sbam*, gli rifila uno di quei manrovesci che neanche nei film di Jackie Chan avevo mai visto.

Porca miseria! Deve essersi fatto parecchio male...

Colpito e affondato il bersaglio, lei gira i tacchi e se ne va verso la porta, destinazione ignota. Dubito che riuscirà a riportarla in camera da letto. Non senza aver prima nebulizzato Valium nell'aria.

«Trudy, giuro che ti ammazzo!», mi minaccia, correndole dietro. La insegue in giardino e lì la discussione riprende. L'inizio me lo perdo, quando arrivo sono praticamente all'epilogo. Lei, in lacrime, continua a colpirlo dove capita, lui cerca di tenerla buona senza riuscirci. Non sapendo più come toglierselo di torno, gli assesta un calcio nello stinco, costringendolo a una ritirata momentanea.

Un vero spettacolo...

«Sei una persona orribile... Orribile», lo accusa, devastata dal dolore.

Che scena straziante.

«Non voglio più vederti, Ethan. Non chiamarmi mai più!».

E se ne va.

Faccio qualche passo verso il cancelletto, guardandola raggiungere una macchina grigio metallizzato e mi sfugge un sospiro.

Detesto i finali strappalacrime.

«Un vero peccato. Mi piaceva quella ragazza...», commento a mezza bocca.

Ethan, lì accanto a me, lascia andare la gamba dolorante e si rialza, troneggiando sulla mia esile figura con gli occhi che lanciano saette infuocate.

«Posso sapere cosa diamine ti è saltato in mente?», rauco, tetro, affatto incoraggiante.

«Di' un po'...». Incrocio le braccia. «È possibile che Adam ti abbia sentito dire che ho figli e marito a carico?».

Capisce l'antifona e si ridimensiona notevolmente.

«Potrebbe essermi scappato qualcosa del genere», ammette.

«E posso conoscerne la ragione?», indago, restando impassibile.

Sorride.

«Ma non eri stata tu a raccontarmelo?»

«No, Ethan, non credo proprio!».

«*Ops*... Allora devo essermi confuso con qualcun'altra. Non è un problema, vero?».

Mi pianta in giardino.

Torna a casa.

Da quel giorno il "ciao" mattutino si è trasformato prima in grugnito, poi in "vado di fretta", poi nel silenzio e infine ieri gli ho augurato educatamente di precipitare in un tombino.

Capitolo 28
Le lande desolate del Tartaro

«Che ne dice?»
«No».
«Sicura?»
«No».
«Sicura, sicura?»
«No».
«Neanche se aggiungiamo un pasticcino al cioccolato?»
«NO».
«Sapevo che ci avrebbe ripensato!».

Ok, facciamo un breve riepilogo.

Non ho più un fidanzato, non ho più uno straccio di ragazzo con cui uscire la sera, non ho ancora riavuto il mio lavoro e continuo a vivere a Turriff, in attesa della scadenza del mio contratto.

Dimenticato niente?

Ah, già... Discuto da quasi otto ore con la più bisbetica, insopportabile rompiscatole d'Europa!

«Posso sapere cosa non va adesso?», le chiedo esasperata, lanciando in aria l'ultima bozza del nostro accordo.

Siamo sedute nel suo soggiorno davanti a tè e pasticcini, a guardarci in cagnesco sperando nell'immediato decesso reciproco.

«Non penserà davvero che possa mettermi a commerciare prodotti per la casa come una qualsiasi venditrice porta a porta?»

«Signora Cox, forse le sfugge che lei non avrà nulla a che vedere con le aziende di cui stiamo parlando. Ci limiteremo ad acquistare azioni di grossi gruppi societari, cercando di ricavarne degli utili sfruttando le oscillazioni dei prezzi di mercato. Oggi avrà il 10% della Smooth, domani potrebbe sostituirlo con il 25 della Maloon S.p.a.», provo a spiegarle.

«Smooth, lo smacchiatutto non è sufficientemente decoroso, non data la mia posizione!», vanifica ogni mio tentativo senza alcuna remora.

«Signora Cox, abbiamo già escluso tutte le società che si occupano di prodotti nocivi per l'ambiente, tutte quelle che offendono il pubblico decoro. Abbiamo depennato letami, concimi, produzioni agricole, allevamenti. Mi spiega cosa resta?»

«Non scarterei il settore artistico...».

«Aspetti, non avevamo deciso che discografia e cinematografia sono armi di Satana?»

«Arte, signorina Watts, non intrattenimento: scultura, pittura, letteratura, ha presente?»

«Ok, d'accordo, ma considerando la crisi del settore editoriale, mi spiega dove la trovo io una società per azioni che smerci sculture possibilmente vestite e che non alludano alla riproduzione in alcun modo?», le chiedo con uno strilletto isterico. «Ora», riprendo respirando profondamente, «cerchiamo di essere razionali: il nostro scopo è solo quello di non finire in bancarotta e di evitare un'inutile causa con i suoi tre figli. Che ne dice di essere un po' più elastica?».

Inarca un sopracciglio.

«Signora Cox, è la quarta bozza che cestiniamo. Se continua così, non ne usciremo mai!».

«Credo che dovremmo prenderci una piccola pausa di riflessione».

Sbatto la fronte sul tavolo in un momento di totale sconforto.

«Vado a preparare dell'altro tè?»

«No, credo di essere a posto così», riemergo dalla contemplazione dei sottobicchieri ricamati. «A questo punto me ne torno a casa, non mi sembra che sia disposta a collaborare e ho appena esaurito la mia dose giornaliera di pazienza. Se cambiasse idea, saprebbe dove trovarmi», le ricordo. «Se ciò non dovesse accadere, allora dimentichi il mio nome, il mio numero di telefono, la mia esistenza», e le tendo la mano, sperando di filarmela il prima possibile.

Lei non sembra gradire i miei modi, ma soprattutto la mia sincerità. In preda alla collera, serra la mascella e sprofonda nel più dispotico dei mutismi.

Posso dirla tutta? La cosa mi lascia indifferente!

Non so più da che verso prenderla. È da stamattina che provo ad accontentarla in ogni modo, ma non c'è proposta che le vada bene, atto di sottomissione che plachi la sua sete di vendetta verso il genere umano tutto. Continuasse pure a inveire, io non resterò qui ad ascoltarla un secondo di più.

Senza attendere ulteriormente un saluto che, sono già certa, non arriverà mai, ritiro la mano e mi avvio da sola verso la porta. Quando finalmente si rende conto che le mie non sono sterili minacce, solo allora si decide a reagire.

«Come osa andarsene senza che io l'abbia congedata?», si alza indispettita. «Si rende conto di essere di una maleducazione inaudita?», mi sbraita dietro.

«Sì», confermo, voltandomi verso di lei con le braccia aperte. «Sì», ripeto esausta. «Immagino proprio di sì, ma non me ne frega un accidenti! Ho buttato l'intera giornata, cercando una soluzione alle sue milleuno fissazioni e senza arrivare ad alcun risultato e sa perché?»

«Certo, perché non è assolutamente in grado di fare il suo lavoro».

«No! Io so farlo benissimo il mio lavoro. Sono l'unica in questo buco di disadattati che sappia di cosa stiamo parlando. Il vero problema è che in realtà lei non vuole firmare quel documento e non ha capito che rappresenta la sua ultima possibilità per una terza età lontana dalle partite a canasta domenicali di una squallida casa di cura in periferia dove nessuno verrà più a trovarla finché non muore!».

Santo cielo, cosa ho detto?

Oddio, giuro che non volevo…

Pietrificata dalle mie stesse parole, mi copro la bocca con una mano ma, razionalizzando, celo gli effetti del mio sconcerto dietro una scrollata di spalle e riprendo in direzione dell'ingresso. Quel che è fatto è fatto. Tutto sommato è anche vero e lei è troppo intelligente per non saperlo. Non sarà il massimo del tatto, ma me le ha strappate di bocca mandando in frantumi il mio sistema nervoso.

Esco da quella casa sbattendo la porta.

Quando raggiungo il portico, mi rendo conto che sta diluviando. La macchina è oltre il sentiero, dietro una macchia d'alberi accanto a un gazebo in legno. Inutile dirlo: non ho con me l'ombrello.

Ancora scossa, mi trattengo sotto la tettoia sgocciolante a braccia conserte, scrutando le nuvole con espressione accigliata. Non ho voglia di restare qui, non ho voglia di andar via. Tutto sommato, sono esattamente dove merito di essere: a metà tra la fossa dei leoni e le lande desolate del Tartaro. Ognuno è artefice del proprio destino, giusto? Be', almeno non si potrà dire che non mi sia impegnata a sufficienza per distruggere il mio.

«Credevo fosse andata via», mormora arrivando di soppiatto alle mie spalle.

«Piove», le faccio presente.

Lei non ribatte. Avanza sotto la tettoia e si sistema con i gomiti sulla ringhiera. Anche lei, come me, guarda la pioggia allagare il giardino senza fare alcun commento, non fino a quando le sento dire: «Non è sempre stato così. Quando c'era Daniel eravamo una famiglia. Di lui avevano rispetto… o forse solo soggezione».

La sua voce è stanca, ma per una volta priva di quell'intonazione acida che la contraddistingue.

«E questa cosa sarebbe? Una richiesta indesiderata d'armistizio?»

«Faccia come accidenti vuole!», mi manda cordialmente al diavolo. «Sto solo cercando di...».

«Di?»

«Di farle capire che non è così semplice come immagina», perde per un attimo il controllo, ma il suo è un eccesso momentaneo. Reprimendo l'ennesimo improperio, ritorna con gli occhi sulla tenuta, dandomi le spalle. Io mi riprometto di non muovermi di un millimetro, restando con il naso all'insù e la convinzione di essere nel giusto, poi subentrano i sensi di colpa, sbuffo e mi arrendo.

La raggiungo a piccoli passi, sistemandomi come lei sul bordo della ringhiera. Immagino di doverla prendere larga, ma invece mi scappa: «Da quanto non vi parlate?»

«L'ultima volta che li ho visti è stato qualche anno fa, il giorno del funerale di mio marito», mi racconta senza remore.

«Non ha più provato a chiamarli?»

«Oh... Sì, certo che sì. Soprattutto per sentire i bambini, ma poi sono iniziate le scuse: lavoro, impegni... E mi sono arresa», si gratta il dorso di una mano con indolenza, continuando a osservare il cielo. «Non invecchi mai, mi dia retta», mi suggerisce senza che dalle sue parole traspaia alcuna emozione. «Il giorno prima sei il loro punto di riferimento, quello dopo solo un peso».

Non credo di correre questo rischio. Se guardo la mia vita passata e cerco di fare un calcolo approssimativo delle probabilità, al massimo posso finire in un baraccone di periferia circondata da gatti con la prospettiva di morire senza che se ne accorga nessuno per giorni.

Che scena inquietante.

«Me la spiega una cosa: perché voleva sposare quel ragazzo?», le domando, non riuscendo più a trattenere la curiosità. È da quando mi sono avvicinata alla sua storia che mi chiedo come una donna del genere possa essere finita nelle mani di un approfittatore di neanche trent'anni.

«Questi, se permette, sono fatti miei!», reagisce brusca, affatto intenzionata a darmi spiegazioni. Scoppio a ridere.

«E si stupisce che l'abbiano lasciata da sola? Non mi sembra un atteggiamento particolarmente accomodante, il suo», ribatto senza alcuna cattiveria, ma semplicemente limitandomi a evidenziare una realtà già sotto gli occhi di tutti.

«Senti da che pulpito! Non mi sembra che lei se la passi molto meglio», sottolinea, certa in partenza di fare centro.

«Io...», protesto indignata, ma quando i nostri occhi s'incontrano mi blocco subito. Riconoscendo finalmente un mio simile, non sento più la perenne esigenza di giustificarmi, così inarco le labbra in un sorriso riluttante e me ne torno tranquilla a guardare il selciato che mi divide dalla macchina. «Non amo fraternizzare con gli sconosciuti», mi lascio andare.

«Come mai?», chiede stupita. «Io sono vecchia e stanca di ascoltare scempiaggini, ma lei che scuse ha?». Quasi fosse un'accusa.

«Ho trovato il mio fidanzato a letto con un'altra. Lo so, nessuno ne ha colpa, ma mi girano ugualmente le palle ogni volta che incrocio un altro essere umano».

Mi rendo conto troppo tardi di aver tirato fuori il mio lato sboccato, ma la cosa, stranamente, non sembra disturbarla. No. A colpirla è stata la storia in sé, perché mi domanda: «E adesso che fine ha fatto?»

«Da quando gli ho detto di averlo tradito con un modello iperdotato, ha deciso di ritirarsi dignitosamente», spiego per sommi capi. Non ritengo necessario approfondire.

«Mmm...», mugugna pensosa. «Ed è vero?»

«Cosa?»

«Che lo ha tradito con Ethan?». Curiosa, sfodera un'espressione furbetta che le farei volentieri ingoiare insieme alla dentiera.

«Cosa c'entra adesso Ethan?», mi metto subito sulla difensiva.

«Qualche volta mi ha parlato di lei e, dalla descrizione, mi è sembrato l'unico candidato possibile».

In effetti non sono molti i palestrati iperdotati del circondario, ma non potrei aver mentito? Devo per forza essere sincera? Eppure, invece di difendere la mia fin troppo casta personalità, le chiedo con voce stupita: «Le ha parlato di me?».

Quale deprecabile caduta di stile. E non contenta continuo!

«E che le ha detto?», le domando, pur cercando di sembrare casuale.

Lei, tutt'altro che ingenua, inarca un sopracciglio, si sistema i capelli e mi risponde con tono distratto: «Cose così. Discorsi in generale. So per esempio che le ha affittato un paio di stanze».

«Sì, da qualche mese», confermo in attesa che prosegua, ma si limita ad annuire un paio di volte e si mette a discutere di petunie.

«Poi lì, accanto alla fontana, avevamo un delizioso roseto. Non mi dispiacerebbe ripiantarlo», inizia a raccontare, dimenticando l'argomento di conversazione.

«Sono certa che sarebbe magnifico, ma Ethan non le ha detto altro?», ritorno, reindirizzo. Risposta, prego, una diamine di risposta! Cosa accidenti le costa?

«Oh, sì, qualcos'altro l'ha detto».

«Tipo?»

«Che la trova irritante e sgarbata».

Me lo merito. Non avrei dovuto insistere. Guardala come gode!

«Diceva del roseto?»

«Come vuole, come vuole», finge di arrendersi, ma dopo

qualche secondo di tregua sospira, rivolge gli occhi al cielo ed esclama: «Certo che è proprio un bel pezzo di ragazzo!».

«Ahahah. Non ci provi. Non sono interessata all'articolo», chiarisco a scanso di equivoci.

«E chi l'ha mai sostenuto?», batte in ritirata. «Inoltre lei non è proprio il suo tipo», cambia tattica.

«E con questo che vorrebbe dire?», mi inalbero seduta stante.

«Mi sembra piuttosto evidente. Lei è così terribilmente rigida, formale, magra...».

«Non sono affatto magra. Sono normalissima!», mi difendo, lisciandomi il vestito glicine.

«Non ho mai detto che è anormale, solo non mi sembra abbia i requisiti necessari a incuriosire un ragazzo come Ethan».

«Quelli come Ethan non hanno bisogno di nessun requisito particolare. Un normale processo di ossigenazione polmonare risulta più che sufficiente!», commento sprezzante.

«Io non ne sarei così sicura. Tutt'altro! È sempre stato selettivo nelle amicizie».

«Ah... Ma per cortesia!».

«Non è d'accordo?»

«No. Affatto».

«E perché si altera tanto?»

«Non mi sto affatto alterando!».

«Non si direbbe».

«Semplicemente non amo quel genere di persona», spiego.

«E io stavo solo facendo presente che la cosa potrebbe essere reciproca», ci tiene a ribadire.

Ma chi gliel'ha mai chiesto?

«Si dà il caso che non mi interessi minimamente».

«No, infatti. Salta subito all'occhio», mormora sarcastica, osservandomi con più attenzione di quanta ne gradirei.

«Ma si può sapere perché stiamo continuando a parlare di Ethan?»

«Non saprei, è stata lei a iniziare».

«Ma questo è ridicolo! Io non ho iniziato proprio nulla. È lei che non la smette di nominarlo», gesticolo infuriata.

«Oh, per l'amor del cielo, ora stia un po' zitta! Fra poco sarà qui e non voglio proprio passare per una pettegola impicciona».

«Qui? Ma chi?». E mi guardo intorno agitata.

«Non lo vede? È proprio lì!». Me lo indica sollevando una mano. «Ethan, sbrigati! Non ti sei accorto che piove a dirotto?», lo chiama, seguendolo con lo sguardo, mentre si affretta lungo il viale.

Ma... Ma... Ma che ci fa Ethan qui?

Non posso non guardarlo a mia volta. In una mano tiene una busta di plastica, con l'altra regge un foglio di giornale spiegazzato per ripararsi dalla pioggia.

«Che razza di sprovveduto: non potevi portare un ombrello?», lo sgrida Mary, avvicinandosi ai gradini per attenderlo.

«Non pensavo si sarebbe scatenato un temporale!», brontola lui, raggiungendoci sotto il porticato.

Che disastro. Sembra un pitbull appena uscito da una pozzanghera. Sbatte i piedi a terra, scrolla il capo schizzando ovunque, pulisce le mani sui jeans e si guarda intorno, rendendosi conto di aver allagato metà gradinata e ricoperto di fango due terzi del rivestimento in legno.

Genio!

«Scusa, Mary, domani passo a pulirtelo».

«Non preoccuparti», sbotta lei, irascibile come al solito. «Ci penserà Edwige, così per una volta giustificherà le sessanta sterline a settimana che mi ruba da quindici anni a questa parte. Razza di scomunicata! Uno di questi giorni la licenzio».

Ethan sembra abituato alla nenia: senza scomporsi, le si avvicina e le lascia un bacino sulla fronte. Lei, ovviamente, non può dargli alcuna soddisfazione, così reagisce scrollandoselo di dosso come fosse un appestato.

Ma a chi vuole darla a bere? Si vede lontano un chilometro che le si stanno sciogliendo i reggicalze! E poi dicono la menopausa...

«Ah... Sei qui». E finalmente si accorge di me, che me ne sto appoggiata a una colonnina, godendomi lo spettacolo con discrezione.

«Ciao Ethan», ricambio con distacco.

«È forse questo il modo di salutare una signora?», lo riprende Mary, che non può non notare quanto siano fredde le nostre reazioni.

Solitamente non siamo così distaccati, ma dopo la scenetta di Biscottino, appena lo vedo mi parte l'ulcera. Lui non sembra passarsela meglio, così abbiamo deciso di comune accordo di evitarci.

«Vuoi un bacino anche tu?», propone ironico.

Gli occhi della signora Cox si puntano su di me, palesemente interessati a scoprire quale sarà la mia reazione, ma io decido di non darle alcuna soddisfazione e mi limito a un sorriso formale.

«Mi accontento del pensiero», glisso. «Mamma, è tardissimo!», esclamo d'un tratto, guardando un polso senza orologio. «Sarà meglio che vada. La lascio in ottime mani. Sono sicura che abbiate molto di cui parlare».

«Adesso non sia stupida! Non vede che tempaccio?», s'intromette lei, prendendo la busta. «Hai portato anche le cipolline?». Sbircia il contenuto.

«Sì, ma non ho trovato il tabasco. Mi ha detto che te lo fa avere domani».

«Ok», annuisce. Vorrebbe aggiungere qualcosa, ma appena alza gli occhi si offre al suo sguardo una scena ben più succosa dei pomodori pelati in barattolo della drogheria di quartiere: io conto le ragnatele sul soffitto; lui, il tempo che riesco a far passare fingendo di non aver notato che mi sta fissando con insistenza.

Sono cresciuta con due sorelle, se pensa di averla vinta…

Il problema è che sono sola contro due, di cui una con almeno cinquant'anni di esperienza in più e un'insana e immotivata esigenza di complicarmi la vita. In pratica sono destinata a fallire per inferiorità numerica.

«Ora vattene», lo caccia senza mezzi termini. «Smettila di ciondolare inutilmente e accompagna la signorina Watts a casa. Non vorrai che si avventuri in aperta campagna con quel macinino?», butta lì, come se fosse realmente interessata alla mia incolumità.

Figuriamoci! Vuole solo vedere come me la cavo messa alle strette. Già immagino l'espressione soddisfatta con cui sorseggerà il suo stramaledetto tè!

«Il mio macinino va che è un amore», sottolineo.

«E andrà ancora meglio se lo lascia qui ad aspettare che le strade siano praticabili. Mi hanno detto che è diventata un'habitué di officine e stazioni di servizio».

Ma una che sta sempre da sola, tutte queste informazioni come fa ad averle?

«Mi fa piacere che sia così informata delle mie disavventure, ma non posso davvero permettermi di lasciare qui l'auto. Potrebbe sempre accadere un imprevisto e, a quel punto, non avrei alcun mezzo per muovermi. Non si può dire che Turriff sia nota per il suo sistema di trasporti urbani».

«Ma no», minimizza. «Di che si preoccupa?». E inarca le sopracciglia come se non avesse idea del motivo della mia reticenza ad accettare. «Tanto deve tornare qui domani a riprendere il contratto firmato, no? Per una sera non le accadrà nulla e sono sicura che Ethan sarà felice di correre in suo soccorso in caso di bisogno».

Sporca ricattatrice.

«Giusto», confermo, sforzandomi di apparire cordiale. La mia unica speranza è Ethan.

Coraggio, Biscottino, questo è il momento di farsi sentire.

Dille che sei impegnatissimo. Su! Elenca i tuoi molteplici impegni.

«Ok, allora muoviti!», sbotta invece lui, prendendomi per un braccio. «Ho una jeep, non un motoscafo».

Contrariamente alle mie rosee previsioni, si dimostra incline al masochismo.

Non volendo perdere altro tempo, mi costringe a seguirlo sotto la pioggia senza darmi neanche il tempo di salutare la signora Cox. Col senno di poi è stato meglio così: quando sono riuscita a girarmi, tra un gradino e l'altro, l'ho trovata ferma davanti alla porta che sghignazzava. Non so davvero se sarei riuscita a non strangolarla, se avessi avuto modo di avvicinarla un'ultima volta.

Capitolo 29
Time out!

«Ma si può sapere perché, di tutte le donne al mondo,
dovevi piacermi proprio tu?»
«Avresti preferito qualcun'altra?»
«Sostituisci qualcuna con qualsiasi».

«Ti porto a casa?».

È l'unica domanda che mi ha rivolto da quando siamo entrati in macchina. Il viaggio l'ha passato mordicchiandosi un labbro con espressione torva, escluse le volte in cui si è messo a imprecare contro quei poveretti che nulla hanno fatto di male, oggi, se non decidere di uscire per un giro in auto.

Possibile che ce l'abbia con me?

Perché la cosa mi sembra altamente probabile?

Decido automaticamente di ridurre al minimo indispensabile i miei interventi, ben decisa a non dargli neanche una scusa per attaccare briga, ma quando raggiungiamo il cancello sono costretta a rivolgergli la parola, perché lo vedo puntare dritto il garage senza badare al fatto che così mi costringe a girare intorno alla villa per tornare a casa. Non che sia distante, ma con questo tempaccio…

«Ethan, fermati un attimo. Scendo qui», gli comunico alla fine del viale. Lui non presta la minima attenzione alle mie parole e prosegue dritto, infilandosi nel box.

«Come non detto», mormoro rassegnata. «Ok, grazie del passaggio», lo saluto un po' a disagio e mi avvio verso la porta, stringendomi in un cardigan pesca.

Non faccio neanche tre passi, che mi sento afferrare per le braccia. Due minuti dopo ho superato la porticina che collega il garage alla sua cucina e sono impegolata nella più furibonda conversazione cui mi sia mai capitato di assistere.

«Si può sapere cosa ti prende?».

Tra la lavastoviglie e la sua inquietante presenza, sottolineata da una t-shirt grigia zuppa e una definizione d'immagine in HD dei suoi pettorali, arranco in prossimità del lavandino.

«A me? Cosa prende a me?», urla con espressione omicida.

«Ethan». Pratica, razionale, sicura. «Non capisco davvero il motivo di tanta agitazione. Se c'è qualcosa che non va, allora esponila tranquillamente, senza bisogno di fare scenate. Siamo due persone adulte, possiamo superare qualsiasi problema parlandone».

«Mi stai prendendo in giro?».

Di solito funziona. Dove ho sbagliato? Eppure mi sembrava di aver scelto un tono di voce rassicurante, ma deciso.

«No, Ethan, sto solo cercando di risolvere i nostri conflitti in maniera civile». E, lo ammetto, quando mi fulmina con lo sguardo sento le ginocchia cedere.

«Ah sì? Ma davvero? A me sembra solo che tu stia cercando di battere in ritirata».

«La smetti di bloccarmi?»

«Fastidioso, vero?». Continua a tenermi stretta, a impedirmi di andare via e inizio a trovare la cosa terribilmente infantile. «Quando non sei tu a gestire. Quando scopri che non puoi sempre controllare tutto e tutti».

«Si può sapere cosa cerchi di ottenere?»

«Reazioni!». Mi scuote. «Allora? Non avevi detto di voler risolvere i nostri conflitti in maniera civile?»

«Esatto», sbuffo cercando di arretrare, ma purtroppo sono già mezza distesa sul lavello, un altro passo e mi inglobo al lavandino. «Ma non adesso. Magari un'altra volta. Non ho molto tempo da perdere. Devo lavorare anche stasera. So che la cosa ti suona difficile da comprendere, ma...».

«Anche io devo lavorare, eppure sono qui. Ho il locale invaso di gente, ma sono qui. Devo ancora scaricare mezzo camion di birra, e invece perdo tempo con te».

«Nessuno te l'ha chiesto», cerco di liberarmi, aggrappandomi alla maniglia di un pensile e lui di tutta risposta mi solleva da terra e mi riporta esattamente dov'ero: tra lui e il lavello, immobilizzata e totalmente in balìa del suo profumo.

«Ok, hai vinto, lo ammetto», mi arrendo. «Mi dà terribilmente fastidio, ora la pianti?»

«No!».

«Ethan, cazzo, piantala!».

Ecco, ci mancava anche questa! Detesto perdere la testa.

«Oh-oh! Ma allora sei un essere umano anche tu. Ma non mi dire. Sono esterrefatto!», conclude in un moto di trionfo. «La nostra Trudy Watts che reagisce alle provocazioni. Non credevo ti saresti abbassata a tanto. Quanta maturità...», ironizza con arroganza, poggiando entrambe le mani sul ripiano accanto ai miei fianchi. È così vicino che per non sfiorarlo devo inarcarmi all'indietro. Non riesco neanche a guardarlo negli occhi.

«Ethan, se non la smetti subito...».

«Che fai? Sentiamo, cosa pensi di fare?»

«Insomma, lasciami andare». Sfuggo a lui, alle sue mani, al suo sguardo.

«Così ricominci a evitarmi facendo finta che non esista? Trudy, non sono Horace, non sono neanche quell'idiota di Adam. Non puoi rifilarmi un paio di battute snob e sperare che me ne vada con la coda tra le gambe. Io non ti permetto di scappare», e mi infila le mani tra i capelli pretendendo di essere ascoltato. «Trudy, guardami! Accidenti, sono qui, mi vedi?»

«Sì, e sai cosa vedo? Che sei solo un idiota, esattamente come Adam. E tutto sommato», sospiro, «neanche troppo diverso da Horace».

«Stai scherzando?». Si allontana, ma senza perdere neanche una briciola della sua rabbia.

«Non penso proprio!», sentenzio senza possibilità di ritorno. «Che cosa pretendevi? Che stessi qui ad aspettare che decidessi di chiamarmi? Il giorno prima vieni a letto con me, quello dopo hai già richiamato Biscottino!».

Ma cosa dico? Giuro, non l'ho mai pensato.

Appena mi accorgo di quello che sto facendo ho un attimo di ripensamento. Cerco il suo sguardo, certa di leggere indignazione, disappunto e invece no, per lui tutto questo trambusto è... è... Normale?

«E ti sei chiesta perché?», continua intanto, ignaro del profondo stato confusionale in cui mi trovo. «Sei stata tu ad andartene», mi accusa. «Sei letteralmente scappata. Avevi così paura di quello che poteva accadere, che non hai voluto neanche rischiare di scoprirlo!».

«Tu però non hai fatto niente per trattenermi», ribatto.

«Cosa avrei dovuto fare? Legarti al letto? No... Perché se vuoi lo faccio!», minaccia scuro in volto, tornando all'attacco. Si avvicina di qualche passo e nei suoi occhi ora non leggo più rabbia, ma qualcosa che non vorrei davvero... Perché non è davvero...

«*Time out!*», strillo presa dal panico, sollevando una mano. «*Time out!*», ripeto, tornando a un volume accettabile.

«Co... Cosa, scusa?». Lui sgrana gli occhi, non capendo di cosa stia parlando.

«Ok, allora...». Prendo fiato. «Io ho del lavoro da fare. Tu devi andare al pub. E poi siamo troppo su di giri per questa conversazione. A questo punto stacchiamo un attimo. Torniamo a casa, cerchiamo di rilassarci e, appena abbiamo un minuto di tempo, riprendiamo da dove abbiamo interrotto, va bene?», propongo accomodante. Lui sbotta: «Ma cosa stai dicendo? Appena abbiamo un minuto? Stacchiamo? Ma stai scherzando? Io voglio litigare adesso, non me ne frega un cazzo del pub!».

«Questo non è affatto professionale», gli faccio notare.

«E chi se ne importa?»

«Ma si può sapere cosa vuoi? A cosa cerchi di arrivare? A che serve litigare in questo modo?»

«Come sarebbe a dire? Serve a noi, brutta stupida che non sei altro! Non so più come accidenti fare per farti capire che la devi smettere di trattarmi in questo modo. Non puoi farci proprio nulla, ti piaccio e, porca miseria, mi piaci anche tu!».

«Ma ti rendi conto che noi due non abbiamo alcuna possibilità di sopravvivere alla prima settimana di rapporto?»

«E perché?», insiste, non volendo assolutamente demordere.

«Perché tu sei... Sei così... Così...».

«Reale?», domanda, stringendomi tra le braccia. Le sue mani risalgono sulla mia schiena, le sue dita affondano tra i miei capelli e le sue labbra sono sulle mie, che mi mordono, mi succhiano, mi travolgono distruggendo ogni barriera. Non ho idea di cosa succeda dopo. Non ho neanche il tempo di chiedermelo, so solo che mi spinge verso il salotto. Non lascia mai la mia bocca, non smette di toccarmi, né di spogliarmi. Il cardigan me lo strappa letteralmente di dosso quando ci scontriamo con lo schienale del divano, il vestito glicine fa più o meno la stessa fine in prossimità del tavolino. Resto con indosso un paio di décolleté nere e un completino intimo, poi sento il suo corpo spingersi sul mio e mi ritrovo stesa sul tappeto, con il suo viso che ricopre ogni centimetro della mia pelle, le sue mani strette sui seni, poco dopo sui fianchi e ancora più in basso, sfilando ciò che resta a coprire la mia pelle percorsa dai brividi. Provo a togliere le scarpe mentre gli tiro via la maglietta con gesti febbrili. Non so come fa, ma se ne accorge e quando riemerge dalla t-shirt ancora umida, mi tira a sé minaccioso e mi mormora a un orecchio: «Non provarci nemmeno!».

Da quel momento in poi, perdo ogni controllo degli eventi.

«Ti voglio. Trudy. Ti voglio...», mormora quasi senza fiato. «Si può sapere che mi hai fatto?». Interrogativo posto con evidente dissenso, come se la colpa di tutto questo fosse solo ed esclusivamente mia. Mia? È stato lui a trascinarmi in cucina.

Io volevo tornare a casa! «E adesso non muoverti», ordina, restio a lasciarmi andare. Sbircio oltre il ginocchio e mi rendo conto dal suo sguardo che è una lotta del tutto impari. Apro la bocca per rispondergli, ma non me ne dà modo.

«Problemi?». E mi tira verso di lui, afferrandomi per i fianchi.

«Stavo solo cercando di dire sì!», protesto, aggrappandomi al tappeto per sfuggirgli.

«Ma davvero?». Inarca un sopracciglio. «Be', direi che è il minimo», e finalmente mi sorride.

Mi risveglio alle sei passate in camera sua completamente nuda, distesa sulla sua schiena e...

No, dimmi che non è vero... Ho ancora le scarpe!

Sbatto gli occhi un paio di volte, stropicciandomi le guance. È tutto buio, ma filtra un po' di luce dalle tende e riesco a rintracciare la porta.

Non ci posso credere, l'ho rifatto. L'ho rifatto davvero!

Ma cosa diavolo ho in testa?

Incredula, scivolo giù dal letto stando attenta a non fare rumore. Lui sembra in coma, il che vuol dire che ho qualche possibilità di arrivare a casa senza che se ne accorga. Non potrei affrontare una discussione in queste condizioni. Non si può vincere in una discussione con quello lì senza avere addosso neanche le mutandine!

Incerta, arrivo alla maniglia. Apro con estrema cautela, sbircio il corridoio: libero!

E chi diavolo credevo di trovarci? L'Uomo Ragno?

Ok, mi sa che ho bisogno di una vacanza.

Riprendo fiato, sbircio l'orso bruno alle mie spalle e... Non si è mosso di un millimetro. Dopo tutto quello che abbiamo fatto non mi stupisce. Ok, ora però non distraiamoci. Abbiamo un obiettivo!

Mi avvio verso l'unica via d'uscita, quando gli sento sussurrare ancora mezzo addormentato: «So dove abiti».

Capitolo 30
Lo dirai tra poco

Direi che dovremmo soffermarci un attimo sulla sottile differenza tra appuntamento e sequestro di persona.

«Qui ha finito?»

«Mmm?»

«Signorina Watts?»

«Cosa c'è Catherine?»

«Le ho chiesto se ha finito».

«Ah…», le passo un plico di autorizzazioni. «Sì, certo. Porti tutto nell'ufficio del signor Ward».

«Come vuole». Servizievole, raccoglie la cartellina e si avvia verso la porta, ma qualcosa sembra trattenerla proprio dov'è e ho buone ragioni di credere che si tratti della sottoscritta.

«Signorina Hunt, posso esserle utile in qualcosa?», le domando, stufa di essere studiata con finta indifferenza.

«No. No». Arrossisce. «Non c'è davvero nulla».

«Splendido! Allora buon lavoro. Mi saluti il signor Ward», sorrido.

«Certo…», afferra la maniglia ma niente, non fa un solo passo nel corridoio.

«Catherine…», mi arrendo all'esasperazione, abbandonando ogni cosa su quella scrivania per incrociare le braccia e aspettare che si decida una buona volta a dirmi di che si tratta.

«Signorina Watts, non che siano affari miei…».

«Premessa nella quale, se nota, è implicita la mia successiva risposta, non trova?»

«Eh?»

«Lasci perdere». Scuoto il capo. «Continui pure».

«Il fatto è che oggi sembra un po'…».

Detesto quando si interrompono. Se sanno già di non avere il coraggio di esprimere le proprie opinioni liberamente, perché devono costringermi a subire ore di interminabili balbettii privi di senso?

«Catherine, la prego, abbia pietà di me», la supplico mentre mi massaggio le tempie.

«Volevo solo dirle che, se ha bisogno di parlare, io ci sono», mi sussurra timida.

«Parlare?». Sbuco fuori dalla mano stralunata. «E di cosa?»

«Ah, non lo so…», risponde vaga. «Magari del suo trasferimento, di lavoro, di quello che la rende così…».

«Così?»

«Così…». Fa difficoltà a trovare gli aggettivi giusti. Si è imbarcata in una campagna che conduce alla sconfitta e non sa come dare il segnale di resa. Potrei venirle incontro cacciandola dal mio ufficio senza aspettare che abbia finito, ma non lo so… Non mi dispiace vederla annaspare nel disagio.

«Così…». Prova un'ultima volta, supplicando un intervento fortuito del genio della lampada e, non mi crederete, ma le sue suppliche non vengono disattese.

«Insopportabile?». Fa capolino nella stanza Ethan, sfilandosi la giacca.

Esecrabile essere superdotato. Come se non sapessi perché la toglie. Per far vedere a tutti i suoi stupidi pettorali. Per cos'altro?

«Cosa?». Salta in aria la Hunt, prossima al colpo apoplettico.

«Asociale?», riprova lui.

«O no, no davvero», immagino temendo che da un momento salti su dalla sedia e inizi a gridare "Tagliatele la testa!".

«Isterica?»

«Ma… Ma io…», balbetta.

«Frustrata, intransigente, despota...». In pratica non le dà tregua.

«Ethan, che piacere vederti da queste parti. Grazie mille per il saluto, ripassa pure quando vuoi».

«Stai cercando di mandarmi via?», si finge offeso, mentre lascia la sua roba su una sedia.

«Ho dato davvero quest'impressione?», mi fingo rammaricata. «Non so come sia potuto accadere. Sono mortificata». Porto una mano sul petto. «Ma non vorrei tediarti ulteriormente. Catherine, perché non accompagna Ethan all'ingresso? Deve aver sbagliato inavvertitamente ufficio».

«Io...». Non sa che fare.

«Non ce ne sarà bisogno, Catherine», mi fa eco lui, accarezzandole una spalla. «La signorina Watts non vede l'ora di scortarmi personalmente, prima che racconti al personale della sua incontenibile passione per il gelato al pistacchio». E mi strizza l'occhio.

Divento viola.

«Ethan...».

«Oh, le piace il gelato?». Si lascia guidare fuori dalla stanza, mentre io nascondo il viso tra le carte sperando di non dover assistere al prosieguo.

«Le piace? Ne va matta!», continua quel delinquente, abbandonandola oltre la soglia.

«Anche a me piace tanto. Ma perché fa quella faccia?». E mi guarda con comprensione. «Signorina Watts, non deve sentirsi in imbarazzo. E poi è così magra... Cielo, dovrei essere io a vergognarmi», mugugna mentre si liscia la gonna. «Non mi farebbero male due o tre anni di dieta».

«Signorina Hunt, smetta di dire sciocchezze!», mi inalbero. «Non ha bisogno di alcuna dieta, sta benissimo. Ethan, ho da fare. Adesso esci immediatamente di qui e...».

«Adesso?». Guarda l'orologio.

«Esatto!».

«Vuoi davvero uscire adesso? Ma sei sicura di poter lasciare il lavoro a quest'ora?»

«Quando avrei detto di essere interessata a seguirti?»

«Oh, ma non c'è molto altro da fare», si mette in mezzo Catherine per non so quale ragione. «Se vuole penso io a tutto. E poi c'è sempre il signor Ward». Annuisce su di giri. Finalmente le nebbie si diradano e le si prospetta nitido il paesaggio della mia sconsolata vita sentimentale. Che carogna! È in quel momento che capisco. Sa tutto. E chissà da quanto. Ecco perché quel discorsetto poco fa. Se becco chi ha fatto la spia...

«Allora è perfetto!», sta al gioco Ethan, raggiungendomi accanto alla scrivania.

Ok, urgono rimedi drastici.

«Signor Ward...», lo chiamo al telefono. «C'è un ospite indesiderato, gradirei che fosse accompagnato immediatamente alla porta».

«Trudy!», mi riprende Ethan, risentito. «Non è affatto carino quello che stai facendo. Prima mi inviti, poi mi butti fuori? Se continui a mandarmi messaggi contraddittori non capirò mai le tue reali intenzioni». Risolve quel breve scambio di opinioni scegliendo un approccio che gli è più familiare. Mi salta addosso e mi strappa via dalla mia poltrona. «Dove l'hai messa la borsa?»

«Ethan, non ho alcuna intenzione di venire».

«Eccola», non mi dà retta. Che novità, vero? «No, però se non la reggi scivola».

«Non vengo».

«Sì, ok, ma ne parliamo camminando», e mi spinge oltre la soglia. «Attenta a non inciampare. Ancora un passo. Un passo. Un altro. Ma sei bravissima!».

«Ethan...».

«Arrivederci Catherine».

«Arrivederci Ethan», lo saluta la traditrice, agitando la mano con un odioso sorriso stampato sul viso. «A domani signorina Watts, passi una piacevole serata».

«ETHAN!», urlo, graffiando le pareti nel tentativo di fermare il mio sequestro di persona.

«Sì, non male». Scrolla il capo. «Ma preferivo la versione di ieri sera», mormora ormai fuori dalla banca.

«La cosa?»

«"Ethan..."», mi rifà il verso, questa volta usando una voce roca, da foca monaca in amore. «O la variante: "Ethan, sì... Sei il dio del sesso"».

«Questo non l'ho mai detto», dissento.

«Lo dirai tra poco». E mi fa un sorriso che...

«Ti piace?»

«Ah, ma che... Eh?». Sollevo lo sguardo da qualcosa che spero vivamente non siano feci di qualche strano animale palmato e osservo la vegetazione con astio. «Ah, ovvio. Era il mio sogno finire impantanata nella fanghiglia con addosso un paio di sandali in camoscio».

«Il tuo spirito di adattamento non smette mai di stupirmi», mi prende in giro, passandomi davanti con le mani infilate nei jeans e lo zaino che gli penzola dalla spalla.

«Si può sapere dove stiamo andando?». Esausta, sbuffo e mi aggrappo a una staccionata. Non mi smuoveranno di qui neanche i carrarmati.

«Trudy, non siamo esploratori dispersi in una foresta vergine. È solo un parco», mi fa notare.

«E questo è un pantano».

«È un sentiero in terra battuta, normalmente attraversato da decine e decine di coppie senza il minimo problema».

«È un pantano», mi impunto.

«Un sentiero...».

«Un sentiero bagnato che si è ridotto in poltiglia putrefatta, quindi un pantano», lo correggo.

«Ah...». Sbuffa tornando indietro. «Ok, è un pantano», si arrende. «In realtà sono un orco, questa è la mia palude e tu sei la mia cena. Chiarita la scenografia, dici che riusciamo a raggiungere quella sinistra panchina in fondo al viale o pensi sia necessario che ti porti in braccio?».

Spingo il naso oltre la sua spalla per accertarmi delle condizioni del piano d'appoggio sopracitato e mi trovo a fissare un insieme cigolante di assi di legno ammuffite.

«Sarà pieno di chiodi arrugginiti».

«Ok, hai il permesso di usare la mia giacca», scende a compromessi, tirandomi per una mano.

«Ethan...».

«Non ancora», scherza. «Dammi almeno il tempo di spogliarti». E scoppia a ridere.

«Io...».

«Mi adori, lo so».

Raggiunto il piccolo slargo che dà sul laghetto delle anatre, ci sediamo. Sì, ebbene sì. Per quanto protesti, ci sediamo sulla panchina pericolante. Lui da un lato, io dall'altro. Metto un po' di distanza tra noi per ristabilire il giusto distacco, tra l'altro già chiarito l'altra notte. Amicizia. Tra noi deve e può esserci solo una normale amicizia ed è il caso che se lo metta finalmente in testa.

«Comoda?». Mi guarda inarcando un sopracciglio. Immagino di non essere il ritratto della naturalezza, appollaiata sull'angolino estremo con le unghie conficcate nelle ginocchia e gli occhi sbarrati, pronti a cogliere qualsiasi minimo movimento tra le foglie.

«Vorrei davvero capire perché mi hai portato qui», bofonchio contrariata.

«Perché è carino», mi risponde mentre apre la sacca. «C'è la luna...».

«C'era anche in città».

«C'è il lago...».

«Ci sono le zanzare».

«E poi siamo soli».

«Non depone a tuo favore».

Per un attimo distoglie l'attenzione dal contenuto del suo zaino per guardarmi male.

«Che hai lì dentro?», indago curiosa.

«Prendi». Mi passa due flûte.

«Oddio... No... Dài, non mi dire», inizio a balbettare, profondamente colpita da quel gesto. Non l'avrei mai creduto possibile: Ethan che cede alle lusinghe del bon ton. Certo, avrei evitato i jeans e quella ridicola maglietta da metallaro, ma... Ma ha portato una bottiglia di champagne! Il primo passo verso la civiltà. È un'occasione da festeggiare.

Non riesco a trattenermi. Le rigiro tra le mani commossa e gli rivolgo il primo sguardo adorante della serata. Lui non può non notarlo. Ricambia con un sorriso carico di doppi sensi e, mentre io sto lì a gongolare, tira fuori una bottiglia che, con orrore, manda in frantumi ogni mia più recondita speranza sulla serata.

«Ta-daaan!». Scuote una birra sotto il mio naso, scoppiando a ridere.

«Avrei dovuto prevederlo». Crollo nell'autocommiserazione. «Come ho fatto a cascarci? No, sul serio...».

«È anche doppio malto!», mi fa notare, riempiendo i bicchieri.

«Wow», ribatto io, totalmente priva di entusiasmo.

«E smettila con quel muso!», mi sgrida, prendendosi una flûte. Vorrei tenergli il broncio per il resto dei miei giorni, ma francamente non ci riesco. Così felice per la bravata, sarebbe un peccato rovinargli il momento. «Propongo un brindisi», mi sussurra mordicchiandosi il labbro e lo avvicina al mio.

«Sentiamo... A cosa brindiamo?»

«A un nuovo inizio».

«Non mi sembra fattibile».

«Non lo sarà mai se non lo rendi possibile».

A quella considerazione, mi gratto la testa e mi accascio sullo schienale. Non riesco a crederci. Sono a un punto morto. Non ho prospettive e ho perso tutto quello che avevo conquistato in questi anni. Non è un inizio, è solo il purgatorio e non è neanche detto che riesca a uscirne.

«Trudy...», mi accarezza un braccio con espressione preoccupata, cercando di ottenere una reazione qualsiasi. Io sollevo gli occhi sul suo viso e mi lascio sfuggire un commento a mezza bocca: «Ethan, la mia vita è un disastro».

«Non è vero».

«Ah no?».

Scuote il capo senza smetterla di guardarmi.

«E allora perché sono depressa?»

«Perché sei incontentabile, disfattista e perennemente in lotta con il mondo».

«Che, aggiunto a insopportabile, isterica, frustrata e despota, dà un quadro esaustivo delle motivazioni del mio netto insuccesso».

«Ehi...», protesta. «Hai dimenticato asociale!».

«Tu sì che sai tirarmi su di morale», sollevo la flûte per brindare. «A me».

Ricambia, buttando giù metà del contenuto in un solo sorso senza smettere di sorridere divertito.

«La pianti!», mi arrabbio, per quanto sia difficile non ridere.

«No...».

«Sei insopportabile».

«Lo so». E questa volta non mi dà modo di proseguire. Non ha più voglia di battibeccare. Vuole solo staccare la spina e allontanare per qualche ora l'infinità di barriere che ci divide, già sapendo che torneranno fin troppo presto a ostacolarci. Con gli occhi che gli brillano, prende il mio viso tra le mani e si sporge per darmi un bacio. Come ogni volta, però, d'istinto io provo a ritrarmi e gli impedisco di toccarmi. Credo sia un riflesso incondizionato, la cosa assurda è che capita solo con lui. Tutte le volte che si avvicina.

«Ethan...», provo a farlo ragionare.

«Sì, direi che ora puoi iniziare a invocare il mio nome».

«Ethan, sono seria».

«Anche io. Terribilmente serio». E le mie difese cedono e mi ritrovo con le labbra incollate alle sue. Avvolti nel silenzio, finisco tra le sue braccia. Non sopporta la maniacalità con cui mi ostino a tenere i capelli legati, così sfila il nastro e li lascia cadere sulla schiena, baciandomi con una dolcezza infinita. Tra le sue mani perdo qualsiasi capacità di ribattere. Succede ogni volta. Senza riflettere chiudo gli occhi e mi abbandono su di lui e da quel momento non esiste altro se non il suo profumo e le carezze che pian piano scendono sempre di più, cercandomi tra le pieghe dei vestiti.

«No...», si lamenta, allontanandosi. «Mi ero ripromesso di fare il bravo». Sfila la mano dalla mia gonna e mi stringe forte, premendomi le labbra su una guancia.

«Oh...», sussurro, cercando di mettere a fuoco le mie coordinate spaziali e mi rendo conto solo allora di aver ceduto per l'ennesima volta e senza neanche rendermene conto. Quando sono finita sulle sue gambe? E perché la camicetta è sbottonata? È come una doccia gelata, che mi restituisce alla ragione. Possibile? Mi bacia e mi trasformo in un persiano in cerca di fusa. Mi allontano e ritorno l'incredibile uomo delle nevi. Non so quale delle due versioni sia meno raccapricciante, ma nel dubbio scelgo il clima artico seguendo la mia marcata intolleranza ai felini. «Ok, riportami a casa».

«Cosa?», reagisce lui, incredulo. «Perché?»

«Lo sai». Prendo a ricompormi, scivolando giù dalla panchina.

«Ehi... Trudy, aspetta». Mi trattiene, ma questa volta non intendo assecondarlo. Non doveva accadere. Non doveva in alcun modo accadere. Non abbiamo alcun futuro e non so neanche se mi comporto in modo così sconsiderato solo per superare il trauma della mia separazione con Horace. Non mi sembrano i presupposti migliori per intraprendere una relazione comunque destinata a finire tra un mese.

«Ne abbiamo già parlato e abbiamo deciso di comune accordo che la nostra deve restare solo una normale amicizia. Niente cose complicate».

«Io non ho deciso un bel niente!». Lascia la manica della mia giacca per sbattere entrambe le mani sulle ginocchia, irritato.

«Ok», riformulo. «Io ho deciso che la nostra relazione rimarrà su un piano puramente formale».

«E io non ho voce in capitolo?»

«Direi di no».

«Splendido...», mormora sarcastico, massaggiandosi gli occhi.

Richiudo la camicetta, liscio la gonna e sistemo i capelli in una coda. «Ok, sono pronta». Allargo le braccia. «Andiamo?».

Ethan resta fermo a guardarmi, ancora seduto sulla panchina con la giacca abbandonata tra le assi di legno. Non vuole muoversi. Vuole discutere. S'intuisce facilmente dallo sguardo torvo che mi rivolge.

«Ti prego», lo supplico. «Non ho voglia di litigare».

«Be' io sì!». Si alza e viene accanto a me, a due passi dalla riva del lago.

«Si notava».

«Trudy, non ce la faccio più a continuare in questo modo. Non ti permetto di usarmi».

«Io non ti sto usando», mi difendo.

«Invece sì. Sei triste? Vieni da me. Sei arrabbiata? Te ne vai. Ci ripensi e ritorni. Cambi idea e mi mandi al diavolo».

«Ma questo non è vero!».

«Ok... Ok, va bene». Solleva una mano. «Hai ragione tu», mi dà corda. «Sono io che ho frainteso, ora va meglio?».

Mmm... Non so perché, ma questa resa non mi convince.

«Quindi mi riporti a casa?»
«Sì», si arrende.
«Ok». Faccio per tornare sul viale.
«Oppure...». Mi trattiene accanto a sé.
Lo sapevo che c'era la fregatura!
«Oppure cosa?»
«Oppure restiamo».
«Qui? Sei impazzito? Hai visto dove mi hai portato?»
«Perché fai sempre finta di non capire?», mi domanda, spazientito. «Sto solo cercando di comprendere che vuoi farne di noi».
«Non c'è alcun noi».
«E ci sarà?», trova il coraggio di chiedermi.
«In... In che senso?». D'un tratto mi manca il fiato.
«Trudy», ripete il mio nome quasi sussurrando. «Voglio solo sapere se vuoi continuare a vedermi».
«Mi sembrava di aver già risposto a questa domanda».
«Non è così».
«Che differenza fa?»
«Che se prima ti consentivo di cambiare continuamente idea, da adesso non sarà più così», dichiara categorico. «Se dici di no adesso, sarò io a non volerne più sapere».
Abbasso lo sguardo avvilita. Odio la piega presa da questa conversazione. Non avremmo dovuto arrivarci e soprattutto non vedo perché tutto debba sempre dipendere da me. Come pretende che sappia cosa mi accadrà domani, se il mio presente è alla deriva?
«Ethan, mi dispiace, voglio chiuderla qui. Non è proprio il caso, lo sai», cerco di farlo ragionare. «Soprattutto dopo quello che mi è successo con...».
«Non riesco a crederci. Mi hai... Mi hai detto davvero di no?»
«Esatto», confermo. Lui invece mi guarda come se tutto questo non avesse senso.

«Mi spieghi perché fai tutta questa resistenza? Tra l'altro inutile».

«Fra un mese sarò tornata a Londra», gli ricordo. «Mi sai dire a che serve tutto questo?». E per la prima volta quello che dico sembra cogliere nel segno, perché si rabbuia e, senza più dire una sola parola, si allontana, infilando le mani in tasca. «Bene, direi che sono quasi presentabile», farfuglio, cercando di non dar peso al suo repentino cambio di umore. «Che dici, andiamo?».

Si limita ad annuire.

Non fa altro.

Anche quando mi lascia sotto le scale del mio appartamento. Annuisce quando gli chiedo se sta bene. Annuisce quando provo a fare conversazione, domandandogli se domani dovrà lavorare. Annuisce quando lo saluto. Annuisce e se ne va e da quel momento ho la certezza che non ci saranno altre occasioni di affrontare l'argomento.

Ethan è un capitolo chiuso.

Un altro mese e anche Turriff sarà un capitolo chiuso.

Capitolo 31
Un'offerta non negoziabile

«Buongiorno».
«Cosa ti fa credere che sia un buon giorno? Come ti permetti di venire qui e di buttarmi addosso il tuo buongiorno senza alcun rispetto? Ma lo sai che ogni minuto, nel mondo, una donna si ritrova con la tinta di capelli sbagliata?»
«Trudy, prendi quel dannato telefono e chiamalo!».

E anche agosto se ne è andato via...

Strappo la pagina del calendario con qualche giorno di ritardo. Quando sono arrivata non capitava mai. A stento riuscivo a trattenermi dal segnare crocette speranzose sulle date. Adesso invece fatico a ricordare che giorno sia, inizio a trovare il mio tran tran giornaliero quasi sopportabile, prendo caffè e ciambellina al mercato tutti i giorni e mi trattengo sempre con il personale per il pranzo. Un miracolo? Io preferisco chiamarla rassegnazione. L'unico neo di tutta questa storia continua a essere Ethan. Non ha preso bene la mia ultima fuga. Quella e le successive. Lui continua a sostenere che sia una codarda, io continuo a ripetergli di essere realista. Non riusciamo a far coincidere i nostri punti di vista, se lui dice sì e io dico no, in un modo o nell'altro si fa come dico io. Almeno per ora. Ciò significa che dal giorno al parco non ci vediamo più, se non per caso. Evito persino di passare al pub, per non mettere entrambi in difficoltà. Lati positivi? Non bisticciamo più e siamo riusciti ad arrivare a oggi ancora illesi. Lati negativi? Nessuno in particolare. Allora, immagino vi stiate chiedendo perché l'ho definito neo? Non lo so. È che certe volte... E poi non capisco, davvero, perché fare tutto quel baccano se poi, appena gli faccio notare... Perché lo sapeva anche lui! Non... Non sto dicendo che dovesse continuare a provarci. Non... Non intendevo... Solo che, sparire di punto in bianco. Non è un modo come un altro per ammettere che avevo ragione? Che, tutto sommato, la sua fosse solo ostinazione fine a se stessa?

«Buongiorno signorina Watts», mi saluta la Hunt con allegria, entrando senza bussare nel mio ufficio.

«Buongiorno a lei. Ha cambiato pettinatura?», mi informo, impilando una serie di fogli e sbattendoli sulla scrivania.

Ormai sono abituata. Non protesto neanche più. Entra ed esce dalla mia stanza come se fosse la sua camera, qualsiasi cosa stia facendo. Stavolta però mi fa piacere. È arrivata al momento giusto. Prossima a tuffarmi di testa in una vaschetta di gelato per sopperire alle carenze d'affetto. Detesto quando capita. Non ci penso mai, davvero, poi in certi momenti... Non lo so. Mi prende una sorta di magone stupido e...

«L'ha notata?», domanda nel frattempo, e si tasta i capelli orgogliosa.

Sorrido.

«Sta benissimo».

«Grazie mille», ricambia timida. «Sarà meglio che torni al lavoro, ero passata solo per lasciarle questo».

«Cos'è?», chiedo, prendendo una busta dalle sue mani. La apro e mi ritrovo a fissare un invito prestampato in carta riciclata di cattivissimo gusto.

«È la locandina della fiera! Le piace?».

Ho visto di meglio sui necrologi cittadini.

«È molto colorata». Sorrido ancora, questa volta però mi costa parecchio.

«Vero? L'ha preparata Al. Non è stato un tesoro?»

«Il... Il netturbino?», cerco conferma sconcertata.

«Ha sempre avuto la passione per la grafica. Non trova che sia davvero sprecato per quel lavoro?»

«A volte le strade del Signore sono imperscrutabili», sentenzio serafica.

«Quanto è vero!», conferma lei, colpita dal mio commento. «Provi a guardare quello che è successo a lei. È arrivata qui per licenziarci tutti e invece è stato solo grazie al suo intervento se ci siamo salvati dalla bancarotta. Dà da pensare, non trova?».

In effetti...

«Be', la lascio lavorare. Si ricordi di avvisare il sindaco della sua presenza. Ci terrebbe a invitarla sul palco per un breve discorso ai cittadini di Turriff», aggiunge, notando come sia ammutolita.

«Cosa? No... No, aspetti», la interrompo. «Io non penso proprio di venire. Non... Il lavoro, alcune cose da sistemare a casa».

«Ma non può proprio mancare! Ci sarà l'elezione del Re e della Regina delle zucche», insiste incredula.

«Per l'appunto... Vede, proprio non penso di... Io non posso proprio...», arranco, immaginandomi sepolta viva da file di agricoltori ubriachi o, ancor peggio, costretta ad assaggiare disgustose pietanze annaffiate da colate di grasso animale, mentre poco più in là mostrano orgogliosi Polly, la capretta più carina della fiera, che bela festosa tra le carote che l'accompagneranno come contorno.

«Io davvero non posso venire!», ribadisco.

«Signorina Watts, non può abbandonarci. Il fatto è che... Io non dovrei dirglielo. In teoria era una sorpresa, ma se poi non dovesse raggiungerci...».

«Cosa? Cosa? Parli, diamine!».

«È che avevamo organizzato una piccola sorpresa per lei, da parte di tutto il personale della Wilbourgh, per ringraziarla di quanto ha fatto in questi mesi», riesco a farle confessare. «Ha idea di quanto ci rimarrebbero male i ragazzi se non venisse?».

Disfatta.

«Allora direi che non posso proprio mancare», acconsento sospirando.

«Meraviglioso», esulta invece lei. Sembra incapace di contenersi. «Non vedo l'ora! Sono così emozionata», saltella per la stanza.

«Ma quando si terrà?»

«Che domande! Inizierà questa sera, ma non li ha letti i cartelloni disseminati in ogni angolo del paese?»

«Temo proprio di no».

«Oh, be'... Allora dovrà sbrigarsi. Ha solo questo pomeriggio per trovare un abito adatto».

«Sono certa di riuscire nell'impresa», la tranquillizzo, sforzandomi di mantenermi neutrale.

Che diamine, ho un armadio che trabocca di tailleur, vuoi che non riesca a trovare qualcosa di passabile per la sagra della trippa stufata?

«Perfetto, allora vado». Si allontana.

«Certo... Ah, signorina Hunt, prima che lo dimentichi: potrebbe chiamarmi il fioraio? Vorrei prendere un mazzo di fiori per la signora Cox. Se non sbaglio domani ci sarà l'incontro preliminare con gli avvocati scelti per rappresentare i tre figli. Mi ha detto di essere molto tesa e, considerando quanto è accaduto sino a oggi, ritengo doveroso ricordarle quanto le siamo grati di averci scelto per rappresentarla finanziariamente, non trova?»

«Chiederò di farle spedire una composizione adatta alla sua tenuta».

«Ma no, non ce ne sarà bisogno. Glieli darò io stessa stasera».

«Ma non ha detto che sarebbe venuta alla fiera?»

«A... Appunto?»

«Oh, forse non lo sa...». Si batte una mano sulla fronte. «La signora Cox non partecipa più alla fiera. Non da quando è morto il signor Cox».

«Uh… E perché?», domando, pur immaginando che siano le mie stesse motivazioni a tenerla barricata in salotto.

«Un po' perché non ama la folla. Un po' perché da quando è morto il marito non frequenta nessuno. Un po' perché ha litigato furiosamente con il sindaco. Non si parlano da quando i giornalisti hanno iniziato a perseguitarla. Lei voleva che il nostro primo cittadino la tutelasse da certi attacchi, ma il povero signor Mason aveva le mani legate. Ha anche provato a parlare con la direzione del "Turriff Today", ma il sindacato ha minacciato di querelarlo. Sa come vanno queste cose».

«E da allora non si parlano più?»

«No, per quanto il signor Mason abbia provato più volte a contattarla. Erano molto amici. La mamma del sindaco andava a scuola con la Cox, erano inseparabili. Un vero peccato che i rapporti si siano raffreddati. Non c'era festa o evento a cui non la invitasse in qualità di madrina».

«Capisco. Bene, allora torni pure al lavoro. Io per oggi ho finito».

«Di già?», chiede esterrefatta.

«Esatto», ribatto risoluta. «E sa cosa penso di fare?»

«Proprio no».

«Penso che andrò dal parrucchiere!».

«Santo cielo, signorina Watts». Ride divertita. «Oggi stento davvero a riconoscerla!».

Due ore dopo sono dalla Cox.

«E lei cosa accidenti ci fa qui? Non dovrebbe essere in paese per la fiera?», mi accoglie festosa e raggiante la deliziosa nonnina a cui dedico ogni mio incubo da… da quando la conosco.

«Infatti, quindi si dia una mossa. Mi sta facendo fare tardi», replico asciutta, passandole un mazzo di orchidee con gesto brusco. L'avevo progettato diversamente. Mi ero anche preparata un discorsetto, ma questa donna riesce a tirare fuori il peggio di me.

«Non è il mio tipo», chiarisce, senza degnarsi di allungare un dito per prendere il mio piccolo presente.

«Neanche lei il mio, se questo la rassicura. Sono da parte della Wilbourgh. Ci sono almeno sei impiegati che devono la propria pensione al suo miracoloso intervento e non vedevano l'ora di ringraziarla. Sono da parte loro, io dovevo solo consegnarli».

Finalmente si decide, me li strappa di mano e fa un gesto stizzito del capo, che traduco in una sorta di ringraziamento. Ormai inizio a conoscerla. Entra dentro senza invitarmi, io la seguo senza chiedere permesso e in queste poche scelte comportamentali si riassumono le significative variazioni subite dal nostro burrascoso rapporto da quando abbiamo deciso di deporre le armi.

«Stia attenta al tappeto!», brontola quando attraversiamo il salotto.

Mi lascia tra i divani e ritorna dalla cucina con un vaso colmo d'acqua, in cui sistema i fiori che poi poggia accanto alla finestra. Due secondi per metterli al loro posto, almeno otto minuti per pulire residui su un tavolino così lucido che ci si potrebbe specchiare.

«Allora, va a vestirsi?», la sprono frettolosa.

«Non ci penso proprio! Non intendo seguirla. Saluti a mio nome il comitato cittadino, io ho ben altro da fare».

«Tipo?»

«Sto finendo una coperta all'uncinetto», mi spiega con aria di sfida.

«Signora Cox». Sbuffo. «Sono stata costretta a partecipare per non deludere il personale della banca, che non vede l'ora di ricordarmi quanto sia felice di avere ancora uno stipendio a fine mese. Per lo stesso motivo lei si troverà obbligata a seguirmi. In primis perché senza di lei io avrei fallito miseramente; secondo, ma non certo meno importante, perché non intendo in alcun modo patire da sola l'elezione del Re e della Regina delle zucche».

«Mi dispiace», ribatte senza muoversi di un passo. «Sono inamovibile!».

«E va bene», cedo. «Io ci ho provato. Faccia come vuole. Lasci pure che la credano qui a piangersi addosso, incapace di reagire. Provi solo a immaginare come godrà la stampa nel segnalare la sua assenza domani, in prima pagina. Già vedo i titoli: *Vedova Cox annientata dalle accuse. Riuscirà a riprendersi dalla vergogna e dall'umiliazione? Per ora non si direbbe. Preferisce evitare la pubblica disapprovazione nascondendosi tra le gardenie del suo giardino*», recito, guadagnando l'uscita. Lei mi lascia fare finché non apro la porta. A quel punto mi chiede con velato scetticismo: «Signorina Watts, crede davvero che questi stupidi giochetti le faranno ottenere quello che vuole?».

Io sorrido, controllo l'orologio e le rispondo: «Le do dieci minuti per cambiarsi. Se non la vedo uscire entro le otto, la lascio qui. La consideri un'offerta non negoziabile».

Capitolo 32
Una bottiglia di Chivas

«Sorpresa! Coraggio, apri il pacco».
"Fa' che sia un ballerino cubano nudo. Ballerino cubano nudo. Ballerino cubano nudo".
«Uuuuh... un orologio!».
«Ti piace?»
«Ce... Certo. Mi serviva proprio un altro orologio».

«Ancora non mi spiego cosa ci faccio qui», bofonchia agitata Mary Angela, uscendo dalla macchina.

«Ormai non può più tornare indietro, sorrida e provi a godersi il buffet», la sprono, seguendola oltre il parcheggio.

Superato un gruppetto di camioncini, continuiamo sulla strada principale del paese. Quella che porta alla piazza, e anche una delle più gettonate per l'allestimento di stand variopinti e padiglioni da saltimbanchi. Ci facciamo guidare, nostro malgrado, dalla folla, e raggiungiamo con espressioni pittoresche il grosso palco allestito per ospitare orchestrina, coro di voci bianche e presentatore in pompa magna e papillon.

Una serie di tavoli è stata dislocata tutta intorno per ospitare passanti e ospiti d'onore. Ai lati dello spiazzo, invece, producono fumo oleoso bancarelle di pesce fritto, carne fritta, verdure fritte e dolci altrettanto fritti.

C'è l'imbarazzo della scelta!

In mezzo a quella bolgia individuo subito la più promettente: quella che distribuisce alcolici. Un gazebo che spilla fiumi di birra, ma che sembra aver portato anche qualcosa di più pesante. Credo di aver intravisto una bottiglia di Chivas da qualche parte.

«Signorina Watts!». Il sindaco Mason mi raggiunge festoso,

allargando le braccia. Non nota subito la signora Cox, aggrappata al mio braccio nel suo candido vestitino bianco a fiori. Quando se ne accorge è troppo tardi per tornare indietro e fingere di non averla riconosciuta. Abbozza un sorriso in evidente difficoltà, tentenna. Lei rimane pietrificata, arpionandomi l'avambraccio con quelle dannate unghiacce che si ritrova.

«Signor Mason, non so se conosce la signora Cox», provo a rompere il ghiaccio.

«Ci conosciamo benissimo», afferma lui, riprendendosi dallo shock iniziale con un certo stile.

«Infatti», si accoda lei, non volendo essere da meno.

Restano a sfidarsi con lo sguardo fiero e gli angoli delle bocche atteggiati in smorfie poco promettenti, poi quelli del sindaco si sollevano, temporeggiano un po', ma alla fine si distendono in un sorriso incoraggiante, accompagnato dalla sua mano grassoccia che si tende in segno di saluto. «Mary, sono davvero felice di vederti».

Oh, questa non me l'aspettavo proprio!

Spingo discretamente la vedova Cox in avanti con una spallata appena percepibile. Lei s'irrigidisce, però avanza di un passo e risponde a quel gesto, mormorando con un filo di voce: «Stuart, quanto sei ingrassato!».

"C'era da aspettarselo. Cosa mi ero messa in testa?", rimugino avvilita tra me e me, ma le mie sinistre previsioni si rivelano infondate e quel commento così poco gentile, invece di sfociare in rappresaglia, scatena una risata sguaiata nel signor Mason, che corre ad abbracciarla con vigore.

Ok, ora lo uccide!

No... Non... Non posso credere a quello che vedo! Lei sta... Sta... Sta ricambiando?

Sento che sto per venire meno.

«Quanto mi sei mancata, vecchia strega bisbetica. Ma come stai? Ti trovo davvero bene».

«Cosa credevi, che avessi già un piede nella fossa?»

«L'ho sempre detto io: Mary ci seppellirà tutti!».

E giù altre risate.

«Andiamo a sederci», propone lei con lo stesso tono di un caporale in prima linea.

«Vieni, ti accompagno subito. Vuoi qualcosa da bere? Cosa posso offrirti?». E se la porta a uno dei tavoli, dove siedono la moglie e altri illustri cittadini di Turriff, tra cui il medico e il netturbino.

Bella riconoscenza! Io faccio tutta la fatica e alla fine mi scaricano accanto al carretto dei gelati, senza neanche chiedermi se voglio seguirli.

Sospiro rassegnata, cercando aspetti positivi tra le molteplici possibilità che la solitudine mi offre per sgattaiolare via, quando mi raggiunge la Hunt, assieme al signor Bailey. «Signorina Watts, alla fine è venuta», e mi saluta con una calorosa stretta di mano, che ricambio senza troppe difficoltà.

«Signor Bailey», mi rivolgo all'ex direttore della Wilbourgh, che a sua volta si avvicina per abbracciarmi con familiarità. Provo a tirarmi indietro, ma serve a poco, così resto ferma ad aspettare che abbia finito.

«Lasci che le dica che stasera è deliziosa», si profonde in inutili salamelecchi.

Ho ceduto al lato oscuro della forza e ho abbandonato il tailleur blu notte in favore di un frivolo e inopportuno vestitino rosa antico con la gonna svasata, la vita stretta e la scollatura promettente. I capelli li ho lasciati sciolti, ma la parrucchiera li ha arricciati con uno di quegli attrezzi bollenti che ti bruciano sempre la punta delle orecchie, così ora sembro appena uscita da un quadro di fine Ottocento. Alla vostra destra uova e salsiccia, alla vostra sinistra la principessa Sissi, presto davanti a voi il Re e la Regina delle zucche. Quali fantastiche occasioni stasera a Turriff, precipitatevi numerosi!

«Ma è venuta da sola?», si informa intanto la Hunt, che mi

ha già ampiamente dimostrato di essere geneticamente incapace di farsi gli affaracci suoi.

«In realtà no, sono qui con la Cox. Adesso è al tavolo del sindaco», le rispondo e nel frattempo la indico.

«È riuscita davvero a trascinare qui la vedova Cox?», mi chiede sbalordita. «Signorina Watts, è davvero incredibile, glielo dico in tutta onestà. Signor Bailey», continua verso il suo anziano accompagnatore, «ha visto Mary? Sta parlando con il sindaco. Da qui sembra si siano riappacificati».

«Resto basito! Signorina Watts, avevo intuito da subito che avesse delle doti eccezionali, ma mai avrei immaginato che potesse arrivare a tanto». Si direbbe sincero.

«Non ho fatto proprio nulla. La signora Cox è venuta spontaneamente. Anzi, non vedeva l'ora di partecipare», mento per evitare l'immediata beatificazione.

«Come vuole, eppure sono sicuro che ci sia il suo zampino dietro», ribatte, puntandomi l'indice contro. «A proposito! Sarà meglio che vada ad avvisare gli altri, così potremo darle il nostro pensierino. Mi segua, mi segua...». E mi prende la mano. «Venga con me. Signor Bailey, ci faccia strada. Vede? Si sono sistemati tutti a quel tavolo, di fronte al palco», gli mormora, indicandogli il resto della truppa.

Lui acconsente e tutti insieme attraversiamo la pista da ballo in fila indiana, cercando di raggiungere il nostro tavolo passando tra la folla.

«Signorina Watts, ben arrivata».

«Direttrice, che piacere incontrarla».

Quando mi invitano a sedere tiro un sospiro di sollievo e mi lascio cadere su una sedia, permettendo un po' a tutti di accerchiarmi. L'imbarazzo e il disagio lasciano pian piano spazio a uno strano senso di appartenenza. Mi sento un po' meno me e un po' più parte del tutto che mi circonda. Non so bene come assorbire questa nuova e disarmante verità, così mi limito a scambiare quattro chiacchiere con tutti, ridendo alle battute stupide di chi, a turno, racconta questo o quell'altro episodio legato ai personaggi mitologici di quel piccolo abitato.

Le ore passano tranquille. Mangiamo qualcosa, beviamo un po' troppo, ascoltiamo la musica di sottofondo e, quando arriva il momento delle ciambelle, tirano fuori da sotto al tavolo un grosso pacco azzurrino dal grande fiocco rosa e me lo passano, manifestando apertamente l'impazienza di vedermelo scartare.

«Non... Non avreste dovuto», inizio a balbettare.

«È solo un pensierino, lo abbiamo fatto con immenso piacere», mi tranquillizza Catherine, venendosi a sedere accanto a me.

Ricambio il suo sguardo affettuoso con una punta di commozione, poi sciolgo il nastro e sollevo un coperchio bianco, sbirciando il contenuto. Non l'avrei mai pensato, ma sono davvero curiosa di sapere cosa c'è qui dentro.

«Ah... Avrei dovuto immaginarlo». Scoppio a ridere, tirando fuori un cipollone placcato oro. È pesantissimo, accidenti! Pesantissimo e puntato sulle otto precise, per quanto siano già le undici passate.

«Non si riusciva a bloccare il meccanismo. Abbiamo dovuto inchiodare le lancette», commenta Percy, ridacchiando.

«Anche gli orologi sfuggono alle regole qui a Turriff!», mormoro, passando con un dito sul vetro lucido del quadrante. Rigiro quel curioso e ingombrante oggetto tra le mani e sul retro leggo la dedica:

Per la signorina Watts, con la speranza che, ovunque sia, non si dimentichi mai di noi né di Turriff. Turriff di certo non la scorderà mai!

«Sta piangendo?», mi chiede d'un tratto Catherine, preoccupata.

«Io? No, no assolutamente!», mi affretto a tranquillizzarla, grattandomi un occhio. «È solo questa stupida allergia. Tutti quei dannati fiori...».

Il signor Bailey mi passa un fazzoletto con espressione bonaria. «Ma certo, l'allergia. Brutta cosa davvero».

Non sembra convinto, ma direi che posso accontentarmi.

«Ma ve la ricordate la faccia di Richard Marshall quel giorno in banca?», bisbiglia Percy con fare complice, sporgendosi sul tavolo. «Dannazione! Ero certo che gli sarebbe venuto un infarto». E scoppia a ridere, ricordando quella volta in cui decisi, in un attimo di pura follia, di cacciare il direttore della RBS dalla Wilbourgh.

«Ahah, sì! Che faccia che aveva», si accoda Kora.

«Aspettate un attimo, io non la conosco questa storia», protesta il signor Bailey, contrariato.

«Ma nulla, stanno esagerando», sedo gli animi.

«La signorina Watts tornò in banca e trovò il signor Marshall con il naso nei suoi documenti. «"Questa banca non è in vendita!"», mi rifà il verso, inalberandosi.

«Gli ha detto così?», si informa il signor Bailey, ancora incredulo.

«Una cosa del genere», ammetto, guardando altrove.

«E lui?», chiede il seguito e Percy riprende il racconto.

«E lui non sapeva cosa fare. Stava lì con le guance tutte rosse. Non se l'aspettava davvero!».

«No... No, affatto. E dopo?», prende la parola Kora. «Quando gli ha detto: "Spero di non dover più riprendere un mio dipendente per averle fatto consultare materiale riservato. Le ricordo che, almeno fino a stamattina, era considerata una cosa illegale».

«Non ha detto così!», la corregge Percy.

«Vabbè, una cosa del genere».

«È stata grande, signorina Watts», mormora Catherine, carezzandomi una mano. Il signor Bailey è in lacrime, non riesce a smetterla di ridere. «Povero Richard! Adesso capisco perché vomitava bile ogni volta che facevo il suo nome».

«Be', prendiamo gli aspetti positivi: non dovrò più trovarla nascosta in bagno», commento verso Catherine, che ricambia il mio sguardo stupita. «Non faccia così. Lo so, non è delicato da parte mia, ma sapevo dei suoi problemi e sono davvero felice di aver potuto contribuire, nel mio piccolo. Come sta sua madre?»

«Mia... Mia madre?», domanda stupita.

Il signor Bailey prende a tossire. Io aggrotto le sopracciglia perplessa, poi le domando: «Non... Non è per sua madre che piangeva quel giorno in bagno? Mi... Mi sembrava di aver capito che non stesse bene».

«Mia madre? Ma cosa dice? Ma no, assolutamente. Mia madre sta benissimo!», chiarisce ilare. «È solo quello stupido di Tom», inizia a spiegare.

«Chi è Tom?»

«Il mio ragazzo», confessa con le gote in fiamme. «Avevamo litigato», ammette. «Si è dimenticato come al solito il nostro anniversario, ma si è fatto perdonare».

«Ah sì? Vogliamo i dettagli», sbotta Percy, sbattendo un palmo sul tavolo.

«Non parlerò neanche sotto tortura», sentenzia lei con espressione incorruttibile. «Signorina Watts, ma come può esserle venuta in mente una sciocchezza del genere?», torna su di me, che rivolgo uno sguardo più che eloquente al vecchio direttore della Wilbourgh. Lui, sfacciato più che mai, domanda a sua volta: «Già, come l'ha pensata?»

«Avrò frainteso». Decido di liquidare la cosa tornandomene alla mia birra, ma si tratta solo di una resa momentanea. Troverò il modo di fargliela scontare, questa. Mesi che mi torturo il fegato...

«Quando ripartirà?», cercano di capire, mentre ripongo tutto nella scatola: veline, fiocco, carta e orologio.

«Alla fine del mese», confermo, e intanto mi prende uno strano magone. L'atmosfera, finora così allegra, si incupisce. Un velo grigio si deposita sui nostri visi e nessuno ha più voglia di dire nulla. Ci guardiamo un po' sconsolati, fingendoci impegnati ad ascoltare la musica. Tocca al signor Mason distrarci, ricordandoci che sta per iniziare lo spettacolo di cabaret. Passa accanto al nostro tavolo, ci indica gli artisti sul palco e se ne torna alla sua sedia, dove lo attendono la Cox e la moglie, che parlottano con espressione complice, passando in rassegna tutti i vestiti delle presenti. Non oso immaginare quali orribili commenti sorgano spontanei alla vista di tutti quei completini elasticizzati e quelle pance prominenti, ma intendo farmi fare un resoconto dettagliato quanto prima.

«Posso portarle dell'altra birra?», propone Percy con premura, notando il mio bicchiere vuoto.

«No, grazie. Faccio da me», gli rispondo, sforzandomi di sembrare allegra. «Non mi dispiace sgranchirmi un po' le gambe».

In realtà sento l'irrefrenabile desiderio di allontanarmi. Di stare un po' per i fatti miei. Scosto la sedia dal tavolo e mi avvio verso lo stand degli alcolici. Lì mi metto in fila con il mio bicchiere tra le mani e aspetto il mio turno senza badare al chiacchiericcio che mi circonda, ai bambini che fanno baccano attorno alle mie gambe e alla puzza vomitevole di arrosto che pervade ogni particella di ossigeno fino a quando una mano stringe la mia, sfilandomi a poco a poco il boccale dalle dita. «Lascia, faccio io».

Sollevo lo sguardo e mi ritrovo davanti Ethan, che mi lascia letteralmente senza fiato per il solo fatto di essersi materializzato accanto a me dal nulla. Indossa una camicia bianca e dei jeans. Ha i capelli leggermente spettinati, un filo di barba e un profumo che sa di coccole sul divano e briciole nel letto. L'avete mai sentito un odore del genere? Io no, eppure non saprei descriverlo diversamente.

«Grazie...».

La mia risposta sembra spiazzarlo. Per un attimo tentenna,

poi si allontana e poco dopo ritorna con due boccali stracolmi di birra gelata e schiumosa.

«Prego», mormora porgendomene uno.

Restiamo a guardarci con le mani in mano accanto alla cassa, poi qualcuno mi spinge e rischio di fargli la doccia con la mia doppio malto.

«Oddio, scusa».

«Ma no, non è successo niente», minimizza, spolverandosi la camicia asciutta. «Perché non ci sediamo?», suggerisce non troppo convinto. Io mi limito ad annuire e, per la seconda volta in pochi minuti, lo vedo irrigidirsi e fissarmi imbambolato.

«Vieni con me». Mi prende per mano e, posso dirvela una cosa?, credo di aver passato più di un mese ad aspettare di sentirglielo dire.

Capitolo 33
Il Re delle zucche

«Fantastico, Trudy: sei la regina delle zucche!».
«Il mio regno per un whisky».

Il primo posto che troviamo libero è accanto a un grosso albero recintato. Una panchina sonnecchia tra i cespugli e anche la musica arriva ovattata. Ethan si siede in un angolo, io mi accomodo a distanza di sicurezza.

«Ti diverti?»

«Mmm...? Sì, abbastanza», gli rispondo senza guardarlo.

«Non te l'aspettavi, vero?»

«No», ammetto, scoppiando a ridere. «Affatto», ribadisco, massaggiandomi la fronte. Istintivamente cerco i suoi occhi: è proprio lì, accanto a me, che beve la sua birra con tranquillità. E mi sorride. È un sorriso che detesto. Appena accennato, eppure...

«Sei venuto da solo?», cambio argomento e mi rendo conto di aspettare con una certa angoscia la risposta. Non ho più visto né Allie né Biscottino, ma è possibile che dopo lo scherzetto che gli ho fatto quella sera, abbia solo deciso di spostare altrove i suoi appuntamenti notturni.

«Sì», conferma e mi sento magicamente sollevata.

«Come mai?».

Non risponde. Mi fissa intensamente e riprende a bere la sua birra. Ecco, la prossima volta imparo a farmi i fatti miei!

«Sai, mi hanno regalato un orologio. I dipendenti della Wilbourgh, intendo», inizio a straparlare agitata. «Un enorme cipollone da taschino bloccato sulle otto del mattino. È davvero terribile. Non ne avevo mai visto uno così grosso! Dietro c'era anche una dedica e...».

«Ti va di ballare?», mi domanda di punto in bianco, lasciandomi intuire di essere ben poco interessato al resto del mio racconto. Inizialmente ammutolisco, ma poi sospiro rassegnata e annuisco.

E muore ogni speranza di mantenere le distanze…

Ethan lascia il bicchiere vuoto sulla panca, si solleva e mi tende una mano.

«Andiamo?», propone.

«Andiamo», annuisco e lo seguo tra la folla.

L'orchestra ha ripreso a suonare. Lasciati i ritmi sfrenati dei balli di gruppo, che grazie a Dio ho seguito da lontano risparmiandomi un'ora di profondo imbarazzo e ribrezzo, sono naufragati sui lenti, alternandoli ogni tanto a un valzer per gli "anta" in cerca di brividi d'altri tempi.

Provo a sfilare la mano dalla sua, ma ovviamente non mi viene concesso. La tiene stretta fino a quando non arriviamo al centro della pista, sotto lo sguardo attento di molti occhi di mia conoscenza, e la lascia solo per quell'istante che gli permette di farmi ruotare su me stessa e di finirgli tra le braccia, pronte ad accogliermi protettive. Mi accarezza un fianco, poggia un palmo sulla mia schiena e inizia a muoversi con me, seguendo le note di una vecchia canzone. Io inizialmente resisto, poi sento il suo profumo, mi vengono le vertigini e termino la mia rappresaglia appoggiandogli il viso sulla spalla.

Inutile. Tanto vale lasciarsi andare. Sbaragliate le difese, il forte è stato preso. Comandante, l'esercito è in fuga. Cosa dobbiamo fare?

Resa incondizionata, tenente. Consegnare le armi e sperare nella clemenza del nemico.

«Che pensi?», mi sussurra a un orecchio.

«Chi? Io? Nulla!», reagisco con foga, colta in fallo.

Le note ci accompagnano dolcemente, sovrastando il brusio lontano di partecipanti ubriachi e venditori ambulanti. Attorno a noi danzano silenziose coppie di vecchi sposi, amici di vecchia data. Per un attimo ho la sensazione di essere stata teletrasportata in una realtà parallela, dove sono una persona normale con una vita normale, un ragazzo che mi vuole bene, amici con cui scherzare.

Mi allontano scossa.

«Trudy...».

«No».

«Cos'hai? Stai bene?», mi chiede con l'espressione di chi già conosce la risposta a quella domanda.

«Sì», affermo. «No», ritratto. «Non lo so», ammetto sconfortata.

«Trudy...».

«Forse dovrei andare. È tardi».

«Non è tardi!».

Stiamo ancora parlando dell'ora?

«Ho la macchina qui, nel parcheggio», farfuglio imbarazzata, mentre la voce del sindaco ci sovrasta dal palco, chiedendo all'orchestra di interrompersi.

«Signori e signore», esordisce plateale. «È arrivato l'attesissimo momento dell'elezione del Re e della Regina delle zucche!».

Scroscio d'applausi.

«Io vado. Scusa ancora. Buona serata», ne approfitto per allontanarmi in sordina. Ma Ethan ha deciso diversamente e, vi assicuro, se si mette in testa qualcosa...

«Non facciamo scenate!», bisbiglio presa dal panico, quando mi afferra per la vita.

«Allora sta' ferma e vieni qui!», e per impedirmi di ribattere mi abbraccia da dietro e mi costringe a seguire il resto della proclamazione con il cuore in gola ed entrambi i polsi tenuti stretti tra le sue dita. «Me ne voglio andare!».

«Ssh!», mi zittisce. «Non mi fai sentire nulla», si lamenta.

Sul palco c'è ancora il sindaco. Una valletta malvestita e sorridente gli porta una busta sigillata. Tra commenti e risate, la apre e legge silenzioso il nome dei vincitori. C'è un bel fermento quaggiù, tra gli aspiranti al titolo. Possibile che una cavolata del genere possa fare questo effetto? Magari hanno il terrore di essere stati scelti. Forse il loro è solo timor panico sapientemente dissimulato.

«Sono veramente, veramente orgoglioso di nominare Re e Regina delle zucche con votazione quasi unanime...». E rivolge un sorriso ai giurati: cinque mummie infiocchettate sedute a bordo palco. «Il signor Ethan Owen e la signorina Trudy Watts!».

Dio, perché mi hai abbandonato?

La folla si scatena. Applausi, incitazioni, grida sguaiate. Dal palco ci indicano e un faro ci investe in pieno, rendendo impossibile non notarci tra la folla. Appena sento tutti gli occhi puntati su di me, salto in avanti sfuggendo al suo abbraccio e mi ritrovo a guardarmi intorno bianca come un cencio, incapace di emettere anche il più flebile dei sospiri.

Ethan, che lo dico a fare?, ride come un matto. Praticamente piegato in due, con le lacrime agli occhi, ringrazia tirando fuori frasi senza senso. Quando riesce a riprendere fiato, mi prende per mano e mi accompagna sul palco, mormorandomi cose a caso, tipo: "Ok, cerca di non sentirti male". "Tranquilla, cinque minuti ed è finito tutto".

Carogna! Lo sa che sto per dare di matto.

Il peggiore dei miei incubi si avvera: imbambolata, illuminata dai riflettori, vengo circondata da un nugolo di mucche vestite da vallette che mi mettono in testa la più orribile, ridicola, stupida corona vegetale che abbia mai visto. La mia testa è troppo piccola, così non riesce neanche a star su dritta da sola e continua a ricadermi giù sulla fronte, costringendomi a tenerla con una mano. Ethan è perfettamente a suo agio. Ringrazia, scherza, dà pacche sulla spalla, si fa mettere la corona. Dico io, uno, uno schifosissimo fulmine. Ne basta uno piccolo

piccolo proprio qui, al centro del palco. Ma mai, mai che le mie suppliche vengano ascoltate! Non è vero?

«Signorina Watts, lasci che le sistemi la coccarda», si avvicina il sindaco con fare premuroso e un fiocco blu tra le mani.

«Non... Non basta la corona?»

«Assolutamente no!».

Che vergogna...

Mi faccio mettere anche quella, dopodiché assisto impotente al discorso del mio re, che fa battute stupide sollazzando l'intero contado. Appena finisce, sospiro sollevata e mi avvio verso le scale, decisa a mettere immediatamente fine a quella pagliacciata, quando mi acciuffano e mi riportano accanto alle casse, facendomi notare che adesso tocca a me.

«Cosa? Chi? Che volete ancora da me?»

«Signorina Watts, dovrebbe dire qualcosa anche lei. Per l'elezione...», fa presente il sindaco imbarazzato.

«Ah... Certo. Ovvio».

Avrà mai fine questa orribile serata?

Schiarisco la voce e intorno a me, tra la folla, tra gli stand, cala un silenzio tombale. Non ho la più pallida idea di cosa dire. O meglio, avrei un'idea di cosa mi piacerebbe dire, ma credo che nessuno gradirebbe. Provo un gorgheggio, perdo tempo testando il microfono e alla fine mi butto e tiro fuori un: «Salve a tutti», strozzatissimo.

«Allora... Io... Io non mi aspettavo davvero, perché se avessi solo immaginato...».

No, così non va bene. Proviamo un altro approccio.

«Da quando sono arrivata, devo ammettere di aver sempre trovato singolari certe abitudini...».

Neanche. Cazzo! Mi guardano tutti attoniti. Io detesto parlare in pubblico, accidenti!

«Vi ringrazio davvero per questa inaspettata nomina. Un pensiero che mi ha lasciato di sasso. Non avrei mai pensato che si sarebbe arrivati a questo». E aggiungo, «ovviamente in senso positivo». Questo a scanso di equivoci. «Ecco, io purtroppo non sono così eloquente come il mio sovrano», blatero, indicando Ethan, «ma posso garantirvi di aver apprezzato realmente il vostro gesto». E finalmente vedo comparire qualche sorriso tra la folla. Li guardo un po' tutti, concedendomi una panoramica della piazza. Ormai riconosco ogni volto. C'è il signore che mi saluta ogni volta che mi vede uscire di casa. C'è quel vecchietto che mi aiuta ad aprire la cassetta della posta davanti alla banca quando si incastra per un po' di pioggia. C'è la signora che vende fiori e che mi costringe ad accettare una margherita se passo davanti al suo chioschetto. E poi ci sono i dipendenti della Wilbourgh, il sindaco, la signora Cox, il signor Richard Marshall, i due giornalisti, il signor Smith con sua moglie Clarie. Mi hanno detto che è incinta. Inizia a vedersi il pancione…

"Io l'ho odiato davvero questo posto. L'ho odiato con tutta me stessa. Detestavo il silenzio, l'assenza quasi perenne di connessione, la mancanza di clacson e smog. Dio, avrei pagato per una sniffata di smog! E poi tutta questa sconfinata, orribile campagna! E quello stupido gallo che ogni mattina alle cinque…", penso, poi prendo fiato e dico: «Quando ho accettato il posto qui a Turriff, non vedevo l'ora di andarmene. Oggi, che sono a un passo dal tornare a casa, non vorrei mai dovervi dire addio. Detesto questa corona, trovo orribile la coccarda», confesso, prendendole una alla volta tra le mani, «ma credo che saranno ugualmente i ricordi più belli del mio soggiorno qui con voi. Purtroppo…», alzo la voce per sovrastare un applauso che parte spontaneo, «purtroppo non è un granché come discorso, ma sono sincera e spero che il mio grazie possa bastare».

«Ma si lasci abbracciare!», s'intromette il sindaco commosso, stritolandomi tra le sue braccia paffute. «Signorina Watts, non ho mai avuto il piacere di averla con noi per le assemblee del comitato, ma sappia che sono stato felicissimo di conoscerla. È stata la più bella Regina delle zucche di questi ultimi anni».

«Sindaco Mason, proprio questo pensavo ieri. Avrei un paio di ore libere mercoledì, così se c'è ancora un posticino per me alla prossima riunione... Mi hanno detto che parlerete dell'allestimento del teatro nella scuola materna. Mi piacerebbe poter intervenire, credo che la Wilbourgh sarebbe felicissima di contribuire».

«E me lo domanda?», esulta entusiasta. «Non può immaginare quanto mi faccia piacere. E pensi che ci sarà anche la signora Cox! E vogliamo parlare dei lavori di ristrutturazione del municipio? Le ho già fatto vedere l'incredibile lavoro fatto per gli stucchi da quei ragazzi che...».

Lo lascio parlare. Annuisco divertita, cercando di stargli dietro. Ethan, alle sue spalle, mi sorride e ci segue giù dal palco senza avere il coraggio di intromettersi.

Non scappo più. Resto fino a tarda sera con tutti loro. Ethan si siede con noi e da quel momento non mi lascia un attimo. La sua mano stringe la mia con delicatezza. Il suo sguardo è sempre pronto ad accogliere il mio, quando lo cerco. Alle due passate, esausta, mi massaggio la fronte e solo allora mi domanda: «Vuoi tornare a casa?».

Io annuisco e mi lascio accompagnare fin sotto le scale del mio appartamento, passeggiando con lui sotto la luna senza sentire il bisogno di dire alcunché.

«Trudy», mormora quando mi allontano da lui per risalire lentamente i pochi gradini che portano al piano di sopra.

«Dimmi», rispondo quasi senza voce e mi fermo accanto alla ringhiera.

«Ti va di venire da me?»

«Ethan, ne abbiamo già parlato, lo sai. Tra un mese...».

«Dovrai andartene per forza?»

«Non... Non per forza. Nel senso... Se la filiale resta aperta, immagino avranno bisogno di un direttore, ma non credo che...».

«Allora riparliamone tra un mese, no?»

«E nel frattempo cosa facciamo?»

«Ci proviamo».

Non si avvicina. Aspetta pazientemente una risposta, ma ormai lo conosco e mi basta un suo sguardo per capire quale sforzo sovrumano stia facendo per restarsene tranquillo lì, al suo posto, fingendosi la riservatezza fatta persona.

«Ethan...».

«Di' di sì». Mi prende tra le braccia. «Di' solo di sì», ripete in un sussurro, chinandosi sulle mie labbra.

Capitolo 34
Buon viaggio

«Hai detto "ti amo"?»
«Ehm, no Ethan, era "ti chiamo"».

«Un bel brindisi per la nostra Mary!».

«*Slàinte mhath!*».

«*Slàinte mhath!*».

«Felicità!», e si alza un coro di voci allegre, così forte da rimbombare nell'ampio salone del pub di Ethan.

Sono le due del pomeriggio: un po' presto per scolarci tutta questa birra, ma l'occasione lo richiedeva davvero. La causa di Mary contro i tre figli si è chiusa splendidamente. Non c'è stato alcun bisogno di presentarsi in tribunale. Proprio ieri, i loro avvocati hanno informato la Cox di aver deciso di ritirare ogni accusa e, per quanto un po' freddino, c'è stato anche un breve incontro tra le parti, che lascia presagire una lenta, difficoltosa ma probabile riappacificazione.

Appena l'abbiamo saputo, inutile dirlo, abbiamo deciso di incontrarci per festeggiare. Da un po' di tempo ogni scusa sembra buona per metterci attorno a un tavolo a bere, bere, bere e ingozzarci di dolci. Ethan questa volta ha messo a disposizione il pub, la moglie del sindaco ha preparato tante cosine buone da mangiare, io ho preso un po' di vino e lo staff della Wilbourgh ha pensato al dolce. Non intendo nascondere le mie colpe: senza alcun pudore schiamazzo da stamattina, ma in generale questa è stata la settimana più intensa, allegra, confusa di tutta la mia vita. È iniziato tutto lunedì scorso, quando ho parlato con Rupert, che mi ha chiesto se potessi restare un altro paio di mesi a Turriff. Hanno bisogno di un po' di tempo per trovare un sostituto idoneo e io, che già tremavo al pensiero del ritorno, ho preso la notizia con immenso sollievo. Non hanno avuto bisogno di insistere, ho accettato subito, anche perché ormai sono di casa. Ora non è che sprizzi di gioia all'idea di starmene qui ad ammuffire tra pecore e cavolfiori, ma di promozione non se n'è più parlato, quindi non ho alcun motivo di affrettarmi. Il primo a cui ho detto che sarei rimasta è stato il signor Bailey. Era in banca per un prelievo proprio quando hanno chiamato da Londra. Alla notizia ha fatto un casino tale che sono accorsi in sciami: personale e clienti. Tutti nella mia stretta stanzetta a fare salti di gioia. Io, onestamente, non mi aspettavo una reazione del genere. Ho provato subito a chiarire che durante l'orario di lavoro non è concesso in alcun modo disturbare il normale svolgimento delle… Aaah, ma che! Nessuno mi dava più retta. Neanche io mi davo più retta. Mi sono mandata a quel paese da sola e mi sono messa a saltellare con tutti gli altri, rimandando i sensi di colpa alla pausa pranzo. Ero così su di giri. Non riuscivo a star ferma. Volevo avvisare Ethan, ma non sapevo neanche io come dirglielo. Non abbiamo mai affrontato la questione "rapporto". Non abbiamo una vera e propria definizione della nostra situazione sentimentale. Credo che la più corretta sia che ci frequentiamo abitualmente, cercando di non litigare troppo spesso. Per una mera questione di comodità, aveva proposto una volta di occupare un unico piano della villa. Il suo. Io mi sono rifiutata categoricamente e da allora abbiamo semplicemente aspettato il momento verità, ovvero il giorno della mia partenza, per decidere di darci un taglio.

Che dire?

Più si avvicinava la fatidica data, più i battibecchi aumentavano, il malumore di Ethan raggiungeva livelli preoccupanti, diminuivano le mie ore di sonno: riconvertite in attività variegate tra cui il lancio del piatto, le fughe con annesso inseguimento da un appartamento all'altro, il sesso riappacificatore.

Provate a immaginare la tensione. Non sapevo proprio da che verso prenderla né se comunicargli la decisione di rimandare la partenza avrebbe finito solo col peggiorare la situazione.

Stavo impazzendo, così ho lasciato prima il lavoro e l'ho raggiunto a casa. L'ho trovato in garage che litigava con la moto, interamente ricoperto di grasso. Nero. Livido. Non parlava: ringhiava.

Mi sono avvicinata timida, ho provato a prenderla larga, ma alla fine ho intavolato l'argomento, esordendo con: «Ethan, riguardo alla mia partenza...».

Ora, io magari non sono un granché in tecniche di comunicazione, ma come può una frase del genere scatenare la terza guerra mondiale? Perché è proprio quello che è successo. Ha iniziato a litigare come al solito. Non capivo neanche di cosa parlasse. Non mi dava il tempo di intervenire, così l'ho minacciato di graffiargli la jeep e solo allora è ammutolito di colpo, sbiancando istantaneamente.

Mi ero quasi spaventata.

Dopo un inizio del genere, capirete, non avevo proprio voglia di confessargli la mia ultima decisione, ma a quel punto il guaio era fatto, così ho tirato fuori tutto e mi sono ritrovata chiusa in camera sua per i successivi due giorni. A fare cosa? Cosa si può fare con Ethan per due giorni in una camera da letto? Ha perfino staccato il telefono. Non so se mi abituerò mai a tutto questo testosterone che aleggia nell'aria.

Be', direi che è stata una settimana... intensa. Riemersi dalla camera da letto non abbiamo più litigato, non abbiamo più discusso, non abbiamo più lanciato neanche un piatto. Siamo stati fuori per qualche giorno. Ha avuto l'assurda idea di trascinarmi tra i boschi per fotografare animali che avremmo potuto guardare tranquillamente da casa spulciando su Wikipedia. Io non ho fatto altro che brontolare per gli insetti, per il fango, per l'orribile incidenza delle sue attività di svago sul mio guardaroba; secondo Ethan perché non sono sufficientemente elastica. Grazie a Dio, però, mi ha permesso di portare l'iPad e ho fatto una scorpacciata di erotici, fingendo di lavorare strenuamente.

Non abbiamo ancora affrontato la questione "rapporto", dicevo. L'unico momento di confronto che abbiamo avuto è stato quando mi ha confessato di aver inghiottito inavvertitamente le mie lenti a contatto. No. Non sto scherzando. Avevo perso il contenitore, non sapevo dove metterle e le ho infilate in un bicchiere di plastica, che ho nascosto accuratamente su una mensola in bagno, dietro ai detersivi. Lui aveva sete e... Vi lascio immaginare il resto.

Per fortuna non gli è successo nulla, perché se si fosse sentito male, la scenata che ho fatto si sarebbe quintuplicata. E vi assicuro che non sono stata affatto tollerante!

Comunque, come stavo dicendo, niente discussioni. Niente dialogo. Niente di niente. Ho scoperto che è molto più taciturno e introverso di quanto voglia dare a vedere, ma a me sta bene così, in più è talmente allegro in questi giorni... Chiedergli di ragionare un attimo sulle nostre prospettive future implicherebbe rovinare irrimediabilmente l'atmosfera rilassata che si è creata.

«Ancora una fetta?»

«No, per carità!». Scosto il vassoio di Foresta Nera. «Potrei anche esplodere».

Il signor Bailey annuisce e solleva il piatto, chiedendo chi voglia sacrificarsi al mio posto. Ethan decide di immolarsi per la patria. Viene a sedersi accanto a me, mentre dall'altro lato del tavolo Catherine racconta del suo ultimo litigio con Tom. Anche loro non scherzano affatto! Soprattutto lei. Sembra un angioletto inoffensivo, ma qualche sera fa quel povero disgraziato di Tom ha fatto tardi di mezz'ora e c'è mancato poco che non lo stendesse con la borsetta.

«Io mi schiero a favore di Tom», esordisce Percy. «Siete davvero pessime. Proprio pessime», immagino rivolgendosi al genere femminile in generale. «Possibile che uno non possa più fare nulla appena decide di fidanzarsi? Niente più partite in TV, niente più amici per il poker, niente pub… Anche i condannati a morte hanno l'ora d'aria!».

«Ma stai scherzando?», si scatena immediatamente Kora.

«No, vi prego, adesso non iniziate», mi lamento, mentre prende a suonarmi il cellulare.

«Possibile che tu debba sempre tenere quel coso acceso?», brontola Ethan, provando a strapparmelo di mano.

«No, fermo! È lavoro, lo sai che non posso».

«Per carità!».

«Faccio in un attimo», prometto, e mi allontano dal tavolo, schivando il braccio che solleva per agguantarmi prima che sia fuori dalla sua portata.

Con tutto quel baccano non capisco niente. Premo un dito sull'orecchio e mi avvio fuori, dove finalmente riesco a sentire la voce del mio interlocutore che, di primo acchito, non riconosco.

«Pronto, scusi, con chi parlo?», torno a domandare, alzando la voce.

«Signorina Watts, buongiorno. Sono Gregory Brooks. Chiamo dalla sede centrale della Wilbourgh. La disturbo?»

«No, si figuri. Mi dica pure», rispondo, mentre pulisco un angolo della bocca da residui inopportuni di zucchero a velo.

«È da almeno tre giorni che cerco di entrare in contatto con lei. Le ho già spedito due email e non so quante volte ho provato a chiamarla».

«Ah…».

Ethan, maledizione! Mi ha fatto tenere il cellulare quasi sempre spento. Non avevamo una briciola di linea. Speriamo non sia niente di grave.

«Purtroppo non sono stata bene. Ho preso un paio di giorni di malattia. È forse successo qualcosa?»

«No, nulla di preoccupante, per carità», si affretta a chiarire. «Spero che ora stia meglio».

«Assolutamente. Solo qualche linea di febbre. Il clima da queste parti è impietoso».

«Sì, lo immagino. Anche qui a Londra non è stato un granché. Sono giorni che non smette di piovere».

«Cosa doveva dirmi?», gli domando, tradendo un filo di apprensione.

«Certo, mi scusi». Tossisce. «Come forse già sapeva, eravamo alla ricerca di una figura chiave per la gestione di importanti transazioni finanziarie qui in sede. Tenuto conto dello splendido lavoro fatto a Turriff, alla fine abbiamo deciso di comune accordo di volerla nel nostro team. Congratulazioni!».

«Io?», gli domando sconvolta. «Nel senso… Avete scelto proprio me?»

«Esatto, come le ho appena detto», ripete, ridendo apertamente della mia incredulità. «Quando pensa di poter tornare? Crede di farcela per domani?».

Ho avuto la promozione.

«Scusi se torno a insistere, ma ho sentito Rupert proprio qualche giorno fa e mi aveva chiesto se potevo restare per altri due mesi qui a Turriff».

«Sì, mi era stato accennato. Purtroppo abbiamo fatto un po' di confusione con le comunicazioni. Resta confermata la sua promozione».

«E chi prenderà il mio posto qui? Non possiamo lasciare la filiale senza una direzione!», protesto.

«Scelga pure un sostituto tra i dipendenti. Ci fidiamo del suo giudizio».

«Quindi non manderete via nessuno?»

«Ma no, non credo ce ne sarà alcun bisogno. Cerchi solo di selezionare con cura il nuovo direttore. Consideri le competenze, con un occhio di riguardo verso l'anzianità. Questo per non creare tensioni tra i dipendenti».

«Certo».

«Benissimo. È sicura di riuscire a partire domani?», chiede conferma.

«Penso... Penso di sì. Al più tardi tra due giorni. Allora a... A presto».

Dall'altro lato, la linea cade.

«Si vuole dare una mossa? Stanno già dando i numeri per quella stupida foto ricordo», sento sbraitare la Cox, che mi raggiunge fuori restando a metà tra l'ingresso e la strada con la maniglia ancora in mano. «Diavolerie moderne! Ai miei tempi si faceva una sola foto all'anno, il giorno di Natale. Adesso state sempre lì con quegli aggeggi a tastare, tastare come dei forsennati», brontola, ma si trattiene dall'andare oltre quando si accorge dalla mia espressione rabbuiata che qualcosa non va.

Smette di lamentarsi, si guarda alle spalle e, con discrezione, richiude la porta avvicinandomi.

«È successo forse qualcosa?»

«Era la sede centrale. Ho avuto la promozione. Devo tornare a Londra domani».

«Una splendida notizia», e il suo tono è euforico più o meno quanto lo è stato il mio nel comunicarle la notizia.

«Già...».

«Non aveva detto di aspettare con ansia questo momento?»

«Infatti».

«E non è felice?»

«Ovvio», ribatto io poco convinta.

«Mmm...».

«Che cosa non la convince?»

«Sa, non ci sarebbe nulla di male, proprio nulla di male se volesse restare».

Non si può dire che non vada subito al sodo. Avrà pure tutti i difetti del mondo, ma non quello di perdersi in chiacchiere futili.

«No, è vero, ma io non voglio restare. Credevo di averlo detto più e più volte».

«Sì, lo ricordo bene, ma le cose a volte cambiano».

«Non queste!», mi impunto, categorica. «Aspetto questo momento da anni, non intendo certo farmelo rovinare da lei», inizio a discutere senza alcun motivo. «Guardi la sua vita. Cosa ne ha fatto? Ha sacrificato la sua indipendenza per cosa? Per star sempre dietro a suo marito e ritrovarsi comunque sola, senza nessuno, a far da madrina alla fiera del formaggio olandese, litigando per un centrotavola. Le sembra forse che io voglia fare la sua stessa fine?».

Sono ingiusta, profondamente ingiusta e lo so. Se mi mandasse al diavolo, avrebbe tutte le ragioni possibili e sarei ben lieta di fornirgliene di nuove, ma non lo fa. No. Sospira rassegnata e si avvicina di qualche passo per essere sicura di farsi sentire da me anche abbassando il tono fin quasi a ridurlo a un bisbiglio.

«Signorina Watts, lo so che non è facile. Non lo è mai, ma non si lasci spaventare».

«Io non sono affatto spaventata!».

«No, è vero. Lei se la sta facendo letteralmente addosso dalla paura», sentenzia serissima. «Ora si dia una sistemata e torni dentro: dobbiamo fare questa dannatissima foto», ordina, prima di sparire nel corridoio.

Da quel momento mi impongo di non fare alcun accenno alla questione. Seguo i festeggiamenti. Aiuto a sparecchiare e quando tutti vanno via torno a casa insieme a Ethan, tenendo per me ogni possibile riflessione per l'incapacità o forse solo la voglia di non esternarla.

«Sto morendo di sonno», mormora lui, aprendo la porta del suo appartamento.

«Con quello che sei riuscito a mangiare non mi stupisce», gli rispondo acida, passando accanto al divano.

«Vuoi venire qui?». Me lo chiede, è vero, ma è tutto fuorché una domanda. Basta che mi avvicini appena e mi fa capitolare tra i cuscini, costringendomi a sedere tra le sue gambe.

«Ethan, la pianti? Lo vedi che ho da fare?», protesto, indicandogli l'enorme pila di panni che ho lasciato in questi giorni giù da lui e che adesso ho l'immediata necessità di riportare su da me, dato che mi restano meno di otto ore per preparare i bagagli. Ho prenotato un volo per domani alle due del pomeriggio. Avrò giusto qualche minuto per passare in ufficio e avvisare il personale. Con tutto quello che ho da fare, perdere tempo sul sofà non mi sembra una scelta tra le più brillanti. Il problema è che non ho ancora raccontato a Ethan le ultimissime novità, quindi non posso prendermela se pensa di avere a disposizione l'intero pomeriggio per aiutarmi.

«Dopo!», mi zittisce, sfilando una bustina dalla tasca. «Ti ho preso una cosa», mormora divertito, passandomi un pacchetto regalo abbastanza piccolo da riuscire a starmi in una mano.

Sinistri presagi.

«Non... Non sarà...», inizio a farfugliare agonizzante.

«Ma no, scema!», ridacchia. «Niente anello, tranquilla. Sono ancora in possesso delle mie facoltà mentali. Apri».

«Che cos'è?»

«Avevi perso il portachiavi. Te ne ho preso uno nuovo», svela l'arcano dandomi un bacino sulla fronte. «Allora?».

Il portachiavi! E io che per un attimo...

«Dopo, ora ho da fare», sedo il suo entusiasmo, faticando per tornare giù sul pavimento. Lui continua a brontolare, ma sa già che quando si tratta di mettere in ordine, se non mi asseconda non ha alcuna possibilità di ottenere elargizioni di alcuna natura. Sbuffa, maledice il giorno in cui ha permesso a una donna di riorganizzargli la scarpiera, poi si alza e si avvia verso il tavolo, prendendo una delle due borse in cui ho riposto i panni lavati, piegati e stirati. «Ok, te li porto su io. Perché non prepari un po' di caffè nel frattempo?»

«No, non ce ne sarà bisogno. Vado io. Ho altre cose da fare su».

«Adesso? Non puoi aspettare che sia andato via?»

«No, non posso aspettare».

Cambio umore, cambio espressione, cambio tono di voce. Intuisce la variazione e si rabbuia. Rimette la borsa al suo posto, infila le mani nei jeans e si appoggia al tavolo, sfilando un pacchetto di sigarette sgualcito dalla tasca. «Cosa devo sapere?», mi domanda senza più guardarmi negli occhi, accendendosi una Marlboro.

«Hanno chiamato da Londra», confesso e abbasso lo sguardo anch'io. «Ho avuto quella promozione». Tento un sorriso. «Sai, non ci speravo neanche più. Pensa che sono due giorni che provano a contattarmi, senza riuscirci».

«E tu? Che gli hai risposto?», sonda imperscrutabile.

«Cosa volevi che gli rispondessi?», sbotto. «Lo sai cosa gli ho risposto!».

Il problema è solo che non riesco a ripeterlo.

«Quando pensavi di dirmelo?»

«Te lo sto dicendo ora».

"No, ti prego, non metterti a litigare. Non ce la faccio proprio a litigare. Non adesso!", lo supplico interiormente, ma non ne ho motivo, perché non reagisce. Se ne resta tranquillo appoggiato al tavolo, aspettando forse che aggiunga qualcosa.

«Ethan, lo sapevamo entrambi. Te lo avevo detto. Lo... Lo sapevi».

«Quando parti?»

«Domani».

«Domani...», mormora, tirando un'ultima boccata, prima di spegnere la sigaretta ancora a metà nel portacenere sul tavolo. «Ok».

«Ok?»

«Ok», conferma annuendo.

«Non... Non vuoi dirmi altro?»

«Buon viaggio». E mi lascia da sola, chiudendosi in camera sua.

Capitolo 35
Scura. Nera. Pece

«Sarà davvero terribile ora che va via».
«Molto carino da parte sua».
«Ma quel mouse senza fili lo lascia?».

«Non posso crederci che va via».

«Sì, me l'ha già detto signorina Hunt, ma purtroppo la realtà è proprio questa», le ripeto per la terza e, spero, ultima volta.

Raccatto ancora qualcosa dalla scrivania e ricontrollo l'ora: sono le nove e un quarto, devo sbrigarmi!

«Mi raccomando, segnali i miei appunti al signor Ward», le ricordo, passandole un foglio A4.

«Certo…».

«E adesso che fa? Piange?», le domando, ritrovandomela in lacrime, che cerca di nascondersi dietro una mano con la testa china e le guance umide.

«Signorina Hunt, la smetta subito! Non è successo nulla di grave. Questo è uno splendido epilogo: lei ha ancora il suo lavoro, io ho la mia promozione», provo a consolarla. Vorrei davvero fare qualcosa, ma il massimo a cui arrivo è di poggiarle un paio di volte la mano sulla spalla con una certa ritrosia latente nel gesto. «Adesso vada a ricomporsi: non voglio che i clienti la vedano in questo stato. Io raggiungo la macchina», le comunico frettolosa.

«Su… subito». Si avvia alla vetrata, ma lì si ferma e torna quasi in corsa verso di me, buttandomi le braccia al collo. «Buon viaggio, signorina Watts. Mi raccomando, ci chiami spesso», mi sussurra a un orecchio, commossa.

No, alto tradimento!

Presa alla sprovvista ricambio. Ci credereste? Io che ricambio... Ma guarda cosa mi fanno fare! E ci manca poco che non scoppi in lacrime.

Andare via dalla Wilbourgh si trasforma in un'esperienza straziante. Prendere la macchina e lasciare Turriff lo è altrettanto, soprattutto l'ultimo tratto di strada, che percorro chiedendomi se sia il caso o meno di passare al pub per salutare Ethan. Da ieri sera mi ignora apertamente. Non ha tutti i torti, ma non possiamo lasciarci così, solo perché mi hanno chiesto di partire di punto in bianco.

Decisione difficile, ma la prendo ugualmente, certa di fare la cosa giusta.

Quando raggiungo il pub, parcheggio accanto all'ingresso. Non era mai successo prima. Infilo la macchina tra due camioncini e, non so come, trovo il coraggio di andare fino in fondo e di entrare nel locale. A quest'ora è ancora chiuso al pubblico, ma c'è sempre qualcuno perché è la mattina che passano i fornitori e bisogna sistemare tutto in magazzino.

Busso un paio di volte, fino a quando non sento passi frettolosi raggiungermi, accompagnati da imprecazioni varie ed eventuali. Apre Lucas, il socio di Ethan. Sembra su di giri.

«Oh, sei tu! Pensavo fosse ancora quell'idiota del vigile. È da più di un'ora che discutiamo. Ogni volta che vengono a scaricare mi fa storie incredibili. Dove diamine vuole che li faccia parcheggiare?», si sfoga, facendosi di lato per farmi entrare. «Vieni, ti offro qualcosa. Stai partendo?».

Chi ha fatto la spia?

«Sì, ho già tutto in macchina. Ero passata solo per un saluto veloce. Ethan è qui?»

«No, non è venuto», mi spiega, raggiungendo il bancone. «Era prevedibile», commenta a mezza bocca, tirando fuori una bottiglia dal frigo. «Succo di frutta?»

«Perché no?», mi lascio tentare, sedendomi su uno sgabello.

«Certo che... Cavoli! Non me l'aspettavo proprio. Deve essere stata una sorpresa anche per te».

«Sì, ormai ci avevo messo una pietra sopra. Credevo che non l'avrei più avuta, ma a quanto pare la mia buona stella ha deciso di tornare in servizio», e inizio a giocare con una bustina di zucchero.

Lui ascolta silenzioso, preparando due bicchieri.

«Che gusto è?»

«Mirtilli. Mi è rimasto solo questo».

«Ci accontenteremo».

«Ci mancherai parecchio», mormora, passandomene uno.

«Mi mancherete anche voi».

La mia ultima ammissione sembra dargli il coraggio di dire qualcosa che, mi rendo conto adesso, teneva per sé per non sembrare invadente. Non si direbbe a suo agio, ma fa uno sforzo e si decide a esporre la sua personalissima opinione sull'argomento. Quale? Quello! L'innominabile argomento.

Sospettavo che sarebbe accaduto.

«Senti, io non amo impicciarmi, ma penso che dovresti passare da lui».

«No, si è fatto tardi. Rischio di perdere l'aereo. E poi non mi va di disturbarlo. Un conto era trovarlo qui, un altro è andare fino a casa sua».

«Trudy, ma cosa dici? Disturbarlo? Ma scherzi? Ci resterà malissimo se non vai».

«Non starà certo meglio se vado. Lo sai com'è. Inizierà a inveire, mi manderà a quel paese...».

«Io non penso proprio».

«Lucas, senti, conosciamo tutti la realtà. È stata una cosa così. Abbiamo passato un po' di tempo insieme. Per carità, è stato carino, ma adesso dobbiamo tornare ai nostri impegni. Ethan non è un amante dei rapporti seri, io sono troppo proiettata sulla mia carriera. Certo, avrei preferito che ci lasciassimo con una bella stretta di mano, ma se l'alternativa è farmi sbattere la porta in faccia, allora preferisco partire direttamente. Digli che sono passata», propongo, sorseggiando il succo. «Digli che lo saluto».

«Come preferisci, ma ci resterà davvero male», ribadisce, qualora non avessi ancora afferrato.

«Tardi, tardi, tardi!», prendo a ripetere, ricontrollando l'ora. «Devo andare. Grazie mille per tutto, Lucas, e da' un bacio agli altri da parte mia. Io non ho più una briciola di tempo».

«Fatti abbracciare», mi saluta affettuoso. «E ricordati di farti sentire ogni tanto, il mio numero ce l'hai!».

«Certo, contaci», mento.

Lo so che non accadrà. Quando sarò a casa vorrò dimenticare tutto. Farebbe troppo male ricordare. Quando sarò a casa vorrò solo ricominciare e, questa volta, sarà tutto diverso, me lo sento. Il mio viaggio a Turriff non è stato vano. Ho scoperto una parte di me che credevo sepolta, ne ho trovate altre che addirittura ignoravo, ma la cosa più importante è che ho aperto gli occhi sulla mia vita, su quello che stavo diventando e adesso ho la possibilità di cambiare, di guadagnarmi un piccolo angolino di felicità.

A passo svelto corro verso l'ingresso, saluto un'ultima volta e mi infilo in auto. Quando metto in moto, però, mi ritrovo le mani di Lucas sul finestrino e per poco non mi viene un infarto.

«Un piccolo ricordo di Turriff, signorina Watts». E mi passa un pacchetto di carta.

«Cos'è?», domando curiosa.

«Come sarebbe? Una di quelle orribili, untuosissime ciambelle che fai tanto finta di detestare, ma che ti becco sempre a divorare appena prendi una pausa dal lavoro». Mi strizza l'occhio.

«Sei davvero incorreggibile! Se non andassi di fretta te ne direi quattro», scherzo, poggiando la busta sul sedile accanto a me.

«Trudy…».
«Sì?»
«Ti vuole bene. Te ne vuole davvero tanto. Non andartene senza salutarlo».
«Se me ne avesse voluto, me l'avrebbe detto», gli rispondo, tradendo tutta l'agitazione che quella inaspettata confessione riesce a scatenare in me.
«Chi? Ethan? Ma non l'hai ancora capito? Fa vedere di essere l'uomo duro che non deve chiedere mai, intanto sta malissimo. Almeno pensaci… ok?»
«Ok», acconsento al solo scopo di chiudere quella ridicola conversazione. A Ethan non importa un accidenti né di me né della mia partenza. È solo il suo orgoglio ferito a farlo reagire così. Se gliene fosse davvero importato qualcosa, ieri mi avrebbe chiesto di restare. Se gliene fosse davvero importato qualcosa, non avrebbe fatto finta di nulla quando gli ho raccontato che sarei rimasta a Turriff per altri due mesi. Dovevamo parlare allora, quando ne avevamo il tempo, ma non è successo nulla. Archiviato il problema, ha continuato come se tutto fosse rimasto invariato. E adesso che devo andare via pretende anche di avere ragione e mi tratta come se quello che è successo fosse una colpa e non solo la conseguenza delle scelte di entrambi. No. Non gliene frega proprio nulla! Se gliene importasse, non mi avrebbe sbattuto la porta in faccia.
Apro la borsa in cerca di una sigaretta. La trovo, l'accendo e me ne resto lì parcheggiata, fumando e maledicendo nomi a caso. Dal mio professore di prima elementare alla segreteria telefonica di mio padre, che si lamenta tanto perché non chiamo, ma che quando chiamo non è mai lì per rispondere.
Butto il telefonino nella borsa, infilo le chiavi nel cruscotto e metto in moto, poi vedo un fiocchetto tra le tante cianfrusaglie sparse nella mia "vera pelle" con tracolla e ritorno spalmata sul sedile, incurante dell'impietoso procedere della lancetta dei secondi sul mio quadrante.

Ripesco quella piccola confezione regalo e mi metto a studiarla con attenzione. Non l'ho più aperta, ritenendo un portachiavi troppo in basso nella scala evolutiva per poter porre rimedio ai miei disastri, ma adesso non ho molta voglia di rimettermi in strada e ogni scusa è buona per perdere tempo.

Spacchetto, straccio, apro e... E quello che mi lascia più stupita non è l'orribile gorilla di peluche che mi guarda sconfortato a mani giunte, ma le chiavi inserite nel ciondolo. Chiavi che, a occhio, direi che assomigliano incredibilmente a quelle che usa Ethan per aprire la sua porta di casa.

Mi ha... Mi ha dato le sue chiavi di casa.

Mi ha dato le sue chiavi di casa insieme a un gorilla in evidente atto di preghiera e con chiari problemi a gestire i suoi eccessi di emotività. Sembra che stia lì lì per mettersi a piangere!

Gli avevo già detto di non... Io non...

E perdo inevitabilmente la pazienza.

«Idiota!».

Perché no, non poteva dirmelo, no! Sua eccellenza il Re delle zucche non può sprecare fiato per questioni così irrilevanti come la nostra stupida relazione. No! Lui sbatte le porte e mi manda a quel paese. Ecco quello che si può definire un comportamento maturo. Proprio l'ideale per iniziare una relazione seria...

«Mi spiace, troppo tardi!», sbraito, scaraventando il gorilla nella borsa con noncuranza.

Meglio perderli che trovarli, certi tipi. Sono stata proprio fortunata. Se non fosse stato per la promozione, magari tra due mesi sarei stata lì a ciondolargli per casa, sperando che si decidesse a rendermi una donna onesta come Biscottino.

Chiudo la borsa. Spengo la sigaretta. Infilo le chiavi nel cruscotto.

Questa volta furiosa, metto in moto e parto spedita verso lo sbocco autostradale più vicino.

Addio Turriff.
Addio Ethan.
Addio Scozia.
Tre parole per descrivermi?
Scura.
Nera.
Pece.

Capitolo 36
Facile, no?

«Che vuoi?»
«Ehm... è che passavo di qui per caso».

Parcheggio stridendo sull'asfalto e resto a fissare il cruscotto con gli occhi sbarrati e un pesante fardello sullo stomaco che mi costringe ad annaspare in cerca d'ossigeno da quando sono partita.

Ok. Bene. Eccomi. E ora?

Non ho molte alternative. Scendo e mi avvio verso il cancello, lo supero, seguo il viale e mi piazzo davanti alla porta.

Ricontrollo l'ora: se riparto adesso e chiamo l'agenzia di viaggi forse riesco a farmi cambiare il biglietto con il volo successivo.

Poggio l'indice sul campanello.

No, aspetta. Ragiona. Non essere precipitosa. Pensiamoci un attimo, su. Siamo davvero sicuri che questa sia la scelta migliore?

Busso.

Detesto quando non mi ascolto!

Silenzio.

Attesa.

Niente.

Visto? Non c'è! Posso andare.

Dietrofront epico. Mai stata così rapida a cambiare direzione. Per poco non cado, ma barcollando recupero l'equilibrio e riesco a rimettermi in marcia verso la macchina, verso la mia dignità, verso il futuro che mi attende.

«Trudy», mi arresta la sua voce alle mie spalle.

Colta in flagrante, mi arrendo e ammetto il reato voltandomi con espressione colpevole.

Lui è proprio lì, sulla soglia, con i piedi scalzi e i soliti jeans sgualciti.

«Ah... Ci sei. Ciao, io...», inizio a balbettare, presa alla sprovvista.

Tutta quella strada e non mi viene niente di più intelligente da dire.

Per evitare di scadere nuovamente nel ridicolo, lascio che sia lui a fare qualcosa, ma non sembra affatto intenzionato a collaborare. Incrocia le braccia con aria di sfida e si appoggia di fianco, limitandosi a inarcare un sopracciglio.

Tutto qui?

Bene: a questo punto direi che tocca a me.

Provo con un approccio blando, ma quando i nostri sguardi si incrociano a me si azzera la salivazione e dimentico istantaneamente il mio esordio a effetto.

Va tutto bene. Posso farcela.

Cercando di recuperare il controllo della situazione, abbozzo un sorriso per creare un clima disteso, ma lui non si smuove di una virgola, così mi rabbuio.

Forse dovrei andarmene.

Ho fatto una cazzata, ammettiamolo. Chi di voi non ne ha mai fatta una? Io l'ho fatta enorme, va bene, ma per fortuna sono ancora in tempo. Adesso gli dico addio, mi infilo sul primo aereo e me ne torno a Londra.

Facile, no?

Esatto.

Però sono ancora qui.

Non muovo un passo.

Il mio corpo si ribella.

Io non lo so davvero cosa mi stia succedendo.

Mi sudano le mani, ho il cuore in gola e quel fastidioso dolorino al braccio sinistro non promette niente di buono.

Che sia un principio d'infarto?

Istintivamente mi tasto il polso e per un paio di secondi mi sembra di riconoscere l'incipit della *Cavalleria Rusticana* tra le arterie.

«Ok, ecco...», mi decido prima che tornino a fiorire i ciliegi. «Mi trovavo qui per caso, nel senso che... Però se ti disturbo vado via. Potrei ripassare un'altra volta».

Non reagisce agli stimoli.

«Uff...», sbuffo, grattandomi la fronte. «Hai visto che tempaccio?», e gli indico indistintamente il cosmo sovrastante.

«Sei venuta per parlarmi del tempo?», mi domanda allibito.

«No, in effetti no», ammetto, scuotendo il capo.

«E allora che vuoi?».

Non ha intenzione di rendermi le cose facili.

«Sì», arranco. «È che stavo imboccando l'autostrada quando... Non c'era nessuno. Tutto sommato in due ore... Solo che... Sai quelle giornate che... E poi ha iniziato a piovere, così pensavo... Che poi, alla fine, mi sono chiesta: che ci faccio qui?».

I miei vaneggiamenti s'infrangono su un muro di totale indifferenza.

Decido di riprovare.

«E tutta quell'acqua che continuava a scendere. Non... Non volevo, però...». E da quel momento vado avanti così, a braccio, intervallando frasi senza senso ai suoi silenzi, totalmente in balìa di qualcosa che non so frenare e che piano piano riemerge tra i ricordi, le emozioni trattenute, le paure ignorate.

«Poi ho pensato... Così ho girato la macchina e... Non... Non è stato facile però...».

Mi gratto la fronte.

«E alla fine sono qui che... Ma non ... Non è che sia venuta perché volevo che tu... No! Assolutamente! Non sono proprio il tipo. Lo sai. Era solo che...».

Guardo altrove. Guardo lui. Riguardo altrove.

«Perché sei tu, capisci? Non è affatto giusto! Non puoi entrare nella mia vita così. Nessuno te l'aveva chiesto! E ora? Cioè, ti rendi conto? Non riuscivo neanche... Non riuscivo neanche a trovare una ragione per andarmene...», ammetto, ma poi viro di nuovo e sbotto. «Che futuro ho qui? E il mio lavoro? Me lo sono sudato quel posto! È tutta la vita che sogno quel dannatissimo posto. Eppure... Eppure mi ritrovo davanti alla tua porta e non lo so nemmeno come ci sono arrivata e non... Non riesco a smettere di pensare che potrebbe...».

Dio, se mi ascolti, sopprimimi!

«Alla fine io sono qui che... Capisci? Cioè... Che sto qui che ti dico: ciao, eccomi e... E mi chiedevo proprio se...».

Non ce la faccio! Non ce la faccio! Non ce la faccio!

Sbatto un piede a terra.

«Il fatto è che avevo giurato a me stessa che non sarebbe più successo. Io... Dopo tutto quello che... Mi ero ripromessa... Tipo "Vivi la tua vita e fregatene di tutto il resto!". Una cosa così e... E stava funzionando, ma poi sei arrivato tu e... E tu sei... Sei... Non ti basta mai nulla. Non ti accontenti mai. È una lotta continua! Ma io non...».

Perché non dice nulla?

«E poi non so cos'è successo ma... Ma ora non posso... Non posso andare via se prima non ti ho chiesto se... Ecco, a te magari... Non è che...».

Un ultimo sforzo, Trudy!

«A te sembrerebbe possibile che magari, anche se non da subito, pensandoci su, ecco che ci sia una piccolissima, minima, infinitesimale parte di te che possa credere che magari per noi possa esserci un... un futuro. Intendo... Intendo insieme. Io e te. Noi».

Non ci credo. Che cosa ho fatto?

«Santo cielo», mormoro, nascondendo il viso tra le mani. «Ecco, ora l'ho detto e... Dannazione!», mugugno con un filo di voce. «Ma ti rendi conto che non mi sentivo così da quando avevo sedici anni?», lo accuso iniziando a gesticolare incredula. «E smettila di guardarmi in quel modo!», lo rimprovero ormai avvilita. «Uff…», torno a sospirare. «Allora?», gli chiedo timidamente quando mi accorgo di non poter più tornare indietro, ma non sembra proprio intenzionato a rispondermi. Continua a fissarmi con la stessa espressione accigliata di poco prima e non si è mosso di un millimetro. Non… Non fa assolutamente nulla.

Patetica. Ecco cosa sono. Stupida e patetica.

«Ok». Mi arrendo. «Scusa. Io… Scusa. Vado via». Batto in ritirata, infilando le mani nelle tasche della giacca. Non ho neanche più il coraggio di guardarlo negli occhi. «Ho un… Ho un aereo tra poco. Scusa ancora», sussurro con l'ultimo filo di voce che mi è rimasto.

Finisce qui.

Eh già, tanta strada per nulla.

Non va sempre così?

Con le gambe che non mi reggono e il cuore in brandelli, lo saluto con un cenno del capo e arretro di un passo.

«Dove vai?», mi domanda prima che mi sia girata.

Non riesco a rispondere.

Lui si avvicina, continuando a studiarmi con espressione indignata.

«Questa è stata la più brutta dichiarazione che io abbia mai sentito!».

«Ma io…».

«Zitta!».

«Ethan, guarda che io…».

«Ti ho detto di stare zitta!».

Ammutolisco.

Si avvicina ancora.

«Te ne stavi andando, capisci? Te ne stavi davvero andando e senza neanche salutarmi».

«Ethan…».

«Trudy, sta' zitta!».
«Ok, ho capito: sto zitta», mormoro colpevole.
«E poi ti presenti qui, come se nulla fosse, e...».
«Ti ho chiesto scusa, me... Me ne stavo andando».
Me lo sento, sto proprio per mettermi a piangere.
«E adesso mi spieghi cosa dovrei fare?», continua senza darmi retta.
«Io...». E mi bacia.
Non riesco ad aggiungere altro, perché sento le sue mani affondare nei miei capelli e le mie parole morire tra le sue labbra.
E non appena chiudo gli occhi tutto perde importanza: il lavoro, l'aereo, il temporale che minaccia di arrivare da un momento all'altro, il cellulare dimenticato in macchina che non sembra voler smettere di suonare. Con il cuore che sembra scoppiare, mi stringo tra le sue braccia e mi lascio strappare di dosso la giacca, il foulard e la camicia. Incurante degli sguardi dei passanti, della porta che dimentichiamo aperta, del mobiletto dell'ingresso che urto inavvertitamente o del gradino in cui inciampo prima di ritrovarmi completamente nuda sul tavolo della cucina, mentre lui mi ricopre di baci cercando di sfilarsi i jeans.

Epilogo

Ci credereste? Sono ancora a Turriff.

Cosa ancora più sorprendente: io ed Ethan abbiamo iniziato a convivere quasi pacificamente. In effetti non è facile. La nostra relazione è un susseguirsi di alti e bassi. Un minuto prima sei al settimo cielo, l'attimo dopo minacci di fare le valigie e tornare a Londra. Non c'è mai un momento di calma e questo mina il mio rendimento sul lavoro, ma con Ethan è così. Per lui non esistono sfumature, non esistono priorità. Se qualcosa non gli va giù pretende che lasci tutto di punto in bianco per mettermi a discutere con lui sulle questioni più assurde. Se è felice molla il pub, prende la giacca e viene a rapirmi per portarmi chissà dove, convinto che non veda l'ora di contemplare l'immensità del creato chiusa in una tenda che sa di muffa con addosso un'orribile tuta di pile. Per alcuni è da pazzi, me per prima. Continuo a non avere una relazione che si possa definire convenzionale. Se usciamo passo il tempo cercando di fargli capire che non può prendere e baciarmi ovunque e dovunque solo perché gli piace il mio rossetto. Lo so, potrei cambiare rossetto, ma affronteremo la questione in un altro momento, ora vorrei continuare a ribadire quanto sia impossibile la mia vita con Ethan. No, perché non riusciamo neanche a passeggiare tranquillamente. Sono obbligata a tenergli la mano tutto il tempo, altrimenti minaccia di sequestrarmi iPad, computer e smartphone per una settimana.

Il peggio è che lo fa davvero!

«Che? As... Aspetta, il libro! Fammi almeno mettere il segno».

La nostra non è una relazione che potrei definire standard. Lui è sempre così terribilmente...

Il dialogo, capite cosa intendo? Non c'è dialogo.

«Mi spoglio, ho detto che mi spoglio!», cerco di non fargli strappare tutti i bottoni della camicia.

«Vuoi stare un po' zitta?».

Da non crederci: sono ciò che non avrei mai immaginato di poter essere.

Sono dove non avrei mai voluto essere.

Sono con chi proprio non sospettavo di poter essere.

Tre parole per descrivermi?

Sono vergognosamente felice.

E, salvo eventuali ripensamenti,

FINE.

Non ve l'aspettavate, eh?

Ringraziamenti

Ringrazio me, me e me sola. Non vi sta bene? Ce ne faremo una ragione!

P.S. Chi l'ha scritto? Su... Su... Sentiamo! Chi ha fatto le quattro del mattino per sei mesi? Chi? Voi? No! Ecco. Un po' di autocritica!

P.P.S. Non è vero. Mentivo. Stavolta un grazie è davvero doveroso. Anzi tre e di natura prettamente tecnica, perché per quelli da incontinenza emotiva... Be', chi mi conosce sa che sono sottintesi e diretti davvero a tutti e senza alcuna distinzione. Grazie a Raffaella, il mio piccolo canarino da difesa, per i suoi consigli e per aver rubato qualche ora delle sue meritatissime ferie per aiutarmi durante le correzioni. Grazie ad Alessandra per l'enorme lavoro che fa ogni volta e per la spietata crudeltà con cui defenestra tutti i miei adorabili gerundi. Grazie soprattutto al dott. Bertelli, direttore di una delle filiali del Banco dell'Adriatico, che con immensa gentilezza e tanta, tantissima pazienza, si è messo a dissipare ogni dubbio della mia editor sulle scempiaggini che, come al solito, ho disseminato nel mio ultimo racconto. Io ho fatto solo da tramite, giuro. Tanti problemi non me li ero assolutamente posti. Il che vi fa capire quanto la poverina necessiti di una vacanza.

Indice